Despertada

The House of Night
Livro
8

4ª reimpressão - março/2014

P.C. Cast e Kristin Cast

Despertada

The House of Night
Livro
8

Tradução
ALESSANDRA KORMANN

SÃO PAULO 2011

Awakened
Copyright © 2010 by P.C. Cast and Kristin Cast
All rights reserved.
Copyright © 2011 by Novo Século Editora Ltda.

Produção Editorial	Equipe Novo Século
Editoração Eletrônica	Sergio Gzeschnik
Capa	Genildo Santana - Lumiar Design
Tradução	Alessandra Kormann
Preparação de Texto	Catia de Almeida
Revisão de Texto	Juliana Vieira Machado Pereira

Dados Internacionais de Catalogação na Publicação (CIP)
(Câmara Brasileira do Livro, SP, Brasil)

Cast, P. C.
Despertada, livro 8 / P. C. Cast e Kristin Cast;
tradução Johann Heyss. –
Osasco, SP: Novo Século Editora, 2011. –
(Série the house of night)

Título original: Awakened.

1. Vampiros – Ficção – Literatura norte-americana
2. Vampiros – Ficção
I. Cast, Kristin. II. Título III. Série

11-05215   CDD-813.5

Índices para catálogo sistemático:

1. Vampiros : Ficção : Literatura norte-americana   813.5

2011
IMPRESSO NO BRASIL
PRINTED IN BRAZIL
DIREITOS CEDIDOS PARA ESTA EDIÇÃO À
NOVO SÉCULO EDITORA LTDA.
Rua Aurora Soares Barbosa, 405 – 2º andar
CEP 06023-010 – Osasco – SP
Fone (11) 3699-7107 – Fax (11) 3699-7323
www.novoseculo.com.br
atendimento@novoseculo.com.br

Esta é uma obra de ficção. Todos os personagens, organizações e fatos descritos neste romance são produto da imaginação das autoras ou foram usados ficcionalmente.

Kristin e eu gostaríamos de dedicar
este livro aos adolescentes LGBT.

A orientação sexual não define quem você é.

É o seu espírito que o define.

Tudo fica melhor.

Nós adoramos vocês.

Não importa o que "eles" digam,
pois o que realmente importa na vida
é o amor, sempre o amor.

Agradecimentos

Como sempre, gostaríamos de agradecer à nossa família da St. Martin's Press; é ótimo poder dizer sinceramente que nós amamos e respeitamos nossa editora!

Nós adoramos a nossa agente Meredith Bernstein, sem a qual a série The House of Night não existiria.

Obrigada aos nossos fãs, que são os melhores leitores, mais espertos e descolados do universo!

Um agradecimento especial aos nossos patrocinadores da nossa cidade natal, que fizeram a promoção "The House of Night Tulsa Tour" ser tão divertida.

Nós agradecemos de coração a Stephen Schwartz, por nos permitir usar a letra de sua mágica canção. (Jack também adora você, Stephen!)

PS: Para Joshua Dean da Phyllis: obrigada pelas citações. Hehehehe!

1

Neferet

Uma inquietante sensação de irritação despertou Neferet. Antes que ela realmente saísse daquele lugar amorfo entre o sonho e a realidade, esticou seus dedos longos e elegantes e procurou por Kalona. O braço que ela tocou era musculoso. A pele dele era macia, forte e agradável ao seu toque. Tudo o que ele sentiu foi aquele pequeno carinho, leve como uma pena. Ele se mexeu e se voltou ansiosamente para ela.

– Minha Deusa? – Sua voz estava rouca por causa do sono e tinha um desejo renovado.

Ele a irritou.

Todos a irritavam porque não eram *ele*.

– Vá embora... Kronos.

Ela teve de fazer uma pausa e vasculhar sua memória para se lembrar daquele nome ridículo e excessivamente ambicioso.

– Deusa, eu fiz algo que a desagradasse?

Neferet deu uma olhada rápida para ele. O jovem guerreiro Filho de Erebus estava reclinado na cama ao lado dela, com seu belo rosto sincero, uma expressão de desejo e os olhos cor de água-marinha, que eram tão impressionantes na penumbra à luz de velas do seu quarto mais cedo naquele dia, quando ela o viu treinando no pátio do castelo. Naquela hora, ele atiçou os desejos dela e, com um olhar convidativo da Deusa, ele foi até ela, disposto e tentado inutilmente, apesar de cheio de entusiasmo, provar que era um deus não só no nome.

O problema era que Neferet já tinha ido para a cama com um imortal de verdade. Portanto, ela sabia intimamente o quanto Kronos realmente era um impostor.

– Respirar – Neferet disse, encarando seus olhos azuis com um olhar entediado.

– Respirar, Deusa? – Sua testa, ornamentada com um padrão de tatuagem que deveria representar um mangual[1], mas que para Neferet parecia mais um ornamento como fogos de artifício de Quatro de Julho[2], enrugou-se em confusão.

– Você me perguntou o que fez para me desagradar e eu lhe disse que você estava respirando. E muito perto de mim. *Isso* me desagrada. Está na hora de você sair da minha cama. – Neferet suspirou e balançou os seus dedos rapidamente, dispensando-o. – Vá. Agora.

Ela quase riu alto diante do indisfarçável olhar de mágoa e choque do guerreiro.

O jovem tinha mesmo acreditado que poderia substituir o seu Consorte divino? A impertinência desse pensamento aumentou a sua raiva.

Nos cantos do dormitório de Neferet, sombras dentro de sombras estremeceram de excitação. Apesar de não percebê-las, ela sentiu a agitação. Isso a agradou.

– Kronos, você me distraiu e, por um tempinho, me deu um pouco de prazer.

Neferet o tocou de novo, desta vez não tão gentilmente, e suas unhas deixaram dois vergões no grosso antebraço dele. O jovem guerreiro não se retraiu nem tirou o seu braço. Em vez disso, ele estremeceu ao toque dela e sua respiração ficou mais ofegante. Neferet sorriu. Ela

---

1 Mangual, também chamado de maça ou *morning star*, é um armamento medieval composto de um bastão ligado a uma esfera pontiaguda por uma corrente. (N.T.)
2 Quatro de Julho é o dia em que os Estados Unidos comemoram a sua Independência. É o mais importante feriado norte-americano. (N.T.)

soube que ele era do tipo que precisava de dor para sentir desejo, assim que botou os olhos nele.

– Eu vou lhe dar mais prazer, se você permitir – disse ele.

Neferet sorriu de novo. A língua dela fez um movimento vagaroso, lambendo os lábios, enquanto olhava o guerreiro que a observava.

– Talvez no futuro. Talvez. Agora, o que eu ordeno é que você vá embora e, claro, que continue me venerando.

– Talvez eu pudesse mostrar a você o quanto desejo venerá-la *novamente*. – A última palavra foi dita como uma carícia verbal e, erroneamente, Kronos estendeu o braço para tocá-la.

Como se ele tivesse o direito de tocá-la.

Como se os desejos dela estivessem sujeitos aos desejos e às vontades dele.

Um pequeno eco do passado distante de Neferet – uma época que ela pensou estar enterrada junto com a sua humanidade – vazou das suas memórias sepultadas. Ela sentiu o toque do seu pai e até se lembrou do cheiro desagradável do seu bafo rançoso e encharcado de álcool, enquanto a infância dela se infiltrava no presente.

A resposta de Neferet foi instantânea. Tão fácil quanto respirar, ela tirou a mão do braço do guerreiro e a manteve erguida, com a palma para fora, voltada para as sombras mais próximas que estavam espreitando nos cantos do seu aposento.

As Trevas responderam ao seu toque mais rapidamente do que Kronos. Ela sentiu o seu calafrio mortal e deleitou-se com essa sensação, especialmente porque afugentava as memórias que estavam voltando a surgir. Com um movimento indiferente, ela atirou as Trevas em Kronos, dizendo:

– Se é dor que você deseja, então experimente o meu fogo frio.

As Trevas que Neferet arremessou em Kronos penetraram ansiosamente na pele jovem e macia dele, fazendo talhos vermelhos no antebraço que tão pouco tempo atrás ela tinha acariciado.

Ele gemeu. Porém, desta vez foi mais de medo do que de paixão.

– Agora, faça como eu ordeno. Vá embora. E lembre-se, jovem guerreiro, uma deusa escolhe quando, onde e como ela é tocada. Não ultrapasse os seus limites de novo.

Apertando seu braço que sangrava, Kronos se abaixou e fez uma reverência para Neferet.

– Sim, minha Deusa.

– Que Deusa? Seja específico, guerreiro! Eu não tenho nenhum desejo de ser chamada por títulos ambíguos.

A resposta dele foi instantânea:

– Nyx Encarnada. Esse é o seu título, minha Deusa.

O olhar apertado dela se suavizou. O rosto de Neferet relaxou, voltando a ser uma máscara de beleza e simpatia.

– Muito bem, Kronos. Muito bem. Viu como é fácil me agradar?

Pego pelo intenso olhar verde-esmeralda dela, Kronos concordou. Então, com a mão direita fechada sobre o coração, ele disse:

– Sim, minha Deusa, minha Nyx. – E então retrocedeu com reverência para fora do aposento.

Neferet sorriu novamente. Não tinha importância que ela não era Nyx Encarnada de fato. A verdade era que Neferet não estava interessada em ser escalada para o papel de uma Deusa Encarnada.

– Isso poderia dizer que eu sou inferior a uma deusa – falou para as sombras reunidas em volta dela. O que importava era poder. Se o título de Nyx Encarnada a ajudasse a adquirir poder, especialmente entre os Filhos de Erebus, esse era o título pelo qual ela seria chamada. – Mas eu aspiro mais, muito mais do que ficar na sombra de uma deusa.

Logo ela estaria pronta para dar o seu próximo passo. Neferet sabia que alguns dos Filhos de Erebus seriam manipulados para ficar ao lado dela. Não em número suficiente para mudar o resultado de uma batalha com a força física deles, mas o suficiente para fragmentar o moral dos guerreiros ao jogar irmão contra irmão. *Homens, tão facilmente enganados pelas máscaras de beleza e título, e tão facilmente usados em meu benefício*, ela pensou desdenhosamente.

O pensamento agradou Neferet, mas não a distraiu o bastante para evitar que levantasse da cama impacientemente. Ela se envolveu em um robe de seda transparente e saiu do seu aposento para o *hall*. Antes que tivesse consciência do que estava fazendo, ela se dirigiu para a escada caracol que a levaria às entranhas do castelo.

Sombras dentro de sombras flutuaram atrás de Neferet, como ímãs sombrios atraídos pela sua crescente agitação. Ela sabia que as sombras tinham se movido com ela. Sabia que elas eram perigosas e que se alimentavam do seu desconforto, da sua raiva, da sua mente sem descanso. Mas, estranhamente, ela encontrava um tipo de conforto com aquela presença.

Ela parou apenas uma vez enquanto descia. *Por que eu estou indo atrás dele de novo? Por que eu estou permitindo que ele invada os meus pensamentos esta noite?* Neferet balançou a cabeça, como se quisesse expulsar essas palavras silenciosas, e então falou para a escada estreita e vazia, em direção às Trevas que pairavam atentamente ao redor dela:

– Eu vou porque é isso que eu desejo fazer. Kalona é o meu Consorte. Ele foi ferido ao me servir. É natural que eu pense nele.

Com um sorriso de quem satisfez a si mesma, Neferet continuou a descer a escada caracol, facilmente reprimindo a verdade: Kalona tinha sido ferido porque ela tinha armado uma cilada para ele e depois o tinha obrigado a servi-la.

Ela alcançou a masmorra, escavada séculos atrás na terra pedregosa da Ilha de Capri, no nível mais baixo do castelo, e se moveu silenciosamente para o *hall* iluminado por tochas. O Filho de Erebus que estava de guarda do lado de fora do quarto trancado não pôde esconder um sobressalto de surpresa. O sorriso de Neferet se alargou. O olhar chocado do guerreiro, tingido de medo, revelou que ela estava ficando cada vez melhor em parecer se materializar do nada, das sombras e da noite. Aquilo melhorou o seu humor, mas não o suficiente para colocar um sorriso suave no seu rosto e diminuir a aspereza cruel do comando na sua voz.

– Saia. Eu quero ficar sozinha com meu Consorte.

O Filho de Erebus hesitou apenas um momento, mas aquela leve pausa foi o bastante para Neferet lembrar-se mentalmente de se certificar de que nos próximos dias esse guerreiro em particular seria chamado de volta para Veneza. Talvez por causa de uma emergência relacionada a alguém próximo a ele...

– Sacerdotisa, eu a deixo com a sua privacidade. Mas saiba que eu estou ao alcance da sua voz e responderei ao seu chamado se precisar de mim. – Sem encontrar os olhos dela, o guerreiro colocou o punho sobre o coração e fez uma reverência, embora tenha se curvado levemente demais para satisfazê-la.

Neferet observou o guerreiro se retirar pelo estreito *hall*.

– Sim – ela suspirou para as sombras. – Eu posso sentir que alguma desgraça vai acontecer com a parceira dele.

Alisando a seda transparente do seu robe, ela se virou para a porta fechada de madeira. Neferet inspirou profundamente o ar úmido da masmorra. Com um movimento impetuoso, ela tirou seus pesados cabelos castanho-avermelhados do rosto, desnudando a sua beleza, como se estivesse se preparando para uma batalha.

Neferet balançou suas mãos em direção à porta, que se abriu. Ela deu um passo para dentro do quarto.

Kalona estava deitado no chão de terra. Ela tinha pensado em fazer uma cama para ele, mas a discrição tinha ditado suas ações. Na verdade, ela não o estava mantendo aprisionado. Estava apenas sendo sensata. Ele tinha de completar a sua missão para ela; isso era o melhor para ele. Se o corpo dele recuperasse muito da sua força imortal, seria uma distração para ele, uma distração infeliz. Especialmente porque ele tinha jurado agir como a espada dela no Mundo do Além, livrando-os da inconveniência que Zoey Redbird tinha criado nesta época, nesta realidade.

Neferet se aproximou do corpo dele. O seu Consorte estava deitado de costas, nu, com apenas suas asas negras como ônix cobrindo-o feito um véu. Ela se ajoelhou graciosamente sobre o pesado tapete de pele de animal que ela tinha mandado colocar ao lado dele, para a sua conveniência, e então se inclinou, encarando-o.

Neferet suspirou. E tocou a lateral do rosto de Kalona.

A carne dele estava fria, como sempre era, mas estava sem vida. Ele não mostrou qualquer reação à presença dela.

– Por que está demorando tanto, meu amor? Você não poderia ter se livrado de uma criança irritante mais rapidamente?

Neferet o acariciou novamente. Desta vez, a mão dela deslizou do rosto para a curva do pescoço dele, por sobre o peito e para o resto dos músculos que definiam o abdome e a cintura de Kalona.

– Lembre-se do seu juramento e cumpra-o, de modo que eu possa abrir meus braços e minha cama para você novamente. Pelo sangue e pelas Trevas, você prometeu impedir que Zoey Redbird voltasse ao seu corpo, destruindo-a para que eu possa governar este mágico mundo moderno. – Neferet acariciou de novo a fina cintura do imortal caído, sorrindo secretamente para si mesma. – Ah, e é claro que você vai poder estar ao meu lado quando eu governar.

Invisíveis para os tolos Filhos de Erebus que deveriam ser os espiões do Conselho Supremo, os filamentos negros como aranhas que prendiam Kalona contra a terra tremeram e se ergueram, roçando seus tentáculos frígidos na mão de Neferet. Distraída momentaneamente por aquele arrepio sedutor, Neferet abriu a palma de sua mão para as Trevas e permitiu que se entrelaçassem em volta do seu pulso, cortando apenas de leve a sua carne, não o bastante para causar uma dor insuportável, mas apenas o suficiente para que saciassem temporariamente o seu infindável desejo por sangue.

Lembre-se de seu Juramento...

As palavras sopraram ao redor dela, como o vento de inverno pelos galhos desfolhados.

Neferet franziu a testa. Ela não precisava ser lembrada. É claro que ela estava ciente de seu Juramento. Em troca de as Trevas fazerem a sua parte – aprisionando o corpo de Kalona e impulsionando a sua alma para o Mundo do Além –, ela tinha concordado em sacrificar a vida de um inocente que as Trevas não tinham conseguido corromper.

O Juramento está preservado. O acordo continua, mesmo se Kalona fracassar, Tsi Sgili...

Novamente, as palavras foram suspiradas ao redor dela.

– Kalona não vai fracassar! – Neferet gritou, tão enfurecida que nem mesmo as Trevas se atreveriam a castigá-la. – E, mesmo se isso acontecer, o espírito dele está preso ao meu comando enquanto ele for imortal; portanto, mesmo se ele falhar haverá vitória para mim. Mas ele não vai fracassar – ela repetiu as palavras devagar e distintamente, recuperando o controle de seu temperamento cada vez mais volátil.

As Trevas lamberam a palma da sua mão. A dor, leve mas presente, deu prazer a ela, que olhou intensamente para as gavinhas com afeto, como se fossem apenas gatinhos muito ansiosos competindo pela sua atenção.

– Queridas, sejam pacientes. Esta jornada não acabou. Meu Kalona está imóvel feito uma concha. Eu só posso imaginar que Zoey definha no Mundo do Além, não totalmente viva e, infelizmente, não morta ainda.

Os filamentos que seguravam seu pulso estremeceram e, por um instante, Neferet achou ter ouvido o som de uma risada zombeteira à distância.

Mas ela não tinha tempo para considerar as implicações desse som, fosse ele real ou apenas um elemento do mundo expandido das Trevas e do poder que consumiam cada vez mais o que ela conhecia como realidade. Naquele momento, o aprisionado corpo de Kalona deu solavancos convulsivos e ele ofegou profundamente e com dificuldade.

O olhar intenso de Neferet se voltou instantaneamente para o rosto dele, de modo que ela testemunhou o horror dos seus olhos se abrindo, ainda que não fossem mais do que cavidades vazias e ensanguentadas.

– Kalona! Meu amor! – Neferet estava de joelhos, inclinada sobre ele, passando suas mãos alvoroçadas pelo rosto dele.

As Trevas que haviam acariciado seus pulsos pulsaram com uma súbita onda de poder, fazendo com que ela se retraísse antes de serem atiradas de seu corpo e se juntarem a uma miríade de gavinhas que, como uma rede, pairava e pulsava contra o teto de pedra da masmorra.

Antes que Neferet pudesse dar uma ordem para chamar uma gavinha até ela e exigir uma explicação para esse comportamento tão bizarro, explodiu no teto um clarão de luz ofuscante, tão claro e brilhante que ela teve de proteger os olhos.

A rede de Trevas capturou a luz, infiltrando-se através dela com inumana agilidade e aprisionando-a.

Kalona abriu a boca dando um grito sem som.

– O que é isso? Eu ordeno saber o que está acontecendo! – Neferet berrou.

O seu Consorte retornou, Tsi Sgili.

Neferet olhou atentamente enquanto o globo de luz aprisionada era arrancado do ar. Com um terrível assobio, as Trevas mergulharam na alma de Kalona através das órbitas dos seus olhos, de volta para o seu corpo.

O imortal alado contorceu-se de dor. Suas mãos se ergueram para cobrir o rosto e ele respirou de modo ofegante e muito debilitado.

– Kalona! Meu Consorte! – Como ela teria feito quando era uma jovem curandeira, Neferet agiu automaticamente. Ela pressionou suas palmas sobre as mãos de Kalona, concentrando-se de modo rápido e eficiente. Enfim, disse: – Alivie-o... Remova a sua dor... Faça a sua agonia ser como o sol poente no horizonte... que se vai depois de um golpe momentâneo, pelo céu da noite à espera.

Os tremores que destroçavam o corpo de Kalona começaram a diminuir quase de forma instantânea. O imortal alado respirou profundamente. Embora suas mãos tremessem, ele segurou com força as mãos de Neferet, removendo-as de seu rosto. Então, ele abriu os olhos. Eles tinham aquela profunda cor de âmbar de uísque, claros e coerentes. Ele era completamente ele mesmo de novo.

– Você voltou para mim! – Por um momento, Neferet ficou tão aliviada por ele estar desperto e consciente que ela quase chorou de alegria. – A sua missão está completa. – Neferet removeu os tentáculos que estavam teimosamente agarrados ao corpo de Kalona, franzindo a testa para eles porque pareciam estar muito relutantes em libertar o seu amante.

– Tire-me da terra. – A voz dele estava grave pela falta de uso, mas suas palavras eram lúcidas. – Para o céu. Eu preciso ver o céu.

– Sim, é claro, meu amor. – Neferet fez um gesto em direção à porta e ela se reabriu. – Guerreiro! Meu Consorte despertou. Ajude-o a subir ao topo do castelo.

O Filho de Erebus que a tinha irritado havia pouco tempo obedeceu ao seu comando sem questionar, apesar de Neferet ter percebido que ele parecia chocado com o súbito restabelecimento de Kalona.

Espere até você saber de tudo. Neferet deu a ele um sorriso irônico e superior. *Muito em breve você e os outros guerreiros vão receber ordens apenas de mim... ou vão perecer.* Esse pensamento a encheu de prazer enquanto ela seguia os dois homens para fora das entranhas da fortaleza de Capri, sempre indo para cima, até finalmente emergirem depois da longa extensão de degraus no topo do castelo.

Era mais de meia-noite. A lua pendia no horizonte, amarela e pesada apesar de não estar totalmente cheia.

– Ajude-o a sentar no banco e então nos deixe sozinhos – Neferet ordenou, gesticulando em direção ao banco de mármore com adornos esculpidos, que ficava próximo à beirada do topo do castelo, de onde se tinha uma magnífica vista do resplandecente Mediterrâneo.

Mas Neferet não tinha nenhum interesse na beleza que a cercava. Ela dispensou o guerreiro com um gesto, tirando-o da sua mente, apesar de saber que ele informaria o Conselho Supremo de que a alma de seu Consorte havia retornado para o corpo dele.

Aquilo não importava agora. Ela poderia lidar com isso mais tarde.

Apenas duas coisas importavam agora: Kalona tinha voltado para ela e Zoey Redbird estava morta.

2

Neferet

– Fale comigo. Conte-me tudo devagar e claramente. Eu quero saborear cada palavra.

Neferet foi em direção a Kalona, ajoelhando-se na frente dele, acariciando as asas macias e escuras que se desfraldaram ao redor do imortal quando ele sentou no banco, com o rosto voltado para o céu da noite e o corpo bronzeado banhado pelo brilho dourado da lua. Ela tentou evitar ficar trêmula de expectativa com o toque dele, pelo retorno da paixão fria, do calor congelado.

– O que você gostaria que eu dissesse?

Os olhos dele não encontraram os dela. Em vez disso, ele levantou o rosto para o céu, como se pudesse beber do firmamento acima deles.

A pergunta dele a deixou espantada. Seu desejo se abateu e a sua mão parou de acariciar a asa dele.

– Eu gostaria que você me contasse todos os detalhes da nossa vitória, de modo que eu pudesse saborear toda a história com você – ela falou devagar, imaginando que talvez o cérebro dele pudesse estar levemente confuso devido ao recente deslocamento da sua alma.

– *Nossa* vitória? – ele perguntou.

Os olhos verdes de Neferet se estreitaram.

– Naturalmente. Você é meu Consorte. A sua vitória também é minha, assim como a minha vitória também é sua.

– A sua gentileza é quase divina. Você se tornou uma deusa durante a minha ausência?

Neferet estudou-o mais de perto. Ele ainda não estava olhando para ela; a voz estava quase sem expressão. Ele estava sendo insolente? Ela deu de ombros para a pergunta, apesar de continuar a estudá-lo mais de perto.

– O que aconteceu no Mundo do Além? Como Zoey morreu?

Ela sabia o que ele diria, no instante em que seus olhos cor de âmbar finalmente encontraram os dela. Apesar de ela cobrir os ouvidos de modo infantil e começar a sacudir a cabeça de um lado para o outro, ouviu as palavras que eram como uma espada cravada na sua alma.

– Zoey Redbird não está morta.

Neferet se levantou e tirou as mãos dos ouvidos. Ela deu alguns passos largos afastando-se de Kalona, olhando para o azul-safira do mar da noite sem enxergar. Ela respirou devagar, cuidadosamente, tentando controlar suas emoções em ebulição. Quando finalmente percebeu que poderia falar sem berrar de raiva para o céu, ela perguntou:

– Por quê? Por que você não cumpriu a sua missão?

– Era a sua missão, Neferet. Não a minha. Você me forçou a voltar para um reino do qual eu tinha sido banido. O que aconteceu era previsível: os amigos de Zoey se juntaram por ela. Com a ajuda deles, ela curou sua alma despedaçada e se encontrou novamente.

– Por que você não impediu que isso acontecesse? – A voz dela estava gelada.

Ela não deu nem uma rápida olhada para ele.

– Nyx.

Neferet ouviu o nome sair dos lábios dele como se tivesse falado uma prece: suavemente, em voz baixa, com reverência. O ciúme a atravessou como uma flecha.

– O que tem a Deusa? – ela quase cuspiu a pergunta.

– Ela interveio.

– Ela fez o quê? – Neferet girou rapidamente. A descrença misturada ao medo fez as suas palavras saírem aflitas e incrédulas. – Você espera que eu acredite que Nyx realmente interferiu em uma escolha mortal?

— Não — Kalona disse, soando esgotado de novo. — Ela não interferiu, ela interveio, e apenas depois que Zoey já tinha se curado. Nyx a abençoou por isso. Essa bênção foi parte da salvação dela e do seu guerreiro.

— Zoey está viva — a voz de Neferet saiu apática, fria, sem vida.

— Sim, ela está.

— Então, você me deve a subserviência da sua alma imortal — dizendo isso, ela começou a se afastar dele, em direção à saída do topo do castelo.

— Aonde você está indo? O que vai acontecer agora?

Cheia de desgosto pelo que percebeu ser uma fraqueza na voz dele, Neferet se virou para ele. Ela se empinou orgulhosa e levantou os braços, de modo que os filamentos pegajosos que pulsavam em volta dela pudessem roçar a sua pele livremente, acariciando-a.

— O que vai acontecer agora? É muito simples. Eu vou me certificar de que Zoey seja atraída de volta para Oklahoma. Lá, usando meus próprios métodos, eu vou completar a tarefa na qual você falhou.

Ela deu as costas para ele e ia saindo, quando o imortal perguntou:

— E o que vai acontecer comigo?

Neferet parou e deu uma olhadela por sobre o ombro.

— Você vai voltar para Tulsa também, mas separadamente. Eu preciso de você, mas nós não podemos ser vistos juntos em público. Você lembra, meu amor, que é um assassino agora? A morte de Heath Luck é obra sua.

— Obra *nossa* — disse ele.

Ela sorriu de modo cativante.

— Não de acordo com o Conselho Supremo. — Ela encontrou os olhos dele. — Isto é o que vai acontecer. Eu preciso que você recupere a sua força rapidamente. Amanhã ao anoitecer, eu vou ter de reportar ao Conselho Supremo que a sua alma retornou para o seu corpo e que você confessou para mim que matou o garoto humano porque considerou o ódio dele por mim uma ameaça. Vou dizer a eles que, por você achar que estava me protegendo, eu fui misericordiosa na sua punição. Apenas fiz você receber cem chibatadas e o bani do meu lado por um século.

Kalona esforçou-se para se acalmar. Neferet se encheu de prazer ao ver a raiva faiscar nos seus olhos cor de âmbar.

– Você espera ser privada do meu toque por um século?

– É claro que não. Eu vou graciosamente permitir o seu retorno ao meu lado, depois que suas feridas cicatrizarem. Até lá, eu ainda vou ter o seu toque; ele apenas não será às vistas dos olhares intrometidos do público.

A sobrancelha dele se ergueu. Ela pensou em como ele parecia arrogante, mesmo enfraquecido e derrotado.

– Quanto tempo você espera que eu fique me escondendo nas sombras, fingindo me curar de feridas que não existem?

– Eu espero que você fique ausente da minha companhia até as suas feridas *realmente* se curarem.

Com um movimento rápido e preciso, Neferet trouxe o pulso até os lábios e o mordeu com força, instantaneamente desenhando um círculo de sangue. Então, ela começou a fazer um movimento giratório com o seu braço levantado, examinando o ar enquanto filamentos pegajosos das Trevas serpenteavam ávidos em volta do seu pulso, unindo-se à ferida como sanguessugas. Ela cerrou os dentes, forçando a si mesma a permanecer impassível, mesmo diante dos tentáculos afiados que a feriam sem cessar. Quando eles pareceram inchados o suficiente, Neferet falou suave e amorosamente para eles:

– Vocês receberam o seu pagamento. Agora devem obedecer ao meu comando. – Ela desviou os olhos dos filamentos pulsantes das Trevas e olhou para o seu amante imortal. – Chicoteiem-no profundamente. Cem vezes. – Neferet então arremessou as Trevas em direção a Kalona.

O imortal enfraquecido apenas teve tempo de abrir as asas e começar a saltar da beirada do topo do castelo. Os filamentos afiados o pegaram no meio do caminho. Eles se envolveram em volta das asas de Kalona, na parte mais sensível, onde elas encontram a sua espinha dorsal. Em vez de se lançar da cobertura, ele ficou preso contra a pedra antiga do parapeito, enquanto as Trevas começaram a talhar sulcos nas suas costas nuas.

Neferet assistiu até que a sua cabeça orgulhosa e bela curvou-se derrotada, e o seu corpo começou a estremecer convulsivamente com cada golpe cortante.

– Não o deixem desfigurado para sempre. Eu pretendo aproveitar a beleza da pele dele novamente – disse antes de dar as costas para Kalona e sair andando resoluta da cobertura ensopada de sangue. – Parece que eu tenho que fazer tudo sozinha, e há tanto a fazer... Tanto a fazer... – Ela suspirou para as Trevas que roçaram seus tornozelos.

Nas sombras dentro das sombras, Neferet achou ter visto o contorno de um enorme touro a observando com aprovação e prazer.

Neferet sorriu.

3

Zoey

Pela zilionésima vez, eu pensei em como a sala do trono de Sgiach era um lugar incrível. Ela era uma rainha vampira ancestral, a Grande Cortadora de Cabeças, uberpoderosa e cercada pelos seus próprios guerreiros pessoais conhecidos como Guardiões. Caramba, há muito tempo ela até foi levada ao Conselho Supremo dos Vampiros e venceu, mas o seu castelo não era uma versão medieval de *camping*, com encanamento ao ar livre, desagradável e nojento.

O castelo de Sgiach era uma fortaleza, mas, como dizem na Escócia, era um castelo alinhado. Eu juro que a vista de todas as janelas voltadas para o mar, mas principalmente a vista da sala do trono, é tão incrível que deveria estar em uma HD TV e não na minha frente, na vida real.

– É bonito aqui. – Certo, falar comigo mesma, especialmente logo depois de ficar meio *louca* no Mundo do Além, pode não ser uma boa ideia. Eu suspirei e dei de ombros. – Que seja. Sem Nala aqui, com Stark a maior parte do tempo apagado, Aphrodite fazendo coisas que eu prefiro nem imaginar com Darius, e Sgiach fora fazendo alguma mágica ou mandando ver em algum treino de super-herói com Seoras, falar comigo mesma parece ser a única opção.

– Eu estava apenas checando o meu *e-mail*, não há nada de mágico ou de "mandando ver" nisso.

Eu imagino que ela deva ter me feito dar um pulo. Quer dizer, a rainha pareceu se materializar no ar ao meu lado, mas acho que, por ter ficado toda despedaçada e louca no Mundo do Além, eu mereça bastante tolerância por me assustar. Além disso, eu sentia uma estranha ligação com essa rainha vampira. Sim, ela inspirava respeito e tinha poderes loucos e tudo o mais, mas, nas semanas que se passaram desde que Stark e eu voltamos, ela tinha estado sempre ao meu lado. Enquanto Aphrodite e Darius ficavam fazendo aquela carinha vulgar de beijo e passeando de mãos dadas pela praia, e Stark dormia sem parar, Sgiach e eu passamos muito tempo juntas. Algumas vezes conversando, outras vezes não. Ela era, tinha descoberto alguns dias atrás, a mulher mais bacana, *vamp* ou não, que eu já tinha conhecido na vida.

— Você está brincando, certo? Você é uma rainha guerreira ancestral, que vive em um castelo em uma ilha onde ninguém pode entrar sem a sua permissão, e está *checando seu e-mail*? Parece mágica para mim.

Sgiach riu alto.

— A ciência frequentemente parece mais misteriosa do que a mágica, ou pelo menos eu sempre pensei assim. O que me faz lembrar... Eu estive pensando em como é estranho o fato de a luz do sol afetar o seu Guardião com uma severidade tão debilitante.

— Não é apenas com Stark. Quero dizer, tem sido pior com ele ultimamente porque, bem, porque ele está ferido. — Fiz uma pausa, tropeçando nas palavras e não querendo admitir como era difícil ver o meu guerreiro e Guardião tão obviamente ferrado. — Isso realmente não é normal para ele. Ele pode ficar consciente durante o dia, mesmo que não possa ficar exposto diretamente à luz do sol. Todos os vampiros e novatos vermelhos são assim. O sol faz com que tenham de ficar do lado de dentro.

— Bem, jovem rainha, pode ser uma nítida desvantagem que o seu Guardião seja incapaz de protegê-la durante a luz do dia.

Eu encolhi os ombros, ainda que essas palavras me fizessem sentir um frio na espinha, o que poderia ser uma premonição.

– É, bem, eu aprendi a cuidar de mim mesma recentemente. Acho que posso lidar com isso sozinha por algumas poucas horas do dia – disse com uma aspereza que surpreendeu até a mim.

Os olhos intensos cor de âmbar de Sgiach me pegaram.

– Não permita que isso a torne dura.

– Isso?

– As Trevas e a luta contra elas.

– Eu não preciso ser dura para lutar?

Nesse momento, lembrei-me de ter espetado Kalona na parede de uma arena no Mundo do Além com a sua própria lança, e meu estômago se contraiu.

Ela balançou a cabeça e a desbotada luz do dia provocou um reflexo em seu cabelo prateado, fazendo-o brilhar como canela e ouro misturados.

– Não, você precisa ser forte. Você precisa ser sábia. Você precisa conhecer a si mesma e confiar apenas naqueles que merecem. Se permitir que a batalha contra as Trevas a endureça, vai perder a perspectiva.

Eu desviei o olhar, encarando as águas azul-acinzentadas que rodeavam a Ilha de Skye. O sol estava se pondo no horizonte, refletindo um cor-de-rosa delicado e cores em tom de coral no céu que escurecia. Era bonito e pacífico, e parecia totalmente normal. Dali, era difícil imaginar que no mundo lá fora andavam o mal, as Trevas e a morte.

Mas as Trevas estavam por aí, provavelmente multiplicadas um gazilhão de vezes. Kalona não tinha me matado, e isso realmente deixaria Neferet muito, muito irritada.

Apenas pensar que aquilo significava que eu teria de lidar com ela – Kalona e toda a porcaria que vinha junto – de novo fez com que eu me sentisse incrivelmente cansada.

Eu me virei da janela, endireitei os ombros e encarei Sgiach.

– E se eu não quiser lutar mais? E se eu quiser ficar aqui, pelo menos por um tempo? Stark ainda não voltou a ser ele mesmo. Ele precisa descansar e melhorar. Eu já mandei aquela mensagem para o Conselho Supremo sobre Kalona. Eles sabem que ele assassinou Heath e então veio atrás de mim; também sabem que Neferet estava totalmente envolvida nisso e que se aliou com as Trevas. O Conselho Supremo pode lidar com Neferet. Droga, *adultos* precisam lidar com ela e com toda a confusão nojenta e o mal que ela continua tentando fazer da vida.

Sgiach não disse nada, então eu tomei fôlego e continuei falando sem parar.

– Eu sou uma criança. Mal fiz dezessete anos. Sou uma droga em geometria. Meu espanhol é horrível. Eu ainda nem votei. Lutar contra o mal não é minha responsabilidade. Conseguir me formar no ensino médio e, espero, completar a Transformação são minhas responsabilidades. Minha alma foi despedaçada e meu namorado foi assassinado. Eu não mereço um tempo? Só um pouquinho?

Surpreendendo-me totalmente, Sgiach sorriu e disse:

– Sim, Zoey, eu acredito que você merece.

– Você quer dizer que eu posso ficar aqui?

– Pelo tempo que você quiser. Eu sei o que é sentir que o mundo pressiona demais à sua volta. Aqui, como você disse, o mundo só pode entrar sob as minhas ordens. E eu, na maioria das vezes, ordeno que ele fique lá fora.

– E em relação à luta contra o mal e as Trevas e não sei o que mais?

– Isso vai estar lá quando você voltar.

– Uau. Sério?

– Sério. Fique aqui na minha ilha até que a sua alma esteja de fato descansada e restaurada. Sua consciência vai dizer a hora de voltar para o seu mundo e para a sua vida lá fora.

Eu ignorei a pequena pontada que senti ao ouvir a palavra *consciência*.

– Stark pode ficar também, certo?

– É claro. Uma rainha precisa ter sempre o seu Guardião ao seu lado.

– Falando nisso... – disse rapidamente, feliz por sair daquele assunto sobre questões de consciência e batalhas contra o mal. – Há quanto tempo Seoras é o seu Guardião?

Os olhos da rainha se suavizaram e seu sorriso ficou mais doce, quente e até mais bonito.

– Seoras tornou-se meu Guardião Sob Juramento há mais de quinhentos anos.

– Caramba, quinhentos anos? Quantos anos você tem?

Sgiach deu uma gargalhada.

– Depois de certo ponto, você não acha que idade é irrelevante?

– E não é educado perguntar a idade de uma moçoila.

Mesmo que ele não tivesse dito nada, eu teria percebido que Seoras tinha entrado no recinto. O rosto de Sgiach mudava quando ele estava por perto. Era como se ele ligasse um interruptor e fizesse algo suave e quente arder dentro dela. E, quando ele olhava intensamente para ela, apenas por um momento ele não parecia tão rude, cheio de cicatrizes de batalha e do tipo "eu preferiria chutar o seu traseiro a falar com você".

A rainha riu alto e tocou o braço do seu Guardião, com uma intimidade que me fez ter esperanças de que Stark e eu pudéssemos conseguir ter pelo menos um pouco do que aqueles dois tinham. E, se ele me chamasse de moçoila depois de quinhentos anos, também seria muito legal.

Heath me chamaria de moçoila. Bem, acho que de garota. Ou talvez apenas de Zo – para sempre, apenas sua Zo.

Mas Heath estava morto, tinha partido e nunca me chamaria de mais nada novamente.

– Ele está esperando por você, jovem rainha.

Chocada, eu encarei Seoras.

– Heath?

O olhar do guerreiro era sábio e compreensivo, e a sua voz, gentil.

– Sim, o seu Heath provavelmente espera por você em algum lugar no futuro, mas é do seu Guardião que eu falava.

– Stark? Oh, Deus, ele acordou.

Eu sei que soei culpada. Eu não tinha a intenção de continuar pensando em Heath, mas isso era difícil. Ele tinha sido parte da minha vida desde que eu tinha nove anos e estava morto fazia apenas algumas semanas. Eu mentalmente sacudi essas ideias para fora da cabeça, curvei-me rapidamente para Sgiach e fui em direção à porta.

— Ele não está nos seus aposentos – disse Seoras. – O garoto está perto do bosque. Ele pediu que você o encontre lá.

— Ele está lá fora? – Eu fiz uma pausa, surpresa.

Desde que Stark havia voltado do Mundo do Além, tinha estado muito fraco e sonolento para fazer qualquer coisa além de comer, dormir e jogar no computador com Seoras, o que era de fato uma visão superestranha – era como um encontro do ensino médio com *Coração Valente*[3] e *Call of Duty*[4].

— Sim, a moçoila pode deixar de se exasperar com a disposição dele, agora que está agindo apropriadamente como um Guardião de novo.

Eu coloquei as mãos na cintura e estreitei os olhos para o velho guerreiro.

— Ele quase morreu. Você o cortou em pedaços. Ele estava no Mundo do Além. Dê um tempo a ele. Afe!

— Sim, bem, ele não morreu de fato, morreu?

Revirei meus olhos.

— Você disse que ele estava no bosque?

— Sim.

— Beleza.

Enquanto eu me apressava em direção à porta, a voz de Sgiach me seguiu, dizendo:

— Leve aquela adorável echarpe que você comprou na vila. Está uma noite fria.

Eu achei uma coisa meio estranha para Sgiach falar. Quero dizer, sim, estava frio (e normalmente úmido) em Skye, mas novatos e vampiros não sentem as mudanças do clima como os humanos. Mas, que seja. Quando uma rainha guerreira diz para fazer algo, geralmente é melhor fazê-lo. Então, eu fiz um desvio em direção ao amplo quarto que eu compartilhava com Stark e peguei a echarpe que eu tinha deixado na borda da cama de dossel. Era de casimira cor de creme, com fios de

---

3 *Coração Valente (Braveheart)* é um filme de Mel Gibson, lançado em 1995, que retrata a história de um guerreiro escocês medieval. (N.T.)
4 *Call of Duty* (chamado do dever, em tradução livre) é uma série de jogos eletrônicos de tiro. (N.T.)

ouro trançados. Eu achei que ela provavelmente ficaria melhor se fosse pendurada perto das cortinas carmesins da cama do que em volta do meu pescoço.

Parei por um segundo, olhando para a cama que eu estava dividindo com Stark nas últimas semanas. Eu tinha ficado de conchinha com ele, segurado a sua mão e descansado a minha cabeça no seu ombro, enquanto o olhava dormir. Mas era só isso. Ele não tinha nem me provocado para ficar com ele.

Droga! Ele está supermachucado!

Eu me encolhi mentalmente só de lembrar quantas vezes Stark tinha sofrido por minha causa: uma flecha dirigida a mim quase o tinha matado porque ele tomou a flechada no meu lugar; ele teve de ser retalhado e destruir uma parte de si mesmo para passar para o Mundo do Além e me encontrar; foi ferido de morte por Kalona porque acreditava que essa era a única maneira de alcançar o que estava despedaçado dentro de mim.

Mas eu também o salvei, lembrei a mim mesma. Stark estava certo, observar Kalona tratá-lo brutalmente fez com que eu conseguisse me juntar de novo e, por causa disso, Nyx forçou Kalona a soprar uma centelha de imortalidade dentro do corpo de Stark, devolvendo a vida a ele e pagando sua dívida por ter matado Heath.

Eu andei pelo bonito castelo decorado, abaixando a cabeça para os guerreiros que se inclinavam com respeito em reverência a mim. Pensando em Stark, apressei o passo automaticamente. O que ele estava pensando, indo lá para fora depois de tudo que ele tinha passado?

Droga, eu não sabia o que ele estava pensando. Ele estava diferente desde que havíamos voltado.

Bem, é claro que ele estava diferente, disse a mim mesma firmemente, sentindo-me desleal e errada. Meu guerreiro tinha feito uma jornada para o Mundo do Além, tinha morrido e ressuscitado por meio de um imortal e depois tinha sido puxado de volta para um corpo que estava fraco e ferido.

Mas antes disso. Antes de nós voltarmos ao mundo real, algo aconteceu entre a gente. Alguma coisa tinha mudado entre nós. Pelo menos eu achei que tivesse mudado. Nós estávamos superíntimos no Mundo do Além. Quando ele bebeu de mim, foi uma experiência incrível. Foi *mais* do que sexo. Sim, foi muito bom. Realmente, *realmente* muito bom. Isso o curou e o fortaleceu e, de algum modo, consertou o que ainda estava quebrado dentro de mim, permitindo que minhas tatuagens reaparecessem.

E essa nova proximidade com Stark tinha tornado a perda de Heath suportável.

Então, por que eu estava me sentindo tão deprimida? O que tinha de errado comigo?

Droga. Eu não sabia.

Uma mãe saberia. Eu pensei em minha mãe e senti uma inesperada e terrível solidão. Sim, ela tinha ferrado tudo e, basicamente, preferido um novo marido a mim, mas ainda era a minha mãe. *Eu sinto falta dela*, aquela vozinha dentro da minha cabeça admitiu. Então eu balancei a cabeça. Não. Eu ainda tinha uma "mãe". Minha avó era isso e muito mais para mim.

– É da vovó que eu tenho saudade.

E então, é claro, eu me senti culpada, pois desde que voltei não tinha nem ligado para ela. Ok, eu sei que vovó tinha sentido que minha alma estava de volta – disso eu tinha certeza. Ela sempre foi superintuitiva, principalmente em relação a mim. Mas eu deveria ter ligado.

Sentindo-me realmente desapontada comigo mesma e triste, mordi meu lábio e enrolei a echarpe em volta do meu pescoço, segurando as pontas dela enquanto eu cruzava a ponte do fosso e o vento frio chicoteava ao meu redor. Guerreiros estavam acendendo as tochas, e eu cumprimentei os rapazes que se curvaram para mim. Tentei não olhar para os assustadores crânios empalados que adornavam as tochas. Sério. Crânios. Tipo gente morta de verdade. Bem, eles eram todos velhos, secos e praticamente sem carne, mas ainda assim era *asqueroso*.

Desviando meus olhos cuidadosamente, eu segui o caminho erguido sobre a área pantanosa que rodeava a lateral do castelo. Quando cheguei à estrada estreita, virei à esquerda. O Bosque Sagrado começava bem perto do castelo e parecia se estender a uma distância sem fim dos dois lados do caminho. Eu sabia onde era não porque me lembrasse de ser carregada, feito um cadáver, através dele em direção a Sgiach. Eu sabia onde era porque nas últimas semanas, enquanto Stark estava se recuperando, senti-me atraída para o bosque. Quando eu não estava com a rainha, ou com Aphrodite, ou vendo como Stark estava, dava longos passeios por dentro dele.

Ele lembrava o Mundo do Além. O fato de essa memória, ao mesmo tempo, me confortar e me dar calafrios me deixava assustada.

Além disso, eu tinha visitado o Bosque Sagrado ou, como Seoras o chamava, o Craobh, mas apenas à luz do dia. Nunca depois do pôr do sol. Nunca à noite.

Continuei andando pela estrada. Tochas marcavam o caminho. Elas projetavam sombras bruxuleantes contra as beiradas do bosque, fornecendo luz suficiente para que eu pudesse ter uma ideia do mundo mágico e cheio de musgo que havia dentro dos limites das árvores centenárias. Parecia diferente sem o sol iluminando e formando um dossel vivo de galhos. Não era mais familiar, e eu senti uma sensação de coceira na pele, como se os meus nervos estivessem superalertas.

Meus olhos continuavam sendo atraídos pelas sombras dentro do bosque. Seriam elas mais escuras do que deveriam ser? Haveria alguma coisa *não exatamente certa* espreitando ali dentro? Eu estremeci, e foi nessa hora que um movimento mais ao longe no caminho foi capturado pelo canto do meu olho. Meu coração bateu rápido dentro do meu peito, enquanto eu perscrutei o caminho à minha frente, quase esperando encontrar asas, frieza, maldade e loucura...

Em vez disso, o que eu vi fez o meu coração acelerar por outras razões.

Stark estava lá, parado na frente de duas árvores que estavam entrelaçadas formando uma só. Os galhos trançados estavam decorados com tiras de tecido amarradas neles – algumas eram de um colorido brilhante, outras eram gastas, desbotadas e esfarrapadas. Era a versão mortal da árvore de pendurar desejos que ficava na entrada do Bosque de Nyx, no Mundo do Além. E o fato de esta estar no "mundo real" não significava que fosse menos espetacular. Especialmente quando o cara parado em pé na frente dela, olhando para os seus galhos, estava vestido com a roupa xadrez com as cores da terra dos MacUallis, como um guerreiro tradicional, incluindo adaga, bolsa de couro usada pelos escoceses e todos aqueles equipamentos *sexy* de couro com tachas de metal (como Damien teria falado).

Eu olhei para ele como se não o visse há anos. Stark parecia forte, saudável e simplesmente maravilhoso. Eu estava me distraindo ao imaginar o que exatamente os caras escoceses usavam, *ou não usavam*, embaixo daqueles *kilts*[5] quando ele se virou para me encarar.

O sorriso dele iluminou os seus olhos.

– Eu praticamente posso ouvir você pensando.

Minhas bochechas ficaram quentes na hora, principalmente porque Stark tinha mesmo a habilidade de sentir as minhas emoções.

– Você não deve ouvir a menos que eu esteja em perigo.

O sorriso largo dele ficou metidinho, e os olhos faiscaram cheios de malícia.

– Então, não pense tão alto. Mas você está certa. Eu não deveria estar ouvindo, pois o que eu estava sentindo era o oposto do que eu chamaria de perigo.

– Espertinho – disse, mas não pude evitar sorrir de volta para ele.

Stark levantou a mão para mim quando eu cheguei ao seu lado, e nossos dedos se entrelaçaram. O seu toque era quente, e a sua mão, firme e forte. Assim de perto, eu podia ver que ainda havia sombras embaixo dos olhos dele, mas não estava tão mortalmente pálido como tinha estado.

– É você mesmo de novo!

– Sim, demorou um pouco. Meu sono tem sido estranho, não tão repousante como deveria ser, mas é como se um interruptor tivesse

---

5   *Kilt* é um saiote preguendo que faz parte do traje masculino escocês. (N.T.)

sido ligado dentro de mim hoje e eu, finalmente, tivesse recarregado as energias.

– Fico contente. Andei tão preocupada com você... – assim que eu disse isso, percebi o quanto era verdade e continuei sem pensar. – E eu sinto saudade de você.

Ele apertou a minha mão e me puxou para mais perto dele. Toda a arrogância infantil evaporou.

– Eu sei. Você se sente distante e com medo. O que está rolando?

Eu ia começar a dizer que ele estava errado, que eu estava apenas dando a ele um pouco de espaço até ele melhorar, mas as palavras que se formaram e escorregaram dos meus lábios foram mais honestas.

– Você ficou muito machucado por minha causa.

– Não por *sua* causa, Z. Eu fiquei machucado porque é isso que as Trevas fazem, elas tentam destruir aqueles que lutam pela Luz.

– É, bem, eu gostaria que as Trevas pegassem outro por um tempo e deixassem você descansar.

Ele me deu um cutucão com o ombro.

– Eu sabia no que estava me metendo quando fiz meu Juramento a você. Eu estava de boa com isso na época, e estou agora. E ainda vou estar de boa daqui a cinquenta anos. E, Z., eu realmente não pareço um Guardião quando você fala que as Trevas estão "me pegando".

– Olha só, estou falando sério. Você quer saber o que está rolando comigo, bom, eu andei preocupada, pensando que você poderia ter se machucado demais desta vez. – Eu hesitei, lutando contra inesperadas lágrimas assim que eu entendi. – Que você pudesse estar tão machucado que não ficaria bom. E, então, você me deixaria também.

A presença de Heath era tão palpável ali que eu quase o vi sair do bosque e dizer: "E aí, Zo. Pare de chorar. Você fica cheia de catarro quando chora". E é claro que aquele pensamento fez com que fosse ainda mais difícil eu *não* berrar.

– Escute aqui, Zoey. Eu sou o seu Guardião. Você é minha rainha. Isso é mais do que uma Grande Sacerdotisa, portanto, a nossa ligação é ainda mais forte do que um simples Juramento Solene do Guerreiro.

Eu pisquei com força.

– Certo, porque parece que coisas ruins continuam tentando me separar de todo mundo que eu amo.

– Nada vai me separar de você jamais, Z. Eu prometi isso no meu Juramento Solene. – Dizendo isso, ele sorriu, e havia tanta confiança, verdade e amor nos olhos dele que minha respiração ficou presa na garganta. – Você nunca vai se livrar de mim, *mo bann ri*, minha rainha.

– É bom mesmo – disse suavemente, encostando a minha cabeça no ombro dele, enquanto ele me abraçava. – Estou cansada dessa coisa de despedidas.

Ele beijou minha testa, murmurando na minha pele:

– É, eu também.

– Na verdade, eu acho que estou cansada. Ponto. Preciso recarregar também. – Levantei os olhos para ele. – Tudo bem por você se a gente ficar aqui? E eu só não quero partir e voltar para... para... – Hesitei, sem saber como traduzir o que eu estava sentindo em palavras.

– Voltar para tudo, para as coisas boas e más. Eu sei o que você quer dizer – o meu Guardião completou. – Por Sgiach, tudo bem se a gente ficar?

– Ela falou que podemos ficar pelo tempo que a minha consciência deixar – eu disse, sorrindo de um jeito meio sarcástico. – E, no momento, minha consciência está definitivamente deixando.

– Para mim parece legal. Eu não estou com a menor pressa de voltar para todo aquele drama de Neferet, que está esperando pela gente.

– Então vamos ficar por um tempo?

Stark me abraçou.

– Nós vamos ficar até você querer ir embora.

Fechei meus olhos e descansei nos braços de Stark, sentindo como se um peso enorme tivesse sido tirado de cima de mim. Quando ele me perguntou:

– Ei, você faria uma coisa comigo?

Minha resposta foi instantânea e fácil:

– Sim, qualquer coisa.

Eu pude senti-lo dando uma risadinha.

– Essa resposta me faz ter vontade de mudar o que eu ia pedir para você fazer.

– Não era *esse* tipo de qualquer coisa.

Eu dei um empurrãozinho nele, apesar de estar sentindo ondas de alívio por Stark estar agindo definitivamente como Stark de novo.

– Não?

O olhar dele intenso foi dos meus olhos para os meus lábios. De repente, ele parecia menos metidinho e mais faminto, e aquele olhar me deu um calafrio no estômago. Então, ele se inclinou e me beijou, um beijo forte e demorado, que tirou totalmente o meu fôlego.

– Você tem certeza de que não quis dizer *esse* tipo de qualquer coisa? – ele perguntou, com a voz mais baixa e rouca do que o normal.

– Não. Sim.

Ele abriu o sorriso.

– Qual dos dois?

– Eu não sei. Não consigo pensar quando você me beija desse jeito – disse a ele honestamente.

– Então eu preciso dar mais esse tipo de beijo – ele falou.

– Ok – eu respondi, sentindo-me meio tonta e estranhamente de pernas bambas.

– Ok – ele repetiu. – Mas mais tarde. Agora eu vou lhe mostrar como eu sou um Guardião forte e me prender à pergunta original que eu ia fazer. – Ele enfiou a mão na mochila de couro que estava presa ao seu corpo e puxou uma tira longa e estreita do xale xadrez dos MacUallis, levantando-a de modo que ela flutuou gentilmente na brisa. – Zoey Redbird, você gostaria de atar comigo os seus desejos e sonhos para o futuro na árvore de pendurar?

Eu hesitei apenas por um segundo – longo o bastante para sentir a dor aguda que era a ausência de Heath, a ausência de um caminho futuro que não poderia existir nunca mais –, então pisquei os olhos para limpar as lágrimas e respondi para o meu guerreiro Guardião.

– Sim, Stark, eu vou atar meus desejos e sonhos para o futuro com você.

4

Zoey

– Eu tenho que fazer *o que* com a minha echarpe de casimira?
– Rasgar um pedaço dela – disse Stark.
– Você tem certeza?
– Sim, eu peguei as instruções com Seoras. E ainda ouvi um monte de comentários espertinhos sobre como a minha formação era tristemente deficitária, sobre eu não saber nada de nada, e ainda alguma coisa sobre eu ser *fanny*[6], e eu não sei bem que droga isso quer dizer...
– *Fanny?* Como um nome feminino?
– Acho que não era bem isso...
Stark e eu balançamos a cabeça, concordando totalmente sobre a esquisitice de Seoras.
– Enfim – Stark continuou –, ele disse que os pedaços de tecido devem ser de alguma coisa minha e de algo seu, e essas coisas têm que ser especiais para cada um de nós – disse e ele sorriu, depois puxou rapidamente a minha echarpe linda, cara e um pouco brilhante. – Você gosta muito desta coisa, não gosta?
– Sim, tanto que eu não quero rasgá-la.

---

6 *Fanny* é uma gíria escocesa usada para insultar, algo como idiota, burro, etc. Porém, nos Estados Unidos, a gíria significa bunda, traseiro; e no inglês britânico quer dizer vagina, xoxota. (N.T.)

Stark deu uma gargalhada, puxou a adaga da bainha em sua cintura e a entregou para mim.

– Ótimo, então, atar isto ao meu pedaço de xale vai criar um laço forte entre nós.

– Sim, mas esse xale xadrez não custou a você oitenta euros, o que é mais do que cem dólares. Eu acho – murmurei enquanto pegava a adaga.

Em vez de me deixar pegar a adaga dele, Stark hesitou. Os olhos dele encontraram os meus.

– Você está certa. Isto não me custou dinheiro. Custou o meu sangue.

Meus ombros desabaram.

– Desculpe. Olhe só para mim, choramingando por causa de dinheiro e de uma echarpe. Ah, droga! Estou começando a me parecer com Aphrodite.

Stark puxou rapidamente a adaga e a apontou para o seu peito, bem sobre o coração.

– Se você se transformar em Aphrodite, eu vou dar uma punhalada em mim mesmo.

– Se eu me transformar em Aphrodite, dou uma punhalada em mim mesma antes – dizendo isso, estiquei o braço para pegar a adaga, que ele entregou para mim desta vez.

– Feito – ele deu um sorriso largo.

– Feito – disse, e então fiz um furo na borda de franjas da minha echarpe e, com um rápido puxão, rasguei um pedaço comprido e fino dela. – E agora?

– Escolha um galho. Seoras disse que eu devo segurar o meu pedaço, e você segura o seu. Nós os amarramos juntos e o desejo que fizermos para nós dois será atado junto também.

– Sério? Isso é super-romântico.

– É, eu sei. – Ele estendeu o braço e deslizou o dedo pela minha bochecha. – Isso me faz desejar que eu consiga vencer, só por você.

Eu olhei dentro dos seus olhos e disse exatamente o que eu estava pensando.

– Você é o melhor Guardião do mundo.

Stark balançou a cabeça, com a expressão séria.

– Não sou. Não diga isso.

Como ele tinha feito comigo, eu deslizei o dedo pela sua bochecha.

– Para mim, Stark. Para mim, você é o melhor Guardião do mundo.

Ele relaxou um pouquinho.

– Por você, eu vou tentar ser.

Eu desviei o olhar dos olhos dele e me virei para a árvore ancestral.

– Ali. – Apontei para um galho baixo bifurcado, que formava com folhas e ramos o que parecia um perfeito coração. – Ali é o nosso lugar.

Fomos juntos até a árvore. Então, como o Guardião de Sgiach tinha ensinado, Stark e eu amarramos juntos o tecido xadrez marrom-avermelhado dos MacUallis e o meu comprido pedaço de echarpe um pouco brilhante. Nossos dedos se roçaram e, quando demos a última volta no laço, nossos olhos se encontraram.

– O meu desejo é que o nosso futuro seja duradouro, assim como este laço – Stark disse.

– O meu desejo é que no futuro a gente esteja junto, assim como este laço – falei.

Nós selamos os nossos desejos com um beijo que me deixou sem fôlego. Eu estava me inclinando na direção de Stark para beijá-lo de novo, quando ele pegou a minha mão e disse:

– Você me deixaria mostrar uma coisa a você?

– Sim, é claro – respondi, pensando que àquela altura eu deixaria Stark me mostrar qualquer coisa.

Ele começou a me guiar para dentro do bosque, mas sentiu a minha hesitação, pois apertou a minha mão e sorriu para mim.

– Ei, não tem nada aqui que possa machucá-la e, se tivesse, eu a protegeria. Eu prometo.

– Eu sei. Desculpe-me.

Engoli parte do esquisito nó de medo que tinha se formado na minha garganta, apertei a mão dele também e entramos no bosque.

– Você está de volta, Z. Realmente de volta. E está segura.

– Para você, este lugar não lembra um pouco o Mundo do Além também? – falei baixinho e Stark teve de se inclinar para me ouvir.

– Sim, mas de um jeito bom.

– Para mim também, na maior parte do tempo. Eu sinto umas coisas aqui que me fazem pensar em Nyx e no seu reino.

– Acho que isso tem algo a ver com o fato de este lugar ser tão antigo e tão separado do mundo real. Ok, é logo ali – disse. – Seoras me contou sobre isto e acho que eu a vi um pouco antes de você aparecer. É isto que eu quero mostrar a você – Stark apontou para um ponto à nossa frente, um pouco à direita, e eu engasguei de admiração. Uma das árvores estava brilhando intensamente. De dentro das linhas irregulares na sua espessa casca, uma luz azul suave reluzia, como se a árvore tivesse veias luminosas.

– É incrível! O que é?

– Tenho certeza de que tem uma explicação científica, provavelmente relacionada a plantas fosforosas e essas coisas, mas eu prefiro acreditar que é magia, magia escocesa – disse Stark.

Levantei os olhos para ele, sorri e dei um puxão no seu xale escocês.

– Eu também prefiro chamar de mágica. E, falando em coisas escocesas, estou gostando sinceramente de você com esse visual.

Ele deu uma olhada rápida para a própria roupa.

– É estranho que algo como um básico vestido feito de lã possa parecer tão masculino.

Dei uma risadinha.

– Eu queria ouvir você dizer para Seoras e para o resto dos guerreiros que eles estão usando vestidos de lã.

– Nem pensar. Acabei de voltar do Mundo do Além, mas isso não quer dizer que eu queira morrer. – Ele pareceu se lembrar do que eu tinha acabado de dizer e acrescentou: – Então, você gosta de mim vestido assim, hein?

Eu cruzei meus braços e andei em volta dele, olhando-o de cima abaixo enquanto ele me observava. As cores do traje dos MacUallis sempre me lembravam da terra – estranhamente, da terra vermelha e poeirenta de Oklahoma, para ser mais exata. Aquele marrom enferrujado inconfundível era mesclado com um tom mais claro de folhas que acabaram de ficar avermelhadas e um cinza-escuro de casca de árvore. Ele usava o tecido xadrez como os ancestrais, como Seoras o havia ensinado, fazendo pregas em toda a sua extensão com a mão e se enrolando nele, prendendo-o com cintos e com uns broches antigos e bacanas – embora eu achasse que os guerreiros não chamavam aquilo de broches. Tinha ainda outro pedaço de tecido que ele colocava sobre os ombros, o que era uma coisa boa porque, com exceção dos cintos de couro cruzados sobre o peito, tudo o que ele vestia na parte de cima do corpo era uma camiseta sem mangas que deixava um bom pedaço da sua pele à mostra.

Ele limpou a garganta. O seu meio sorriso fez com que parecesse um menino, um pouco nervoso.

– E então? Fui aprovado na sua inspeção, minha rainha?

– Totalmente. – Dei um sorriso largo para ele. – Com um grande A+[7].

Achei legal que, apesar de ele ser um Guardião grande e durão, pareceu aliviado.

– Fico feliz em ouvir isso. Veja só como esta lã é confortável. – Ele pegou a minha mão, levou-me para mais perto da árvore brilhante e se sentou, espalhando parte do seu xale sobre o musgo. – Sente aqui, Z.

– Imagina se eu não vou – disse, deitando de conchinha ao lado dele.

Stark me puxou para os seus braços e colocou a borda do seu *kilt* sobre mim, para que eu ficasse quente e protegida dentro do que parecia um adorável sanduíche de guerreiro e xale xadrez.

Nós ficamos deitados ali desse jeito pelo que pareceu um longo tempo. Não falamos nada. Em vez disso, mergulhamos em um bonito e confortável silêncio. Parecia certo estar nos braços de Stark. Seguro. E, quando as mãos dele começaram a se mover, acompanhando o traçado

---

7 A+ ou A-plus, no sistema de avaliação escolar dos Estados Unidos, é equivalente à nota máxima. (N.T.)

das minhas tatuagens, primeiro no meu rosto e depois descendo pelo meu pescoço, aquilo pareceu certo também.

– Fico contente que elas tenham reaparecido – disse Stark, suavemente.

– Graças a você – eu suspirei de volta. – Foi por causa do que você me fez sentir no Mundo do Além.

Ele sorriu e beijou a minha testa.

– Você quer dizer ficar com medo e apavorada?

– Não – disse, tocando o rosto dele. – Você fez com que eu me sentisse viva de novo.

Os lábios dele desviaram-se da minha testa para a minha boca. Ele me beijou profundamente e então, contra os meus lábios, ele falou:

– É bom ouvir isso porque toda aquela história com Heath e o fato de quase perder você fizeram com que eu descobrisse uma coisa que eu meio que já sabia antes. Eu não posso viver sem você, Zoey. Talvez no futuro eu seja apenas o seu Guardião e você tenha outro Consorte, ou mesmo um companheiro, mas seja quem for que você tenha na sua vida não vai mudar quem eu sou para você. Eu nunca mais vou ficar irritado, ser egoísta de novo e perder você. Não importa o que aconteça. Eu vou saber lidar com outros caras, e isso não vai mudar nada entre nós. Eu prometo.

Ele suspirou e pressionou a sua testa contra a minha.

– Obrigada – disse. – Mesmo que isso soe como se você estivesse me entregando para outros caras.

Ele se inclinou para trás, franziu a testa para mim e disse:

– Não fale besteira, Z.

– Bem, você acabou de dizer que tudo bem para você se eu estiver com...

– Não! – ele me sacudiu um pouquinho. – Eu não disse que tudo bem se você ficar com outros caras. Eu disse que não deixaria que o que nós temos se quebrasse.

– O que nós temos?

– Um ao outro. Para sempre.

– Isso basta para mim, Stark. – Eu o envolvi com os meus braços. – Você faria uma coisa comigo?

– Sim, qualquer coisa – ele imitou a minha resposta, fazendo com que nós dois sorríssemos.

– Beije-me como você fez antes, para que eu não consiga pensar.

– Posso resolver isso – ele disse.

O beijo de Stark começou doce e suave, mas não continuou assim por muito tempo. Enquanto o beijo se intensificava, as mãos dele começaram a percorrer o meu corpo. Quando chegou à parte inferior da minha camiseta, ele hesitou, e foi durante esse minúsculo momento de hesitação que eu tomei minha decisão. Eu queria Stark. Eu o queria por inteiro. Eu me afastei um pouco dele, de modo que eu pudesse olhar dentro dos seus olhos. Estávamos ambos ofegantes, e ele automaticamente se inclinou na minha direção, como se não conseguisse suportar não ter o seu corpo pressionado contra o meu.

– Espere – disse, colocando a palma da minha mão no peito dele.

– Desculpe – a voz dele soou rouca. – Eu não queria forçar a barra.

– Não, não é isso. Você não está forçando a barra. Eu só queria... Bem... – Hesitei, tentando fazer a minha cabeça funcionar no meio daquela onda de desejo que eu estava sentindo por ele. – Ah, droga. Vou lhe mostrar o que eu quero.

Antes que ficasse tímida ou sem jeito, eu me levantei. Stark estava me observando com uma expressão que era uma mistura de curiosidade e calor, mas, quando eu tirei minha blusa e desabotoei e tirei a minha calça jeans, a curiosidade foi embora e os olhos dele pareceram escurecer com o calor. Eu deitei novamente dentro da segurança dos seus braços, amando a sensação de aspereza do seu xale contra a maciez da minha pele nua.

– Você é tão bonita – Stark disse, acompanhando com o dedo os desenhos da tatuagem que envolvia a minha cintura. O seu toque me fez estremecer. – Você está com medo? – ele perguntou, puxando-me mais para perto.

– Eu não estou tremendo de medo – suspirei contra os seus lábios entre um beijo e outro. – Eu estou tremendo de tanto que quero você.

– Você tem certeza?

– Certeza absoluta. Eu te amo, Stark.

– Eu também te amo, Zoey.

Então Stark me tomou em seus braços e, com as mãos e os lábios, bloqueou o mundo lá fora, fazendo-me pensar apenas nele e em como eu queria estar com ele. O seu toque baniu para as névoas do passado a feia memória de Loren e o erro que eu tinha cometido ao me entregar a ele. Ao mesmo tempo, Stark suavizou a dor dentro de mim deixada pela perda de Heath. Eu sempre sentiria saudades de Heath, mas ele era humano e, enquanto Stark fazia amor comigo, entendi que um dia teria mesmo que dizer adeus a Heath.

Stark era o meu futuro, o meu guerreiro, o meu Guardião – o meu amor.

Quando Stark desenrolou o tecido xadrez do seu corpo e deitou nu ao meu lado, eu primeiro senti a sua língua contra a veia pulsante do meu pescoço e, depois, um breve e interrogativo toque dos seus dentes.

– Sim – disse, surpresa com o som excitado e não familiar da minha voz.

Eu ergui um pouco o meu corpo de modo que os lábios de Stark fossem pressionados mais fortemente contra o meu pescoço, enquanto eu beijava o declive macio e forte entre o ombro e o bíceps dele. Com a minha pergunta sem palavras, eu deixei os meus dentes roçarem a pele dele.

– Oh, Deusa, sim! Por favor, Zoey. Por favor.

Não pude esperar mais. Eu cortei a pele dele no mesmo momento em que ele mordeu gentilmente o meu pescoço e, com o sabor doce e quente do seu sangue, o meu corpo se preencheu com as nossas sensações compartilhadas. O elo entre nós era como fogo, que queimava e consumia com uma intensidade quase dolorosa. Quase insuportável de prazer. Nós nos agarramos um ao outro, bocas pressionadas contra a pele, corpo contra corpo. Tudo o que eu podia sentir era Stark. Tudo o que eu podia ouvir era a batida dos nossos corações em sincronia. Eu não podia dizer onde eu terminava e onde ele começava. Eu não conseguia separar o meu prazer do dele. Depois de tudo, quando eu descansava nos braços dele, nossas pernas entrelaçadas, nossos corpos ainda escorregadios de suor, enviei uma prece silenciosa para a minha Deusa: *Nyx, obrigada por me dar Stark. Obrigada por permitir que ele me ame.*

Nós não saímos do bosque por horas. Tempos depois, eu me lembraria daquela noite como uma das mais felizes da minha vida. No caos do futuro, o fato de estar envolvida nos braços de Stark, compartilhando toques e sonhos, e de estar completa e totalmente satisfeita naquele momento seria algo de que eu me lembraria com um carinho muito especial, como o brilho quente da luz de uma vela no meio da noite mais escura.

Bem mais tarde, nós voltamos para o castelo caminhando lentamente. Nossos dedos estavam enroscados, nossos corpos roçavam um no outro intimamente. Tínhamos acabado de cruzar a ponte sobre o fosso, e eu estava tão enrolada em Stark que nem notei as cabeças espetadas pelo caminho. Na verdade, eu não tinha notado quase nada à minha volta até a voz de Aphrodite surgir entre nós.

– Ah, merda. Vocês dois poderiam ser mais óbvios?

Eu levantei a minha cabeça sonhadora do ombro de Stark e vi Aphrodite em pé, iluminada pela luz de uma tocha na entrada do castelo, batendo o pezinho no chão e com cara de contrariada.

– Minha bela, deixe-os em paz. Eles merecem um pedaço de felicidade – a voz profunda de Darius saiu das sombras ao lado dela.

Uma sobrancelha loira e fina se levantou jocosamente.

– Eu não acho que felicidade é o pedaço que ela acabou de dar para Stark.

– Sério, nem a sua grosseria vai conseguir me irritar agora – disse a ela.

– Mas pode me irritar – Stark falou. – Você não deveria estar arrancando as asas de alguma gaivota ou as garras de algum caranguejo?

Aphrodite fingiu que não o escutou e se aproximou de mim.
– É verdade?
– O que é verdade? Que você é um pé no saco? – perguntei.
Stark bufou.
– Isso definitivamente é verdade.
– Se é verdade, então você vai ter de contar a ele. Eu não quero ouvir choradeira – Aphrodite disse, agitando o seu iPhone no ar, usando-o para pontuar as suas palavras.
– Afe, você está agindo como uma maluca, mais do que o normal. Precisa de uma terapia de compras? O-que-é-verdade? – falei lentamente, como se ela fosse uma pessoa que está aprendendo inglês como segunda língua.
– É verdade o que a "rainha de cada maldita coisinha" em Skye acabou de me contar? Que você não vai embora com a gente amanhã? Que você vai ficar aqui?
– Ah – eu fiquei sem graça, imaginando por que eu deveria me sentir culpada. – Sim, é verdade.
– Ótimo. Simplesmente ótimo. Agora, como eu disse antes, *você* vai contar isso para ele.
– Ele quem?
– Jack. Aqui. Ele vai explodir em lágrimas melequentas e arruinar a maquiagem, o que vai fazer com que ele chore ainda mais pateticamente. E eu não quero ter nada a ver com catarro *gay*. De jeito nenhum... – Aphrodite bateu com força na tela do seu celular. Ele estava tocando quando ela o estendeu para mim.
Jack soou doce, mas na defensiva, quando ele atendeu.
– Aphrodite, se você vai dizer mais alguma coisa maldosa sobre o ritual, eu acho que seria melhor você não falar nada. Além disso, não vou ouvir você porque estou ocupado desafiando a gravidade. É isso.
– Ahn, oi, Jack – disse.
Quase pude vê-lo abrir um sorriso resplandecente pelo telefone.
– *Zoey*! Oi! Ai, é tão legal que você não esteja morta, ou mesmo quase morta. Ah, ah, Aphrodite lhe contou o que nós estamos planejando

para amanhã, depois que você voltar? *Aiminhadeusa*, vai ser totalmente demais!

– Não, Jack. Aphrodite não me contou porque...

– Ótimo! Eu mesmo conto. Nós vamos ter um ritual especial de celebração de Filhas e Filhos das Trevas, tipo com nome próprio e tudo, porque o fato de você estar des-despedaçada é muito importante.

– Jack, eu tenho que...

– Não, não, não. Você não tem que fazer absolutamente nada. Eu já resolvi tudo. Eu até já planejei a comida, bem, com a ajuda de Damien, é claro. Eu quero dizer...

Eu suspirei e fiquei esperando que ele fizesse uma pausa para tomar fôlego.

– Viu só, eu avisei – Aphrodite falou baixinho, enquanto Jack tagarelava sem parar. – Ele vai berrar quando você explodir a pequena bolha cor-de-rosa dele.

– ... e a minha parte favorita será quando você entrar no círculo, enquanto eu estarei cantando *Defying Gravity*[8]. Sabe, como Kurt fez em *Glee*, com a diferença de que eu vou conseguir mesmo alcançar aquele tom alto. E, então, o que você acha?

Fechei meus olhos, respirei profundamente e disse:

– Acho que você é realmente um ótimo amigo.

– Ah! Obrigado!

– *Mas* vamos ter que adiar o Ritual.

– Adiar? Como assim? – a voz dele já começou a ficar trêmula.

– Porque... – eu hesitei. Droga. Aphrodite estava certa. Parecia que ele ia *mesmo* começar a chorar.

Stark pegou gentilmente o telefone da minha mão e apertou o botão do alto-falante.

– E aí, Jack – disse ele.

– Oi, Stark!

---

8 *Defying Gravity* significa "desafiando a gravidade". É uma canção do musical *Wicked*, composta por Stephen Schwartz e mais tarde apresentada na série de TV *Glee*. (N.T.)

– Você me faria um favor?

– *Aiminhadeusa*! É claro!

– Bem, eu ainda estou meio fora do ar por causa da coisa do Mundo do Além e tal. Aphrodite e Darius vão voltar amanhã, mas Zoey vai ficar aqui comigo em Skye até eu ficar mais forte. Então, será que você poderia avisar a todos que nós não vamos voltar para Tulsa por mais duas semanas mais ou menos? Apenas espalhe a notícia e tranquilize todo mundo por mim?

Eu segurei meu fôlego, esperando pelas lágrimas, mas em vez disso Jack soou totalmente crescido e maduro.

– Com certeza. Não se preocupe com qualquer coisa, Stark. Eu vou falar com Lenobia, Damien e todo mundo agora. E, Z., sem problemas. É claro que nós podemos adiar. Isso vai me dar mais tempo para praticar a minha música e descobrir como fazer espadas de origami para a decoração. Eu acho que vou pendurá-las com linha de pesca que é quase invisível, assim vai parecer que estão, tipo assim, *desafiando a gravidade*, sabe?

Eu sorri e soltei um "obrigada" sem som para Stark.

– Parece perfeito, Jack. Eu não vou me preocupar com nada, já que você é o responsável pela decoração e pela música.

A risada feliz de Jack transbordou.

– Vai ser um ritual incrível! Espere e verá. Stark, fique bom logo. Ah, Aphrodite, você não deveria ir logo achando que vou me debulhar em lágrimas ao primeiro sinal de mudança de planos de festas.

Aphrodite franziu a testa para o telefone.

– Como você sabia que era exatamente isso que eu estava achando?

– Eu sou *gay*. Eu sei das coisas.

– Que seja. Diga tchau, Jack. Meu telefone está em *roaming* – disse Aphrodite.

– Tchau, Jack! – disse Jack, dando uma risadinha.

Então Aphrodite agarrou o telefone das mãos de Stark e encerrou a chamada.

– Foi melhor do que você pensava – eu disse para Aphrodite.

– Sim, "ela" levou numa boa. Imagine só como a outra vai lidar com isso, já que é exponencialmente pior do que a senhorita Jack.

– Olha só, Aphrodite, Damien não é um *gay* do tipo ansioso, não que haja qualquer coisa de errado nisso. Mas eu realmente gostaria que você fosse mais agradável em relação a eles.

– Ah, por favor. Eu não estou me referindo aos seus *gays*. Eu estou falando de Neferet.

– Neferet! – minha voz quase não saiu. Eu odiava até dizer o nome dela. – O que você ouviu dizer sobre ela?

– Nada, e é exatamente por isso que estou preocupada. Mas, Z., não perca o sono por isso. Acima de tudo, você vai estar aqui, em Skye, com um gazilhão de caras grandes e fortes, além de Stark, para protegê-la. Já o resto de nós, meros mortais, continuaremos com toda aquela coisa do bem contra o mal, Trevas *versus* Luz, batalhas épicas, blá-blá-blá, *et cetera*, *ad nauseam* – dizendo isso, Aphrodite se virou e saiu pisando forte pela escada frontal do castelo.

– Aphrodite é uma mera mortal? Eu achei que o seu nível de "pé no saco" estava bem além de ser mera qualquer coisa – disse Stark.

– Eu ouvi isso! – Aphrodite gritou por sobre os ombros. – Ah! E para a sua informação, Z., eu tenho uma emergência com a bagagem; já que não tenho espaço suficiente, vou confiscar aquela mala que você comprou outro dia. Estou fora dessa de tentar ficar socando as coisas na mala. Até mais tarde, seus caipiras.

Ela bateu a pesada porta de madeira do castelo, o que realmente exigiu certo esforço.

– Ela é magnífica – Darius disse, sorrindo orgulhoso enquanto saltava os degraus e seguia Aphrodite.

– Eu posso pensar em um monte de palavras com a letra M que poderiam defini-la. *Magnífica* não é uma delas – Stark murmurou.

– *Maluca* e *maldosa* surgiram na minha cabeça – eu disse.

– *Merda* surgiu na minha – Stark falou.

– *Merda*?

– Eu acho que ela é uma grande bosta, mas isso são duas palavras e não começam com M, então *merda* foi o mais próximo que eu consegui chegar – ele completou.

– Hehehe – ri e então entrelacei meu braço ao dele. – Você só está tentando me distrair daquela coisa de Neferet, não está?

– Está dando certo?

– Não exatamente.

O braço de Stark deslizou à minha volta.

– Então, eu vou precisar tentar melhorar as minhas habilidades de distração.

De braços dados, nós andamos em direção à entrada do castelo. Eu deixei que Stark me distraísse com sua lista de palavras com M que combinariam melhor com Aphrodite do que *magnífica* e tentei recuperar a sensação de felicidade absoluta que eu tinha sentido tão recentemente e por tão pouco tempo. Continuei tentando dizer a mim mesma que Neferet era um mundo à parte e que os adultos desse mundo poderiam lidar com ela. Quando Stark abriu a porta do castelo para mim, alguma coisa atraiu minha visão para o alto e os meus olhos foram capturados pela bandeira que tremulava orgulhosamente sobre o domínio de Sgiach. Fiz uma pausa, apreciando a beleza do poderoso touro negro com a forma brilhante da Deusa dentro do seu corpo. Nesse momento, um rastro de neblina se levantou das águas que ladeavam o castelo, alterando a minha visão da bandeira e transformando o touro negro em um fantasmagórico touro branco, enquanto a neblina apagava a imagem da Deusa completamente.

O medo se infiltrou rapidamente no meu corpo.

– O que foi? – instantaneamente alerta, Stark veio para o meu lado.

Eu pisquei. A neblina se dissipou e a bandeira voltou ao original.

– Nada – falei rapidamente. – Apenas eu e a minha paranoia.

– Ei, eu estou bem aqui. Você não precisa ficar paranoica, não precisa se preocupar. Posso protegê-la.

Stark me tomou nos seus braços e me abraçou forte, bloqueando o mundo exterior e aquilo que as minhas entranhas estavam tentando me dizer.

5

Stevie Rae

– Você não é você mesma. Sabe?

Stevie Rae levantou os olhos para Kramisha.

– A única coisa que estou fazendo é ficar sentada aqui, cuidando dos *meus próprios* assuntos. – Ela fez uma pausa, deixando a indireta "ao contrário de você" ser captada. – Como isso não é ser eu mesma?

– Você escolheu o canto mais escuro e assustador deste lugar. Você apagou as velas para ficar ainda mais escuro. E está sentada aí se lastimando tão alto que eu quase posso ouvir seus pensamentos.

– Você não pode ouvir meus pensamentos.

A forte tensão na voz de Stevie Rae fez Kramisha arregalar os olhos.

– É claro eu que não posso. Você não precisa ficar com todo esse medinho. Eu disse *quase*. Não sou Sookie Stackhouse[9] e, mesmo que fosse, não ficaria escutando os seus pensamentos. Isso seria falta de educação e a minha mãe me criou direitinho. – Kramisha se sentou perto de Stevie Rae no pequeno banco de madeira. – Falando nisso... Será que eu sou a única que acha que o lobisomem é mais gostoso do que Bill e Eric[10] juntos?

---

9 Sookie Stackhouse é uma personagem da série de TV *True Blood* (baseada na série de livros *The Southern Vampire Mysteries* ou *As Crônicas de Sookie Stackhouse*, no Brasil) que pode ouvir os pensamentos dos outros. (N.T.)

10 Bill e Eric são dois vampiros em *True Blood*. (N.T.)

– Kramisha, não estrague a terceira temporada de *True Blood*. Eu ainda não terminei de assistir aos DVDs da segunda temporada.

– Bem, eu só estou avisando: prepare-se para uma gostosura animal de quatro patas.

– Estou falando sério. Não se atreva a me contar mais nada.

– Ok, tudo bem, mas essa coisa de cara gostoso, monstro e lobo é algo que eu tenho que lhe contar.

– Este banco é feito de madeira. Madeira equivale a terra. Isso significa que eu posso dar um jeito de ele acertar você em cheio e esmagar cada pedacinho seu, se você soltar um *spoiler* de *True Blood* para mim.

– Você quer fazer o favor de relaxar? Já *tô* fora disso. Tem outra coisa que a gente tem que discutir antes de irmos para o que eu já sei que vai ser mais uma entediante reunião do Conselho.

– Isso é parte do que a gente tem de fazer. Eu sou uma Grande Sacerdotisa. Você é uma Poetisa Laureada. Nós devemos ir às reuniões do Conselho – dizendo isso, Stevie Rae soltou uma longa baforada de ar e deixou os seus ombros desabarem. – Caraca, eu vou ficar feliz quando Z. estiver de volta amanhã.

– Sim, sei, eu entendo isso. O que eu não entendo é por que a sua cabeça está tão ferrada que você parece estar virada do avesso.

– Meu namorado perdeu a droga da cabeça e desapareceu da face da Terra. Minha melhor amiga quase morreu no Mundo do Além. Os novatos vermelhos, aqueles outros, ainda estão por aí em algum lugar fazendo sabe-se lá o quê; tenho quase certeza de que eles estão comendo gente. E, acima de tudo, eu preciso ser uma Grande Sacerdotisa, mesmo que eu nem tenha muita certeza do que isso signifique. Acho que isso é o suficiente para ferrar com a cabeça de qualquer um.

– Sim, é. Mas não é o suficiente para continuar gerando poemas estranhíssimos, todos com o mesmo tema esquisito. Eles falam sobre você *e* bestas, e eu quero saber o porquê.

– Kramisha, eu realmente não sei do que você está falando.

Stevie Rae começou a se levantar, mas Kramisha colocou a mão dentro da sua bolsa enorme e tirou de dentro dela um pedaço de papel roxo que nitidamente tinha a sua caligrafia rabiscada. Exalando o ar com força novamente, Stevie Rae sentou-se e estendeu a mão.

– Ótimo. Deixe-me ver.

– Eu escrevi os dois poemas neste papel. O velho e o novo. Algo me disse que você poderia querer refrescar a sua memória.

Stevie Rae não disse nada. Seus olhos se focaram no primeiro poema do papel. Ela leu sem pressa. Não porque precisasse refrescar a memória. Ela não precisava. Cada linha do poema tinha sido marcada a ferro na sua mente.

A Vermelha adentra a Luz
evocando seus recursos internos para tomar
parte na apocalíptica luta.

As Trevas se escondem de diferentes aparências
Veja além de formas, cores, falsidades
e de tempestades sentimentais.

Alie-se a ele; pague com seu coração
embora a confiança não possa ser dada
a menos que consiga apartar as Trevas.

Enxergue com a alma e não com a visão
pois, para com as feras dançar,
é preciso o seu disfarce penetrar.

Stevie Rae disse a si mesma que não ia chorar, mas o seu coração estava partido e ferido. O poema tinha acertado. Ela tinha enxergado Rephaim com a alma, não com os olhos. Ela tinha apartado as Trevas, confiado nele e o aceitado. E por causa disso, porque ela tinha se aliado a uma fera, ela tinha pagado com o coração. Ainda estava pagando com o coração.

Com relutância, Stevie Rae olhou para o segundo poema na página – o novo. Lembrando a si mesma de não reagir, não deixar a sua expressão transparecer nada, ela começou a ler:

Feras podem ser belas
Sonhos se transformam em desejos
A realidade muda com a razão
Acredite na sua verdade
Homem... Monstro... Mistério... Magia
Ouça com o seu coração
Enxergue sem desprezo
O amor não vai perder
Acredite na verdade dele
A promessa dele é a prova
O teste é o tempo
A fé se liberta
Se há coragem para mudar.

Stevie Rae sentiu a boca seca.
– Desculpe, eu não posso ajudá-la. Eu não sei o que essas coisas querem dizer.
Ela tentou devolver o pedaço de papel para Kramisha, mas os braços da poetisa estavam cruzados sobre o seu peito.
– Você não sabe mentir, Stevie Rae.
– Não é inteligente da sua parte chamar a sua Grande Sacerdotisa de mentirosa.
Houve um tom de malignidade na voz de Stevie Rae, que fez Kramisha balançar a cabeça.
– O que está acontecendo com você? Você está lidando com algo que a está devorando por dentro. Se fosse você mesma, estaria falando comigo. Estaria tentando descobrir o que isso significa.
– Eu não consigo decifrar essa coisa de poesia! São metáforas, simbolismos e profecias estranhas e confusas.

– Isso é mentira da grossa – disse Kramisha. – A gente tem conseguido decifrar tudo. Zoey conseguiu. Você e eu conseguimos, ou pelo menos deciframos o suficiente para ajudar Zoey no Mundo do Além. Stark disse que ajudamos. – Kramisha apontou para o primeiro poema. – Uma parte deste aqui se tornou realidade. Você se encontrou com as bestas. Aqueles touros. Você está diferente desde então. Agora, eu recebi outro desses poemas sobre feras. Sei que eles são para você. E eu sei que você sabe mais do que está dizendo.

– Olha só, fique fora dos meus assuntos, Kramisha. – Stevie Rae se levantou e saiu do canto em que estava. Enquanto ia atrás de Dragon Lankford, ela gritou para Kramisha: – Estou de saco cheio de ficar falando sobre essas coisas de feras!

– Ei, opa, o que está acontecendo? – A mão forte de Dragon segurou Stevie Rae quando ela tropeçou depois do encontrão que deram. – Você falou *coisas de feras*?

– Ela falou – Kramisha disse, apontando para a folha de caderno na mão de Stevie Rae. – Dois poemas chegaram para mim, um no dia em que Stevie Rae se meteu com aqueles touros e o outro, agora há pouco. Ela não quer prestar a menor atenção neles.

– Eu não disse que eu não daria nenhuma atenção a eles. Eu só quero cuidar dos *meus* assuntos *sozinha*, sem ter cada maldito corpo no universo bisbilhotando ao meu redor.

– Você me considera um maldito corpo? – Dragon perguntou.

Stevie Rae se forçou a encontrar o olhar intenso dele.

– Não, é claro que não.

– E você concorda comigo que os poemas de Kramisha são importantes.

– Bem, sim.

– Então você não pode simplesmente ignorá-los. – Dragon colocou a sua mão no ombro de Stevie Rae. – Eu sei como é querer manter a própria privacidade, mas você atingiu uma posição em que há coisas mais importantes do que a sua vida privada.

– Sei disso, mas eu posso lidar com isso sozinha.

– Você não lidou com os touros – disse Kramisha. – Eles apenas aconteceram.

– Eles se foram, não foram? Então eu lidei, sim, com eles muito bem.

– Eu me lembro de tê-la visto após a sua batalha com o touro. Você estava gravemente ferida. Se tivesse entendido o aviso de Kramisha, isso não teria custado tanto a você. E agora há o fato de um *Raven Mocker* ter aparecido, e pode até ser aquela criatura chamada Rephaim. Aquele monstro ainda está por aí em algum lugar, e é um perigo para todos nós. Então, você precisa entender, jovem Sacerdotisa, que uma previsão dirigida a você não pode ser tratada como algo privado, porque envolve a vida de outras pessoas.

Stevie Rae olhou dentro dos olhos de Dragon. Suas palavras tinham sido fortes. O seu tom tinha sido gentil. Porém, foi suspeita e raiva que ela viu na expressão dele ou apenas a tristeza profunda que estava enchendo seu olhar de sombras desde a morte de sua mulher?

Enquanto ela hesitou, Dragon continuou:

– Uma fera assassinou Anastasia. Nós não podemos permitir que nenhum outro inocente seja atingido por essas criaturas das Trevas, se nós podemos evitar isso. Você sabe que eu estou falando a verdade, Stevie Rae.

– E-eu sei – ela gaguejou, tentando organizar as palavras.

Rephaim matou Anastasia na noite em que Darius atirou nele do céu. Ninguém vai esquecer isso jamais – eu não posso me esquecer disso, especialmente agora que as coisas mudaram. Já faz semanas que eu não o vejo. Mesmo. Nossa Carimbagem ainda continua. Eu posso sentir isso, mas não senti mais nada dele.

E o fato de ela não sentir mais nada fez com que tomasse a sua decisão.

– Ok, você está certo. Eu preciso de ajuda com isso.

Talvez tivesse que ser exatamente assim, ela pensou enquanto entregava os poemas para Dragon. *Talvez Dragon descubra o meu segredo e, quando ele descobrir, tudo vai ser destruído: Rephaim, nossa Carimbagem e o meu coração. Mas pelo menos tudo isso vai acabar.*

Enquanto Dragon lia a poesia, Stevie Rae observou a sua expressão ficar ainda mais sombria. Quando finalmente ele tirou os olhos do papel e olhou dentro dos olhos dela, não havia dúvidas de que ele estava aflito.

– O segundo touro que você invocou, o touro negro que derrotou o touro do mal, que tipo de conexão você teve com ele?

Stevie Rae tentou não mostrar o quanto ela estava aliviada por Dragon se focar nos touros e não questioná-la sobre Rephaim.

– Eu não sei se realmente dá para chamar isso de conexão, mas achei que ele era bonito. Ele era negro, mas não havia Trevas em volta dele. Ele era incrível, como o céu da noite ou a terra.

– A terra... – Dragon pareceu estar pensando em voz alta. – Se os touros fazem você se lembrar do seu elemento, talvez isso seja o bastante para vocês dois permanecerem conectados.

– Mas nós sabemos que ele é bom – disse Kramisha. – Não tem nenhum mistério em relação a isso. Os poemas não podem estar falando sobre ele.

– E daí? – Stevie Rae não conseguiu esconder a sua irritação. Kramisha era como um cachorro maldito com um osso suculento, que não ia largar de jeito nenhum.

– E daí que o poema, principalmente o último, é todo sobre confiar na verdade. Nós já sabemos que ele é bom. Você pode confiar no touro negro. Por que precisaria de um poema para saber disso?

– Kramisha, como eu tentei dizer antes, eu não sei.

– Eu só acho que eles não estão falando sobre o touro negro – Kramisha completou.

– Sobre o que mais eles poderiam estar falando? Eu não conheço mais nenhuma besta – Stevie Rae falou depressa, como se a rapidez pudesse levar a mentira embora.

– Você disse que Dallas tem uma afinidade nova e incomum, e que ele parece ter ficado louco. Isso está correto? – Dragon perguntou.

– Sim, basicamente – Stevie Rae respondeu.

– A fera pode ser uma referência simbólica a Dallas. O significado do poema pode ser que você deve acreditar na humanidade que ainda existe dentro dele – Dragon afirmou.

– Não sei – disse Stevie Rae. – Ele estava bem confuso e totalmente louco na última vez que o vi. Quero dizer, estava dizendo umas coisas bem estranhas sobre aquele *Raven Mocker* que ele viu.

– A sessão da reunião do Conselho vai começar! – A voz de Lenobia saiu de dentro da Câmara do Conselho e foi levada pelo vento até o *hall*.

– Você se importa se eu ficar com isto? – Dragon levantou o pedaço de papel quando eles começaram a andar pelo *hall*. – Eu vou copiá-lo e depois o devolvo a você, mas gostaria de ter a oportunidade de estudar e refletir sobre a poesia inteiramente.

– Sim, por mim, tudo bem – disse Stevie Rae.

– Bem, eu fico contente de ter o seu cérebro trabalhando nisso, Dragon – Kramisha falou.

– Eu também – Stevie Rae concordou, tentando soar como se estivesse dizendo a verdade.

Dragon fez uma pausa.

– Eu não vou mostrar isso para todo mundo, mas apenas para aqueles vampiros que eu acredito que podem nos ajudar a descobrir o significado da poesia. Eu entendo o seu desejo de privacidade.

– Eu vou contar a Zoey sobre isso, assim que ela estiver de volta amanhã – Stevie Rae decidiu.

Dragon franziu a testa.

– Eu acho mesmo que você deve mostrar o poema para Zoey, mas infelizmente ela não vai voltar para a Morada da Noite amanhã.

– O quê? Por que não?

– Aparentemente, Stark não está bem o bastante para viajar, então Sgiach deu permissão para eles ficarem em Skye por tempo indeterminado.

– Zoey lhe contou isso? – Stevie Rae não podia acreditar que a sua melhor amiga tinha ligado para Dragon e não para ela. O que Z. estava pensando?

– Não, ela e Stark falaram com Jack.

– Ah, o Ritual de Celebração – Stevie Rae entendeu.

Z. não estava escondendo nada dela. Jack estava tão excitado com o Ritual que tinha se autodesignado o responsável pela música, comida e decoração. Provavelmente, ele tinha ligado para ela com uma lista inteira de perguntas, como: qual a sua cor favorita? Doritos ou Ruffles?

– O garoto *gay* está totalmente obcecado. Aposto que ele perdeu a cabeça quando descobriu que Z. não vai voltar para casa amanhã.

– Na verdade, ele está usando o tempo extra para continuar ensaiando aquela música que ele quer cantar, e também está fazendo a decoração – Dragon afirmou.

– Que a Deusa nos ajude – Kramisha falou. – Se ele tentar pendurar arco-íris e unicórnios por toda parte e quiser fazer a gente usar aqueles boás de plumas de novo, eu só vou dizer "sem chance"!

– Espadas de origami – disse Dragon.

– Perdão? – Stevie Rae tinha certeza de que não havia ouvido direito.

Dragon riu.

– Ele deu uma passada no ginásio e pegou uma *claymore*[11] emprestada, para ter um modelo real para trabalhar. Em homenagem a Stark, ele vai fazer a decoração com espadas de origami penduradas com linha de pesca. Ele disse que elas vão combinar com a música.

– Porque elas estarão *desafiando a gravidade*. – Stevie Rae não conseguiu evitar uma risadinha. Ela realmente adorava o seu incrível Jack. Ele era simplesmente fofo demais para ser definido em palavras.

– Eu só espero que ele não faça as espadas com papel cor-de-rosa. Isso não está certo – disse Kramisha.

Eles chegaram à porta da Câmara do Conselho e, antes que entrassem na sala que já estava cheia, Stevie Rae escutou Dragon dizer:

– Cor-de-rosa não. Roxo. Eu o vi carregando um pacote de folhas roxas.

---

11 *Claymore* é uma espada de dois gumes típica dos escoceses. (N.T.)

Stevie Rae ainda estava sorrindo quando Lenobia declarou aberta a sessão da reunião do Conselho. Nos dias seguintes, ela se lembraria do seu sorriso e desejaria que pudesse se agarrar à imagem de Jack fazendo espadas roxas de papel e cantando *Defying Gravity* eternamente olhando para o lado iluminado da vida, eternamente doce e feliz e, o mais importante, eternamente seguro.

6

Jack

– Duquesa, o que foi, menina linda? Por que você está tão maluquinha hoje?

Jack puxou a pilha de origamis de papel roxo debaixo da labradora amarela e a colocou em cima da banqueta que ele estava usando como mesa ao ar livre e suporte para a espada. A grande cadela bufou, bateu seu rabo contra o chão e deslizou rapidamente para mais perto de Jack. Ele suspirou e dirigiu a ela um olhar amoroso, mas irritado.

– Você não tem que ficar grudada em mim. Está tudo bem. Só estou fazendo a decoração.

– Hoje ela está mais dependente do que o normal – Damien disse, cruzando as pernas e sentando-se na grama ao lado de Jack.

Jack parou de trabalhar na espada de papel que estava dobrando e acariciou a cabeça macia de Duquesa.

– Você acha que ela pode sentir que S-T-A-R-K ainda não está cem por cento? Acha que ela pressente que ele não vai voltar amanhã?

– Bem, talvez. Ela tem uma inteligência extraordinária, mas o meu palpite é que ela está mais preocupada em ver você trepado lá em cima do que com o fato de Stark estar cansado ou atrasado.

Jack agitou os dedos em direção à escada com quase dois metros e meio de altura, que estava aberta e pronta para ser usada não muito longe deles.

– Ah, não há motivo nenhum para Duquesa ou você se preocupar. Essa escada é perfeitamente segura. Tem até uma trava extra para mantê-la aberta que a deixa totalmente estável.

– Não sei, não. É terrivelmente alto lá em cima. – Damien olhou com medo para os degraus de cima da escada.

– Ah, que nada, não é tão ruim assim. Além disso, não vou subir até o topo, ou pelo menos não tanto. Esta pobre árvore tem galhos que estão bem baixos agora. Você sabe, desde que *ele* explodiu de dentro dela – Jack disse a última frase com um sussurro teatral.

Damien limpou a garganta e olhou para o grande carvalho, embaixo do qual eles estavam sentados, com o mesmo medo que ele tinha dirigido à escada.

– Ok, não fique nervoso, mas eu realmente preciso falar com você sobre a escolha deste lugar em particular para o Ritual de Celebração de Zoey.

Jack levantou a mão, com a palma para fora, fazendo o sinal universal de "pare".

– Eu já sei que as pessoas vão ter problemas com este lugar. Eu simplesmente decidi que as minhas razões a favor dele são melhores do que as razões contra ele.

– Querido, você sempre tem as melhores intenções – Damien pegou a mão de Jack e a segurou com as suas duas mãos –, mas eu acho que desta vez você deve levar em conta que talvez seja o único a enxergar qualquer coisa positiva neste lugar. A professora Nolan e Loren Blake foram assassinados aqui. Kalona escapou da terra, rasgou o chão e partiu a árvore bem aqui. Simplesmente não parece muito comemorativo para mim.

A mão livre de Jack cobriu as de Damien.

– Este é um lugar de poder, certo?

– Correto – Damien respondeu.

– E o poder não é negativo ou positivo na sua forma não usada. Ele só pega uma dessas características quando forças exteriores assumem o controle e o influenciam. Certo?

Damien fez uma pausa, refletiu, e então concordou com relutância.

– Sim, acho que você está certo de novo.

– Bem, eu sinto que o poder neste lugar, perto desta árvore rachada e do muro leste, foi usado de um modo errado. Ele precisa de uma chance para ser usado a serviço da Luz e do bem novamente. Eu quero dar a ele essa chance. Eu *tenho* que fazer isso. Alguma coisa dentro de mim está dizendo que eu preciso estar aqui, deixando o Ritual de Celebração de Zoey pronto para a sua volta, mesmo que ela e Stark se atrasem.

Damien suspirou.

– Você sabe que eu jamais pediria a você que não levasse em conta a sua intuição.

– Então, você vai me apoiar nisso? Mesmo quando está todo mundo dizendo que o seu namorado está supermaluco?

Damien sorriu para ele.

– Ninguém está dizendo que você está supermaluco. Eles estão dizendo que a sua necessidade entusiasmada de decorar e organizar está prejudicando a sua capacidade de discernimento.

Jack deu uma risadinha.

– Aposto que não disseram *entusiasmada* ou *discernimento*.

– As palavras deles eram sinônimos, só que inferiores.

– Este é o meu Damien, o sabe-tudo!

– E este é o meu Jack, o otimista! – Damien se inclinou em direção a Jack e o beijou suavemente nos lábios. – Faça o que você precisa fazer aqui. Sei que Zoey vai apreciar, quando finalmente voltar para casa. – Ele fez uma pausa, sorriu tristemente para os olhos confiantes de Jack e acrescentou: – Querido, você entende mesmo que Zoey pode demorar a voltar? Eu sei o que Stark disse a você, e não falei com Z. ainda, mas Aphrodite disse que Zoey não é mais ela mesma, que na verdade ela não vai ficar em Skye por causa de Stark. Ela vai ficar lá porque quer ficar reclusa e afastada do mundo.

– Eu simplesmente não acredito nisso, Damien – Jack disse firmemente.

– Eu também não quero acreditar, mas o fato é que Zoey não vai voltar com Aphrodite e Darius. Ela realmente não falou para ninguém quando vai voltar. E tem toda a questão do Heath. Quando Zoey voltar para Tulsa, você sabe que ela vai ter de encarar o fato de que Heath não está aqui e que nunca mais vai estar.

– Isso é terrível, não é? – Jack perguntou.

Os olhos deles se encontraram em perfeito entendimento.

– Perder alguém que você ama tanto deve ser tenebroso. Isso deve ter mudado Zoey – Damien observou.

– É claro que deve, mas ela ainda é a nossa Z. Eu tenho uma forte intuição de que ela vai estar de volta antes do que você imagina – disse Jack.

Damien suspirou.

– Espero que você esteja certo.

– Ei, até você admite que estou certo um bocado de vezes. Eu vou estar certo sobre Zoey voltar logo também. Eu simplesmente sei.

– Ok, bem, eu vou acreditar em você, principalmente porque eu amo o seu jeito positivo.

Jack abriu um sorriso e deu um rápido beijo nele.

– Obrigado!

– Bem, mas, mesmo que Z. volte em uma semana ou em um mês, eu ainda não estou cem por cento certo de que é uma boa ideia você pendurar espadas de papel em uma árvore ao ar livre, já que não sabe quando vai precisar dessa decoração. E se chover amanhã?

– Oh, eu não vou colocar todas as espadas lá em cima, seu bobo! Só vou fazer um teste com algumas delas para ter certeza de que fiz as dobraduras perfeitamente, para que fiquem penduradas direitinho.

– É por isso que a *claymore* está aqui? Ela parece terrivelmente afiada e, bem, em uma posição perigosa, *apoiada* contra a banqueta assim. A ponta afiada dela não deveria estar virada para baixo?

O olhar intenso de Jack seguiu o de Damien para o lugar onde a longa espada de prata descansava, com o punho no chão e a lâmina para cima, brilhando na luz tremeluzente dos lampiões a gás que iluminavam a escola à noite.

– Bem, Dragon me deu instruções cuidadosas. E eu prestei atenção à maioria delas, apesar de eu ter me distraído várias vezes pensando em como ele parecia triste. Você sabe, eu acho que ele não está muito bem – Jack falou a última parte da frase com uma voz baixa, como se ele não quisesse que Duquesa o ouvisse.

Damien suspirou e entrelaçou sua mão na de Jack.

– Eu também acho que ele não está muito bem.

– Pois é, ele estava me falando algo sobre não espetar a parte pontuda da espada no chão, porque faria com que ela ficasse cega, sem fio ou algo assim. E tudo o que eu podia pensar era em como estavam escuras as suas olheiras – disse Jack.

– Querido, eu não acho que ele tem dormido direito – Damien falou tristemente.

– Eu não devia tê-lo perturbado com essa história de emprestar uma espada, mas eu queria ter um modelo real para criar os origamis e não apenas uma imagem.

– Eu não acho que você perturbou Dragon. A morte de Anastasia é algo com o que ele vai ter de lidar. Eu sinto dizer isso, mas não há nada que nós possamos fazer ou deixar de fazer para mudar isso. De qualquer maneira, você teve uma excelente ideia. O seu origami está parecendo muito realista.

Jack se contorceu de prazer.

– Ai! Você acha mesmo?

Damien colocou o seu braço em volta dele e o puxou para mais perto.

– Totalmente. Você é um decorador talentoso, Jack.

Jack se aconchegou nele.

– Obrigado. Você é o melhor namorado do mundo.

Damien riu alto.

– Não é nada ruim estar com você. Ei, você precisa de ajuda para fazer as dobraduras?

Foi a vez de Jack dar risada.

– Não. Você não é bom nem em embrulhar presentes, então, eu imagino que origami não seja um dos seus muitos talentos. Mas eu poderia usar a sua ajuda em outra coisa. – Jack disparou um olhar afiado em direção a Duquesa, depois se inclinou para mais perto de Damien e sussurrou no seu ouvido: – Você poderia levar Duquesa para dar uma volta. Ela não me deixa sozinho e fica bagunçando os meus papéis.

– Ok, sem problemas. Eu ia mesmo dar uma corrida. Você sabe o que dizem: um *gay* gordinho não é um *gay* feliz. Duquesa pode dar algumas voltas comigo. Depois disso, ela vai ficar exausta demais para dar uma de obcecada em cima de você.

– Acho tão fofo você correr.

– Você não diz isso quando eu estou quente e suado logo depois da corrida – Damien disse, enquanto se levantava e pegava a guia da coleira de Duquesa no gramado amarronzado pelo inverno.

– Ei, algumas vezes eu gosto de você quente e suado – Jack falou, sorrindo para ele.

– Então, talvez eu não tome uma ducha depois – Damien sugeriu.

– Talvez seja realmente uma boa ideia – Jack aprovou.

– Ou talvez você possa tomar a ducha comigo.

O sorriso de Jack se alargou.

– Agora é mais do que *talvez* seja uma boa ideia.

– Safadinho – Damien disse, inclinando-se para beijar Jack profundamente.

– Linguista – Jack respondeu antes de beijá-lo de volta.

Duquesa abriu caminho esfregando-se entre eles, bufando, abanando o rabo e lambendo os dois.

– Ai, menina linda! Nós amamos você também! – Jack falou, beijando o focinho macio de Duquesa.

– Venha, vamos lá fazer um pouco de exercício para ficarmos devidamente esbeltos e atraentes para Jack – Damien falou, puxando a grande cadela pela coleira. Ela o seguiu, mas com uma óbvia hesitação.

– Está tudo bem. Ele vai trazer você de volta logo – Jack a encorajou.

– Sim, nós vamos ver Jack em breve, Duquesa.

– Ei – Jack chamou os dois, que já se afastavam. – Eu amo vocês!

Damien se virou, pegou a pata de Duquesa, balançou-a para Jack, fazendo a cadela dar um tchauzinho, e gritou de volta:

– Nós o amamos também!

Os dois começaram a correr, Duquesa latindo excitada enquanto Damien fingia caçá-la. Jack os observou indo embora.

– Eles são os melhores do mundo – disse docemente.

A espada na qual ele tinha acabado de fazer a dobradura final era a última das cinco que ele havia feito. *Uma para cada um dos elementos*, Jack disse a si mesmo. *Vou pendurar estas cinco para fazer o teste.*

Enquanto cortava a linha de pesca e a enroscava na última das cinco espadas, Jack mantinha os olhos levantados, buscando os lugares certos para pendurar a decoração. Mas não precisou procurar muito. A árvore parecia mostrar aonde ele precisava ir. O grosso tronco quase tinha sido partido em dois, fazendo com que as laterais do enorme e antigo carvalho estivessem tão inclinadas, que os galhos curvavam-se precariamente perto do chão. Antes, no lugar de onde Kalona havia escapado da terra, os galhos mais baixos não poderiam ser alcançados nem por uma escada com cerca de seis metros, mas agora a sua escada de dois metros e meio dava a Jack uma altura mais do que suficiente.

– Lá em cima. Bem ali em cima é onde a primeira espada deve ficar. – Jack olhou atentamente, de onde ele estava sentado ao lado da pequena mesa, para um dos principais galhos da árvore que pendia bem em cima dele como um braço protetor. – É perfeito porque vai ficar pendurada em cima do lugar onde eu fiz todas as espadas. – Ele arrastou a escada para mais perto da mesa e segurou a primeira das cinco espadas de papel pela longa linha de pesca que ele tinha amarrado no seu punho. – Ops, quase esqueci. Preciso praticar – ele disse a si mesmo, fazendo uma pausa para pressionar os controles do seu amplificador de som portátil do iPhone, que ele tinha levado lá para fora junto com a mesinha.

Something has changed within me
Something is not the same
I'm through with playing by the rules
Of someone else's game...[12]

---

12 Em tradução livre: *alguma coisa mudou dentro de mim / algo não é mais o mesmo / eu parei de seguir as regras / do jogo de outra pessoa...* (N.T.)

A voz de Rachel começou a cantar, forte e clara. Jack fez uma pausa com o pé no primeiro degrau da escada e, quando Kurt assumiu o vocal, ele cantou junto, acompanhando a sua doce voz de tenor nota por nota.

Too late for second-guessing
Too late to come back to sleep...[13]

Jack subiu a escada, enquanto ele e Kurt cantavam, fingindo escalar os degraus do Radio City Music Hall, onde o elenco de *Glee* tinha se apresentado em turnê na primavera passada.

It's time to trust my instincts
Close my eyes: and leap![14]

Ele alcançou o degrau mais alto da escada, fez uma pausa e começou a cantar a primeira parte do coro com Kurt e Rachel, enquanto estendia o braço e enroscava a linha de pesca e sua "isca" nos galhos desfolhados pelo inverno.

Ele estava cantarolando com os lábios fechados os versos seguintes junto com Rachel, esperando pela parte de Kurt novamente, quando um movimento na base partida da árvore capturou a sua atenção e fez o olhar atento dele se voltar para o tronco destruído. Jack arfou de surpresa. Ele tinha certeza de ter visto, bem ali, a figura de uma linda mulher. A imagem era escura e difícil de distinguir, mas, enquanto Kurt cantava sobre perder o amor que ele achava ter perdido, a mulher ficou mais clara, maior e mais perceptível.

– Nyx? – Jack suspirou, apavorado.

Como se um véu se levantasse, de repente a mulher ficou totalmente visível. Ela levantou a cabeça e sorriu para Jack, de um modo tão perfeitamente adorável quanto maligno.

---

13 *É tarde demais para pensar duas vezes / é tarde demais para voltar a dormir...* (N.T.)
14 *Chegou a hora de confiar nos meus instintos / fechar os meus olhos: e saltar!* (N.T.)

– Sim, pequeno Jack. Pode me chamar de Nyx.

– Neferet! O que você está fazendo aqui? – A pergunta explodiu de dentro dele antes que ele pudesse pensar.

– Na verdade, neste momento, estou aqui por sua causa.

– M-minha causa?

– Sim, veja bem, eu preciso da sua ajuda. Eu sei o quanto você gosta de ajudar os outros. É por isso que eu vim procurar você, Jack. Não gostaria de fazer algo para mim? Eu prometo que vou fazer isso ser muito vantajoso para você.

– Vantajoso para mim? O que você quer dizer? – Jack odiou que a sua voz tivesse soado tão estridente.

– Eu quero dizer que, se você fizer uma coisinha para mim, vou fazer uma coisinha para você também. Eu estou afastada dos novatos da Morada da Noite há tempos. Talvez eu tenha perdido o contato com aquilo que faz os seus corações baterem mais forte. Você poderia me ajudar e me guiar, mostrando-me isso. Em troca, eu o recompensaria. Pense nos seus sonhos, no que você gostaria de fazer com a sua longa vida depois de se Transformar. Eu posso fazer os seus sonhos se tornarem realidade.

Jack sorriu e abriu os braços amplamente.

– Mas eu já estou vivendo meu sonho. Eu estou aqui, neste lindo lugar, com amigos que se tornaram minha família. O que mais alguém poderia querer?

A expressão de Neferet se endureceu. Sua voz era tumular.

– O que mais você poderia querer? Que tal domínio sobre este "lindo lugar"? A beleza não dura para sempre. Amigos e família se dissolvem. Poder é a única coisa que persiste.

Jack respondeu com as entranhas.

– Não, é o amor que continua para sempre.

A risada de Neferet foi sarcástica.

– Não seja tão criança. Eu estou lhe oferecendo muito mais do que amor.

Jack olhou para Neferet, ele realmente a olhou com atenção. Ela tinha mudado, e no seu coração ele sabia por quê. Ela tinha aceitado o mal. Absolutamente, completamente, totalmente. Ele percebeu isso antes mesmo de compreender. *Não sobrou nada de Luz ou de mim dentro dela.* A voz dentro da sua mente foi gentil e carinhosa, dando a ele coragem para limpar a garganta e olhar para Neferet diretamente dentro dos seus frios olhos cor de esmeralda.

– Sem querer ser maldoso, ou qualquer coisa do tipo, Neferet, eu não quero o que você está me oferecendo. Eu não posso ajudá-la. Eu e você, bem, nós não estamos do mesmo lado – dizendo isso, ele começou a descer da escada.

– Fique onde está!

Ele não soube como, mas a voz de Neferet comandou o seu corpo. Foi como se de repente ele tivesse sido amarrado bem forte, congelado no seu lugar por uma invisível jaula de gelo.

– Seu garoto insolente! Você realmente acha que pode me desafiar?

Kiss me goodbye (dê-me um beijo de adeus)
I'm defying gravity... (eu vou desafiar a gravidade)

– Sim – disse enquanto a voz de Kurt soava ao redor dele. – Porque eu estou do lado de Nyx e não do seu. Então me deixe ir, Neferet. Eu realmente não vou ajudá-la.

– É aí que você se engana, seu inocente incorruptível. Você acabou de provar que vai me ajudar muito, muito mesmo. – Neferet levantou as mãos, criando um movimento giratório de ar ao redor dela. – Como eu prometi, aí está ele.

Jack não conseguia imaginar com quem Neferet estava falando, mas as palavras dela fizeram a sua pele formigar. Desamparadamente, ele a observou saindo das sombras da árvore. Ela parecia se afastar dele, deslizando em direção à calçada que levava ao edifício principal da Morada da Noite. Com um escrutínio estranhamente imparcial, ele percebeu que os movimentos dela eram mais de réptil do que de um humano.

Por um instante, ele achou que ela estava mesmo indo embora, que estava a salvo. Mas, quando ela alcançou a calçada, olhou de volta para ele balançando a cabeça e gargalhando sem fazer barulho.

– Você fez isso ser quase fácil demais para mim, garoto, com a sua honrosa recusa à minha oferta.

Ela fez um gesto de arremesso em direção à espada. Com os olhos arregalados, Jack teve certeza de ver algo negro envolver o punhal da espada, que girou várias vezes até que a ponta levantada para o alto estivesse apontando diretamente para ele.

– Aqui está o seu sacrifício. Ele é aquele que eu não consegui corromper. Leve-o e a minha dívida com o seu Mestre está paga, mas espere até o relógio soar meia-noite. Detenha-o até então.

Sem olhar novamente para Jack, Neferet serpenteou para fora do campo de visão dele, entrando no prédio.

Pareceu um longo tempo até dar meia-noite, até o relógio da escola começar a dar as suas badaladas, ainda que a mente de Jack sentisse as correntes frias e invisíveis que o confinavam cada vez mais próximas. Ele estava feliz por ter colocado *Defying Gravity* para tocar sem parar. Ouvir Kurt e Rachel cantando sobre superar o medo o confortava.

Quando o relógio começou a soar, Jack sabia o que ia acontecer. Ele sabia que não poderia impedir, que o seu destino não poderia ser mudado. Em vez de uma batalha sem propósito, de arrependimentos de última hora e lágrimas inúteis, ele fechou os olhos, inspirou profundamente e cheio de alegria juntou-se a Rachel e Kurt no coro:

I'd sooner buy (em breve eu vou encarar)
Defying gravity (desafiar a gravidade)
Kiss me goodbye (dê-me um beijo de adeus)
I'm defying gravity (eu vou desafiar a gravidade)
I think I'll try (acho que eu vou tentar)
Defying gravity (desafiar a gravidade)
And you won't bring me down! (e você não vai me deixar para baixo)

A doce voz de tenor de Jack estava soando através dos galhos do carvalho despedaçado, quando o feitiço persistente e à espreita de Neferet jogou-o do alto da escada. Ele despencou de um modo horrível e assustador em cima da *claymore* que estava à sua espera, mas, quando a lâmina atravessou o seu pescoço, antes que a dor, a morte e as Trevas pudessem tocá-lo, o espírito dele explodiu do seu corpo.

Ele abriu os olhos para encontrar a si mesmo de pé em um maravilhoso prado, ao pé de uma árvore que se parecia exatamente com a que Kalona havia destruído, com a diferença de que esta estava verde e inteira. Ao lado dela, havia uma mulher vestida com um brilhante manto prateado. Ela era tão encantadora que Jack pensou que poderia ficar olhando para ela para sempre.

Ele a reconheceu instantaneamente. Ele a conhecia desde sempre.

– Olá, Nyx – disse ele docemente.

A Deusa sorriu.

– Olá, Jack.

– Eu estou morto, não estou?

O sorriso de Nyx não se alterou.

– Está sim, meu menino maravilhoso, amoroso e incorruptível.

Jack hesitou e, por fim, disse:

– Não parece tão ruim assim essa coisa de estar morto.

– Você vai descobrir que não é mesmo.

– Vou sentir falta de Damien.

– Você vai estar com ele de novo. Algumas almas se encontram repetidamente. As almas de vocês vão se encontrar; você tem a minha palavra de que vão se encontrar.

– Eu fiz tudo direitinho por lá?

– Você foi perfeito, meu filho.

Então Nyx, a Deusa da Noite, abriu os seus braços e envolveu Jack. Com o seu toque, os últimos resquícios de dor mortal, tristeza e perda foram dissolvidos do espírito dele, deixando apenas amor, sempre e apenas o amor. E assim Jack conheceu a perfeita felicidade.

7

Rephaim

Um momento antes de seu pai aparecer, a consistência do ar se modificou.

Ele soube que seu pai tinha voltado do Mundo do Além, no mesmo instante em que isso acontecera. Como ele poderia não ter percebido? Estava com Stevie Rae. Ela tinha sentido que Zoey havia ficado inteira de novo do mesmo modo que o entendimento sobre o seu pai havia chegado até ele.

Stevie Rae... Fazia menos de duas semanas que ele havia estado na presença dela, falado com ela e a tocado, mas parecia que os momentos juntos haviam se passado fazia uma eternidade.

Mesmo que Rephaim vivesse mais cem anos, não esqueceria o que tinha acontecido entre eles logo antes de seu pai voltar a este reino. O reflexo do garoto humano na água do chafariz era o dele. Não fazia sentido racionalmente, mas isso não tornava o fato menos verdadeiro. Ele tinha tocado Stevie Rae e imaginado, pelo breve tempo de uma batida de coração, o que poderia ter sido.

Ele poderia tê-la amado.

Ele poderia tê-la protegido.

Ele poderia ter escolhido a Luz em vez das Trevas.

Mas o que poderia ter sido não era a realidade; não era para ser.

Ele tinha nascido do ódio e da luxúria, da dor e das Trevas. Ele era um monstro. Não um humano. Não um imortal. Não uma fera.

Um monstro.

Monstros não sonhavam. Monstros não desejavam nada além de sangue e destruição. Monstros não conheciam – não podiam conhecer – amor e felicidade. Eles não eram criados com essa capacidade.

Como era possível que ele sentisse saudade dela então?

Por que esse terrível vazio na sua alma desde que Stevie Rae tinha partido? Por que ele se sentia apenas parcialmente vivo sem ela?

E por que ele ansiava por ser melhor, mais forte, mais sábio e *bom, verdadeiramente bom* para ela?

Ele estava ficando louco?

Rephaim andou de um lado para o outro pela varanda da cobertura do Museu Gilcrease, que estava deserto. Era mais de meia-noite e todos os andares do museu estavam silenciosos, mas, desde que a limpeza geral após a tempestade de gelo tinha começado a ser feita, o lugar estava ficando cada vez mais movimentado durante o dia.

Eu vou ter que partir e encontrar outro lugar. Um lugar mais seguro. Eu deveria sair de Tulsa e construir uma fortaleza em algum lugar despovoado deste enorme país. Ele sabia que aquela era a coisa mais sábia e racional a fazer, mas algo o compelia a ficar.

Rephaim disse a si mesmo que era porque esperava que, agora que seu pai havia voltado a este reino, ele retornaria também para Tulsa e ficaria ali esperando pela sua volta, para que dissesse aonde ir e o que fazer. Mas, no mais profundo esconderijo do seu coração, ele sabia a verdade. Ele não queria ir embora deste lugar porque Stevie Rae estava em Tulsa e, mesmo que ele não pudesse se permitir contatá-la, ela ainda estava perto e acessível, se ao menos ele se atrevesse.

Então, enquanto andava para lá e para cá recriminando a si mesmo, o ar em volta dele ficou mais pesado e espesso, com um poder imortal que Rephaim conhecia tão bem quanto o seu próprio nome. Ele sentiu um puxão dentro de si, como se o poder que flutuava na noite tivesse se ligado a ele e o estivesse usando como uma âncora para se puxar para mais perto.

Rephaim apoiou-se física e mentalmente, concentrado na fantástica magia imortal, aceitando de boa vontade a conexão, sem se importar com o fato de ela ser dolorosa e exaustiva e de preenchê-lo com uma sufocante onda de claustrofobia.

O céu da noite acima dele se escureceu. O vento se intensificou, soprando com muita força em Rephaim.

O *Raven Mocker* manteve-se firme.

Quando o magnífico imortal alado, seu pai, Kalona, o guerreiro caído de Nyx, veio impetuosamente do céu e aterrissou na sua frente, Rephaim automaticamente se ajoelhou e se curvou com devoção.

– Eu fiquei surpreso de sentir que você permanecia aqui – Kalona disse sem dar ao seu filho permissão para se levantar. – Por que você não me seguiu para a Itália?

Com a cabeça ainda abaixada, Rephaim respondeu:

– Eu estava mortalmente ferido. Acabei de me recuperar. Achei que seria mais prudente aguardá-lo aqui.

– Ferido? Sim, eu me lembro. Um tiro de revólver e uma queda do céu. Pode se levantar, Rephaim.

– Obrigado, pai. – Rephaim se levantou e encarou seu pai, e ficou satisfeito pelo fato de o próprio rosto não demonstrar emoções facilmente.

Parecia que Kalona tinha estado doente! A sua pele cor de bronze tinha um tom amarelado. Os seus incomuns olhos cor de âmbar estavam sombreados por olheiras escuras. Ele até parecia magro.

– Você está bem, Pai?

– É claro que estou bem; eu sou um imortal! – o ser imortal falou com rispidez. Então, suspirou e passou a mão pelo rosto de modo exausto. – Ela me segurou dentro da terra. Eu já estava ferido, e ficar preso por esse elemento fez com que a minha recuperação antes de eu me libertar fosse impossível. Desde então, tem sido devagar.

— Quer dizer que Neferet armou uma cilada para você — cuidadosamente, Rephaim manteve o seu tom neutro.

— Sim, mas eu não teria sido tão facilmente aprisionado, se Zoey Redbird não tivesse atacado o meu espírito — disse amargamente.

— A novata ainda vive — Rephaim falou.

— Sim, ela vive! — Kalona rugiu, erguendo-se sobre o seu filho e fazendo com que o *Raven Mocker* tropeçasse para trás. Mas, quase tão rápido quanto o seu ódio explodiu, ele perdeu força, deixando o imortal com aparência cansada novamente. Ele soltou um longo suspiro e, com uma voz mais moderada, repetiu: — Sim, Zoey está viva, apesar de eu acreditar que ela ficou modificada para sempre pela experiência no Mundo do Além. — Kalona encarou a noite. — Qualquer um que passa algum tempo no Reino de Nyx fica mudado por causa disso.

— Então, Nyx permitiu que você entrasse no Mundo do Além?

Rephaim não conseguia parar de perguntar. Ele se endureceu, esperando pela reprimenda do seu pai, mas, quando Kalona falou, a voz dele estava surpreendentemente introspectiva, quase gentil.

— Ela permitiu. E eu a vi. Uma vez. Rapidamente. Foi por causa da intervenção da Deusa que aquele maldito Stark ainda está respirando e andando sobre a Terra.

— Stark seguiu Zoey até o Mundo do Além e ainda está vivo?

— Ele ainda está vivo, mas não deveria estar — enquanto Kalona falava, ele distraidamente friccionava um ponto no seu peito, sobre o coração. — Eu suspeito que aqueles touros intrometidos tenham algo a ver com a sobrevivência dele.

— Os touros branco e negro? Trevas e Luz? — Rephaim sentiu o gosto de medo, de bílis, no fundo da sua garganta ao se lembrar do lustroso e sinistro pelo do touro branco, do mal infinito nos seus olhos e da dor violenta que a criatura o havia feito sentir.

— O que foi? — o olhar fixo e perceptivo de Kalona penetrou no seu filho. — Por que você está desse jeito?

— Eles se manifestaram aqui em Tulsa, apenas algumas semanas atrás.

— O que os trouxe para cá?

Rephaim hesitou, o seu coração batia dolorosamente no seu peito. O que ele poderia admitir? O que ele poderia dizer?

– Rephaim, fale!

– Foi a Vermelha, a jovem Grande Sacerdotisa. Ela invocou a presença dos touros. Foi o touro branco que deu a ela o conhecimento que ajudou Stark a encontrar o caminho para o Mundo do Além.

– Como você sabe disso? – a voz de Kalona era como a morte.

– Eu testemunhei parte da invocação. Eu estava tão gravemente ferido que não acreditava que me recuperaria, que poderia voar novamente. Quando o touro branco se manifestou, ele me fortaleceu e me atraiu para o seu círculo. Foi de onde eu observei a Vermelha pegando a informação com ele.

– Você se curou, mas não capturou a Vermelha? Não a deteve antes que ela pudesse voltar para a Morada da Noite e ajudar Stark?

– Eu não pude detê-la. O touro negro se manifestou e a Luz baniu as Trevas, protegendo a Vermelha – disse honestamente. – Eu estou aqui desde então, recuperando as minhas forças e, quando eu senti que você havia voltado para este reino, fiquei aguardando.

Kalona encarou o seu filho. Rephaim sustentou seu olhar firmemente.

Kalona balançou a cabeça devagar, concordando.

– Foi bom que você tenha me esperado aqui. Há muito por fazer em Tulsa. A Morada da Noite daqui, em breve, vai pertencer à Tsi Sgili.

– Neferet retornou também? O Conselho Supremo não a deteve?

– O Conselho Supremo está cheio de tolos ingênuos. A Tsi Sgili me culpou pelos últimos acontecimentos e me puniu, açoitando-me publicamente e me banindo do seu lado. O Conselho Supremo foi pacificado.

Chocado, Rephaim balançou a cabeça. O tom de seu pai era leve, quase tinha humor, mas o seu olhar era sombrio e o seu corpo estava ferido e enfraquecido.

– Pai, eu não entendo. Açoitado? Você permitiu que Neferet...

Com uma velocidade imortal, subitamente a mão de Kalona estava em volta do pescoço de seu filho. O enorme *Raven Mocker* foi levantado do chão, como se ele não pesasse mais do que uma de suas pequenas penas negras.

– Não cometa o erro de acreditar que, por eu ter sido ferido, também me tornei fraco.

– Eu não faria isso. – A voz de Rephaim era pouco mais do que um chiado abafado.

Os rostos deles estavam bem próximos. Os olhos cor de âmbar de Kalona queimaram com o calor da raiva.

– Pai – Rephaim falou de modo ofegante. – Eu não quis desrespeitá-lo.

Kalona o soltou, e seu filho desabou aos seus pés. O imortal levantou a cabeça e atirou os braços para cima, como se fosse tocar o firmamento.

– Ela ainda me aprisiona! – ele berrou.

Rephaim sugou o ar e esfregou o pescoço, e então as palavras do seu pai penetraram a confusão na sua mente. Levantou os olhos para ele. O rosto do imortal era uma máscara de agonia e os seus olhos estavam obcecados. Devagar, Rephaim ficou em pé e se aproximou dele cuidadosamente.

– O que ela fez?

Kalona soltou os braços, mas o seu rosto permaneceu voltado para o céu.

– Reforcei meu Juramento a ela de que eu destruiria Zoey Redbird. A novata ainda vive. Eu quebrei o meu Juramento.

O sangue de Rephaim congelou.

– O Juramento quebrado implica uma punição.

Ele não pronunciou a frase como uma pergunta, mas Kalona concordou.

– Sim, implica.

– O que você deve a Neferet?

– Ela mantém domínio sobre o meu espírito, enquanto eu for um imortal.

– Por todos os Deuses e Deusas, nós estamos perdidos então! – Rephaim não conseguiu evitar que as palavras escapassem.

Kalona se virou para ele, e seu filho viu que um furtivo brilho havia substituído o ódio em seus olhos.

– Neferet é imortal por um período menor do que um suspiro no tempo deste mundo. Eu sou por incontáveis éons[15]. Se há uma lição que eu aprendi após todo esse tempo de existência, é que não há nada inquebrável. Nada. Nem o coração mais forte, nem a alma mais pura, nem mesmo o mais obrigatório dos juramentos.

– Sabe como quebrar o domínio dela sobre você?

– Não, mas sei que, se eu der o que Neferet mais deseja, ela vai estar distraída enquanto eu descubro como quebrar o meu Juramento.

– Pai – Rephaim disse com hesitação –, sempre há consequências por quebrar um Juramento. Você não vai atrair outra punição se quebrá-lo?

– Não consigo pensar em nenhuma consequência que eu não pagaria feliz para me ver livre do domínio de Neferet.

A raiva fria e mortal na voz de Kalona fez com que a garganta de Rephaim ficasse seca. Ele sabia que, nos momentos em que seu pai ficava assim, a única coisa que podia fazer era concordar com ele, tentar ajudá-lo em qualquer coisa que ele procurasse e andar pela tempestade silenciosamente, sem pensar, ao lado de Kalona. Ele estava acostumado às emoções voláteis de seu pai.

Mas Rephaim não estava acostumado a se sentir magoado com elas.

Rephaim pôde sentir o olhar de Kalona o estudando. O *Raven Mocker* limpou a garganta e disse o que sabia que seu pai esperava ouvir.

– O que Neferet mais deseja e como nós vamos dar isso a ela?

A expressão de Kalona relaxou um pouco.

– O que a Tsi Sgili mais deseja é ostentar poder sobre os humanos. Nós daremos isso a ela ajudando-a a começar uma guerra entre vampiros e humanos. Ela pretende usar a guerra como uma desculpa para destruir

---

15 Éon é um período que corresponde a um bilhão de anos. (N.T.)

o Conselho Supremo. Sem ele, a sociedade dos vampiros vai ficar em desordem e Neferet, usando o título de Nyx Encarnada, vai governar.

— Mas os vampiros se tornaram racionais e civilizados demais para guerrear contra os humanos. Eu acho que vão se afastar da sociedade antes de lutar.

— Isso é verdade para a maioria dos vampiros, mas você está se esquecendo da nova raça de sugadores de sangue que Tsi Sgili está criando. Eles não parecem ter os mesmos escrúpulos.

— Os novatos vermelhos — disse Rephaim.

— Ah, mas eles não são todos novatos, são? Eu ouvi dizer que outro garoto se Transformou. E há a nova Grande Sacerdotisa, a Vermelha. Eu não tenho certeza de que é tão devota da Luz quanto sua amiga Zoey acha que ela é.

Rephaim sentiu como se uma mão gigante estivesse esmagando o seu coração.

— A Vermelha invocou o touro negro, a manifestação da Luz. Eu não acredito que ela possa ser afastada do caminho da Deusa.

— Você disse que ela também conjurou o touro das Trevas, não disse?

— Sim, mas pelo que eu pude observar ela não chamou as Trevas intencionalmente.

Kalona deu uma gargalhada.

— Neferet me disse que Stevie Rae estava bem diferente logo que ela ressuscitou. Ela estava se deleitando nas Trevas!

— Então ela se Transformou, como Stark. Agora, ambos estão comprometidos com Nyx.

— Não, Stark está comprometido com Zoey Redbird. Eu não acredito que a Vermelha tenha criado uma ligação tão forte assim com alguém.

Cuidadosamente, Rephaim permaneceu em silêncio.

— Quanto mais eu penso nisso, mais eu gosto da ideia. Neferet ganhará poder se nós usarmos a Vermelha, e Zoey perderá alguém muito próximo dela. Sim, isso me agrada. Muito.

Rephaim estava tentando examinar a mistura de pânico, medo e caos na sua mente, tentando encontrar uma resposta que poderia distrair Kalona do seu propósito de perseguir Stevie Rae, quando o ar em volta deles se agitou e ficou diferente. Sombras dentro de sombras pareceram estremecer brevemente, mas com entusiasmo. Seus olhos cheios de interrogação desviaram-se das Trevas que espreitavam nos cantos da varanda e se voltaram para o seu pai.

Kalona balançou a cabeça, assentindo, e sorriu sombriamente.

– Tsi Sgili pagou sua dívida com as Trevas. Ela sacrificou a vida de um inocente que não pôde ser corrompido.

O sangue de Rephaim pulsou nos seus ouvidos e, por um instante, ele ficou incrivelmente temeroso por Stevie Rae. Ele percebeu que não poderia ser ela que Neferet tinha sacrificado. Stevie Rae já havia sido corrompida pelas Trevas. Por enquanto, pelo menos dessa ameaça, ela estava salva.

– Quem Neferet matou? – Rephaim estava tão distraído de alívio que falou sem pensar.

– Que diferença pode fazer para você saber quem Tsi Sgili sacrificou?

A mente de Rephaim voltou a se ater àquele momento rapidamente.

– Só estou curioso.

– Eu sinto uma mudança em você, meu filho.

Rephaim sustentou o olhar atento do seu pai sem se perturbar.

– Eu cheguei perto da morte, Pai. Foi uma experiência séria e transformadora. Você precisa lembrar que eu apenas compartilho uma parte da sua imortalidade. O resto de mim é humano e, portanto, mortal.

Kalona assentiu brevemente em concordância.

– Eu realmente esqueço que é enfraquecido pela humanidade que existe dentro de você.

– Mortalidade, não humanidade. Eu não sou humano – ele disse amargamente.

Kalona o estudou com atenção.

– Como você conseguiu sobreviver dos seus ferimentos?

Rephaim desviou os olhos de seu pai e respondeu o mais verdadeiramente possível.

– Eu não estou totalmente certo sobre como sobrevivi e nem mesmo por que eu sobrevivi.

Eu nunca vou entender por que Stevie Rae me salvou, sua mente acrescentou silenciosamente. Continuou:

– A maior parte desse período é só uma vaga lembrança para mim.

– O "como" não é importante. O "motivo" é óbvio: você sobreviveu para me servir, como tem feito durante a sua vida inteira.

– Sim, Pai – disse automaticamente. E então, para mascarar a desesperança que até ele podia ouvir na própria voz, acrescentou: – E em serviço a você eu devo dizer que nós não podemos permanecer aqui.

Kalona levantou a sobrancelha interrogativamente.

– O que você está dizendo?

– Este lugar – ele fez um gesto com os braços para abarcar todos os andares do Museu Gilcrease. – Há muitos humanos por aqui desde que o gelo se foi. Nós não podemos ficar aqui. – Rephaim tomou fôlego e continuou: – Talvez seja mais sábio que a gente saia de Tulsa por um tempo.

– É claro que não podemos sair de Tulsa. Eu já expliquei a você que eu preciso distrair Tsi Sgili, de modo que eu consiga me libertar desta servidão a ela. Isso vai ser melhor se feito aqui, usando a Vermelha e os seus novatos. Mas você está certo em perceber que este lugar não é adequado para nós dois.

– Não seria mais conveniente sairmos da cidade até descobrirmos um lugar melhor?

– Por que você continua insistindo que devemos partir, se eu já deixei bem claro que nós precisamos permanecer?

Rephaim deu um suspiro profundo e disse apenas:

– Eu estou exausto, cansado da cidade.

– Então extraia as últimas reservas de força que você tem dentro de si como legado do meu sangue! – Kalona ordenou, claramente irritado. – Nós vamos permanecer em Tulsa pelo tempo necessário para atingir o meu objetivo. Neferet já refletiu sobre onde eu deveria ficar. Ela exige que eu esteja perto, mas sabe que eu não posso ser visto, pelo menos não agora. – Kalona fez uma pausa, com uma óbvia expressão de raiva por estar sendo tão totalmente controlado pela Tsi Sgili. – Nós vamos nos mudar hoje à noite para o prédio que Neferet adquiriu. Em breve, vamos começar a caçar os novatos vermelhos e a sua Grande Sacerdotisa. – O olhar de Kalona se voltou para as asas de seu filho. – Você já pode voar de novo, não pode?

– Sim, Pai.

– Então chega desta conversa inútil. Vamos para o céu para começar a construir o nosso futuro e a nossa liberdade.

O imortal abriu suas asas enormes e saltou do solar no alto do Museu Gilcrease. Rephaim hesitou, tentando pensar, tentando respirar para entender o que ia fazer. Do canto da varanda, uma imagem tremulou e o pequeno espírito loiro, que o estava assombrando desde que tinha chegado quebrado e sangrando, manifestou-se:

– *Você não pode deixar o seu pai machucá-la. Você sabe disso, certo?*

– Pela última vez, fantasma, vá embora! – Rephaim disse, enquanto abria as asas e se preparava para seguir seu pai.

– *Você tem que ajudar Stevie Rae.*

Rephaim se virou raivosamente para o espírito.

– Por que eu tenho que ajudá-la? Eu sou um monstro... Ela pode ser um nada para mim.

A criança sorriu.

– *É tarde demais, ela já significa algo para você. Além disso, há outra razão para você ter que ajudá-la.*

– Por quê?

– *Porque você não é totalmente monstro. Em parte, é um garoto, e isso significa que um dia você vai morrer. Quando morremos, só há uma coisa que levamos dentro de nós para sempre.*

– E o que é?

A criança deu um amplo e radiante sorriso.

– *Amor, seu bobo! Você pode levar amor com você. Então, veja bem, você tem que salvá-la ou vai se arrepender para todo o sempre.*

Rephaim a encarou.

– Obrigado – disse em voz baixa, um segundo antes de saltar na escuridão.

8

Stevie Rae

– Eu acho que vocês todos deviam dar um tempo a Zoey. Depois de tudo que ela passou, merece tirar umas férias – disse Stevie Rae.

– Se fosse só isso – Erik respondeu.

– O que você quer dizer?

– Estão dizendo por aí que ela não está planejando voltar. Nunca mais.

– Isso é uma completa bobagem.

– Você falou com ela? – Erik perguntou.

– Não, você falou? – ela contra-atacou.

– Não.

– Na verdade, Erik está abordando uma questão válida – disse Lenobia. – Ninguém falou com Zoey. Jack disse que ela não vai voltar. Eu falei com Aphrodite. Ela e Darius vão chegar logo. Zoey não está fazendo ou recebendo ligações.

– Zoey está cansada. Stark ainda está todo quebrado. Não foi isso o que Jack contou? – Stevie Rae perguntou.

– Sim – Dragon Lankford respondeu. – Mas a verdade é que nós mal falamos com Zoey, desde que ela voltou do Mundo do Além.

– Ok, sério, por que isso é uma questão tão importante? Vocês estão agindo como se Z. fosse uma estudante que apronta e cabula aula, e não uma Grande Sacerdotisa que arrasa.

– Bem, em primeiro lugar, isso nos interessa porque ela realmente tem esse grande poder. E a responsabilidade vem junto com o poder. Você sabe disso – disse Lenobia. – E, além disso, há a questão de Neferet e Kalona.

– Eu preciso falar sobre isso – disse a professora Penthasilea. – Eu não sou a única de nós que recebeu a mais recente mensagem do Conselho Supremo. Não existe mais Neferet *e* Kalona. Neferet rompeu com o seu Consorte assim que o espírito dele retornou ao corpo e ele recuperou a consciência. Ela fez com que ele fosse chicoteado publicamente e então o baniu do seu lado e da sociedade dos vampiros por cem anos. Neferet tomou a dianteira na decisão de puni-lo pelo crime de ter matado o garoto humano. O Conselho Supremo decidiu que Kalona, e não Neferet, foi responsável pelo crime.

– Sim, nós sabemos disso, mas... – Lenobia começou a falar.

– Do que vocês estão falando? – Stevie Rae a interrompeu, sentindo que sua cabeça estava prestes a explodir.

– Parece que a gente não está nessa lista de *e-mails* – Kramisha falou, parecendo tão nervosa quanto Stevie Rae.

Quando o relógio do lado de fora começou a bater as doze badaladas, Neferet entrou na Câmara do Conselho de Tulsa pela porta exclusiva da Grande Sacerdotisa. Ela andou com determinação em direção à grande mesa redonda. Sua voz era como um chicote, cheia de autoconfiança e um tom de comando.

– Vejo que demorei a voltar. Alguém poderia fazer o favor de me explicar por que permitimos o acesso de novatos às nossas reuniões do Conselho?

– Kramisha é mais do que apenas uma novata. Ela é uma Poetisa Laureada e uma Profetisa. Acrescente a isso o fato de eu ser uma Grande Sacerdotisa e a ter convidado. Tudo isso dá a ela o direito de estar nesta reunião do Conselho – Stevie Rae engoliu o medo doentio que sentiu ao confrontar Neferet e ficou incrivelmente aliviada com o fato de sua voz ter soado firme, quando finalmente libertou as palavras do fundo da sua garganta. – E por que você não está na prisão pelo assassinato de Heath?

– Prisão? – a gargalhada de Neferet foi cruel. – Que insolência! Eu sou uma Grande Sacerdotisa, alguém que mereceu esse título e não simplesmente o recebeu por falta de outra melhor.

– E você continua evitando a pergunta sobre a sua culpa no assassinato do garoto humano – Dragon falou. – Eu também não recebi o comunicado do Conselho Supremo dos Vampiros. Gostaria de uma explicação sobre a sua presença e sobre o motivo de você não ter sido responsabilizada pelo comportamento do seu Consorte.

Stevie Rae esperou que Neferet explodisse após o questionamento de Dragon, mas em vez disso sua expressão se suavizou e os seus olhos verdes se encheram de pena. A voz de Neferet soou calorosa e compreensiva, quando ela respondeu ao Mestre da Espada.

– Eu acredito que o Conselho Supremo não está lhe enviando os seus comunicados porque estão cientes de que você ainda está sofrendo profundamente a perda da sua companheira.

O rosto de Dragon ficou pálido, mas seus olhos azuis se endureceram.

– Eu não perdi Anastasia. Ela foi tirada de mim. Assassinada por uma criatura que é o filho do seu Consorte, agindo sob o comando dele.

– Eu compreendo como a sua dor pode turvar o seu julgamento, mas você precisa saber que Rephaim e os outros *Raven Mockers* não tinham ordens de ferir ninguém. Pelo contrário, eles foram instruídos para *proteger*. Quando Zoey e os amigos dela incendiaram a Morada da Noite e roubaram os nossos cavalos, eles entenderam que aquilo era um ataque. E simplesmente reagiram.

Stevie Rae e Lenobia compartilharam um rápido olhar que queria dizer *não deixe os outros saberem o que cada um fez*. E Stevie Rae manteve a boca fechada, evitando entregar a parte de Lenobia na "fuga" de Zoey.

– Eles mataram a minha companheira – Dragon disse, atraindo a atenção de todos.

– E por isso eu sinto muito, vou sentir eternamente – Neferet falou. – Anastasia era uma boa amiga para mim.

– Você perseguiu Zoey, Darius e o resto da turma – Stevie Rae afirmou. – Você nos ameaçou. Você ordenou que Stark atirasse em Zoey. Que desculpa tem para tudo isso?

O lindo rosto de Neferet se enrugou. Ela se inclinou sobre a mesa e chorou de forma contida.

– Eu sei... Eu sei. Eu fui fraca. Deixei que o imortal alado corrompesse a minha mente. Ele disse que Zoey tinha de ser destruída e, como eu acreditei que ele era Erebus Encarnado, também acreditei no resto.

– Ah, mas isso é uma mentira deslavada – disse Stevie Rae.

Os olhos verdes de Neferet a fuzilaram.

– Você nunca gostou muito de alguém e só acabou descobrindo mais tarde que era um monstro disfarçado?

Stevie Rae sentiu o sangue fugir do seu rosto. Ela respondeu da única maneira que sabia – com a verdade:

– Na minha vida, monstros não disfarçam a si mesmos.

– Você não respondeu à minha pergunta, jovem Sacerdotisa.

Stevie Rae empinou o queixo.

– Vou responder à sua pergunta. Não, eu nunca gostei muito de alguém sem saber como ele era desde o começo. E, se você está se referindo a Dallas, eu sabia que ele podia ter seus problemas, mas nunca imaginei que ele fosse se voltar para as Trevas e ficar completamente louco.

Neferet deu um sorriso furtivo.

– Sim, eu ouvi sobre Dallas. Tão triste... Tão triste.

– Neferet, eu ainda preciso entender a decisão do Conselho Supremo. Como Mestre da Espada e líder dos Filhos de Erebus desta Morada da Noite, eu tenho o direito de ser informado sobre qualquer coisa que possa comprometer a segurança da nossa escola, esteja eu de luto ou não – Dragon disse, pálido mas determinado.

– Você está totalmente certo, Mestre da Espada. É realmente muito simples. Quando a alma do imortal retornou ao corpo, ele me confessou ter matado o garoto humano porque achou que o ódio de Heath por mim era uma ameaça. – Neferet balançou a cabeça, parecendo triste e arrependida. – O pobre menino tinha, de algum modo, convencido a si mesmo de que eu era culpada pelas mortes da professora Nolan e de Loren Blake. Kalona achava que executando Heath estaria protegendo a mim. – Ela sacudiu a cabeça. – Ele esteve afastado deste mundo por tempo demais. Realmente, não entendia que aquele humano não poderia significar nenhuma ameaça para mim. A sua ação de matar Heath foi simplesmente a de um guerreiro mal orientado que protegia a sua Grande Sacerdotisa. Por isso o Conselho Supremo e eu fomos tão misericordiosos na sua punição. Como alguns de vocês já sabem, Kalona recebeu cem chibatadas e foi banido da sociedade dos vampiros e do meu lado por um século inteiro.

Houve um longo silêncio, e então Penthasilea disse:

– Parece que toda essa tragédia foi um terrível mal-entendido atrás do outro, mas certamente todos nós já pagamos o suficiente pelo que aconteceu no passado. O que importa agora é que a escola se una novamente e que todos sigam com suas vidas.

– Eu me curvo à sua sabedoria e experiência, professora Penthasilea – disse Neferet, inclinando a cabeça respeitosamente. Então, ela se virou para encarar Dragon. – Realmente, esta tem sido uma época difícil para muitos de nós, mas você pagou o maior preço, Mestre da Espada. É a você que eu devo pedir pela absolvição dos meus erros, tanto pessoais como profissionais. Você poderia liderar a Morada da Noite para uma nova era, criando uma fênix[16] das cinzas do nosso sofrimento?

Stevie Rae quis gritar para Dragon que Neferet estava enganando a todos, que o que havia acontecido na Morada da Noite não tinha sido um trágico mal-entendido, mas sim um trágico mau uso do poder por parte de Neferet e Kalona. Mas seu coração afundou dentro do peito quando ela observou Dragon curvar a cabeça e, com uma voz totalmente arrasada e inconsolável, dizer:

– Eu gostaria que todos nós seguíssemos em frente, porque se não fizermos isso temo não conseguir sobreviver à perda da minha companheira.

---

16 Fênix, na mitologia grega, é um pássaro que renasce das próprias cinzas. (N.T.)

Lenobia pareceu querer protestar, mas, quando Dragon começou a soluçar em prantos, manteve-se em silêncio e foi para o lado dele, para confortá-lo.

Agora só restou a mim para enfrentar Neferet, Stevie Rae pensou. Então, ela deu uma rápida olhada para Kramisha, que estava observando Neferet com um mal disfarçado olhar de que-porra-é-essa. *Ok, restamos só eu e Kramisha para enfrentar Neferet*, Stevie Rae corrigiu a frase dentro da sua cabeça. Ela endireitou os ombros e se preparou para o confronto épico, que certamente viria quando ela chamasse de papo-furado os argumentos da Grande Sacerdotisa caída.

Naquele momento, um barulho estranho invadiu a Câmara do Conselho pela janela, que tinha sido deixada aberta para o ar fresco da noite entrar. Foi um som horrível e pesaroso, que fez com que os pelinhos do braço de Stevie Rae se levantassem.

– O que foi isso? – Stevie Rae perguntou, virando a cabeça junto com os outros na direção da janela aberta.

– Eu nunca escutei nada assim – disse Kramisha. – E isso me dá calafrios.

– É um animal. E ele está sofrendo – Dragon instantaneamente se juntou aos outros, já com a expressão diferente, e de repente ele era um guerreiro de novo e não um companheiro com o coração despedaçado. Ele se levantou e atravessou a Câmara do Conselho em direção à janela.

– Um gato? – Penthasilea perguntou, parecendo aflita.

– Eu não consigo ver daqui. Está vindo do lado leste do campus – Dragon respondeu, saindo da janela e caminhando em direção à porta de modo resoluto.

– Oh, Deusa! Acho que eu conheço esse som – trágica e entrecortada, a voz de Neferet fez com que todos voltassem a atenção para ela. – É um cachorro uivando, e o único cão neste campus é a labradora de Stark, Duquesa. Será que algo aconteceu a Stark?

Stevie Rae observou Neferet pressionar sua mão elegante na garganta, como se quisesse segurar a forte batida do seu coração, provocada pelo terrível pensamento de que algo pudesse ter acontecido a Stark.

Stevie Rae quis estapeá-la. Neferet podia receber um maldito Oscar pela Melhor Atuação Trágica Falsa feita por uma Vaca-Mor. *É isso aí.* Ela não ia deixá-la escapar com essa baboseira.

Mas Stevie Rae não teve a chance de confrontar Neferet. No momento em que Dragon abriu a porta do *hall*, uma cacofonia infernal invadiu o ambiente. Novatos estavam correndo em direção à Câmara do Conselho. A maioria estava chorando e gritando, mas, mais alto do que todo o barulho, mais alto do que aquele uivo terrível, um som se tornou distintamente reconhecível: o lamento fúnebre de alguém em luto.

Stevie Rae reconheceu aquela voz que emanava aflição e pesar.

– Ah, não – disse, correndo em direção ao *hall*. – É Damien.

Stevie Rae tomou a frente até de Dragon e, quando conseguiu abrir caminho pelas pessoas e abrir a porta da escola que dava para o lado de fora, voou para cima de Drew Partain com tanta força que os dois caíram no chão.

– Caramba, Drew! Saia do meu...

– Jack está morto! – Drew gritou, levantando-se com dificuldade e puxando-a junto com ele. – Logo ali, perto da árvore partida e do muro leste. É horrível. Realmente horrível. Rápido, Damien precisa de você!

Stevie Rae sentiu uma onda de náusea, quando processou o que Drew estava dizendo. E então ela foi levada com Drew por uma maré de vampiros e novatos que corriam pelo campus.

Quando Stevie Rae chegou à árvore, teve um terrível *déjà-vu*. O sangue. Havia tanto sangue em toda parte! Em um lampejo, ela vislumbrou a noite em que a flecha de Stark a havia atingido e praticamente drenado todo o seu sangue vital para fora do seu corpo, exatamente neste mesmo lugar.

Só que desta vez não era ela. Desta vez, era o doce e querido Jack, e ele estava realmente morto. Então, era algo terrível multiplicado por dez. Por um segundo, a cena não parecia fazer sentido, pois ninguém se mexia, ninguém falava. Não havia nenhum som, exceto o uivo de Duquesa e o pranto fúnebre de Damien. O garoto e o cachorro estavam agachados ao lado de Jack, que jazia, com o rosto voltado para baixo, no gramado ensopado de sangue; havia a ponta de uma longa espada projetando-se vários centímetros para fora da sua nuca. Ela o atravessara com tanta força que tinha quase separado a cabeça do corpo.

– Oh, Deusa! O que aconteceu aqui? – foi Neferet quem descongelou todo mundo. Ela se precipitou em direção a Jack, inclinou-se e colocou a sua mão gentilmente no corpo dele. – O novato está morto – ela disse solenemente.

Damien olhou para cima. Stevie Rae viu os olhos dele. Eles estavam cheios de dor, de repugnância e talvez, apenas talvez, de uma sombra de loucura. Enquanto ele encarava Neferet, ela percebeu que o rosto já pálido ficou ainda mais sem cor, e isso a sacudiu por dentro.

– Eu acho que você deve deixá-lo sozinho – Stevie Rae afirmou, colocando-se entre Neferet, Jack e Damien.

– Eu sou a Grande Sacerdotisa aqui. É o meu papel lidar com esta tragédia. O melhor para Damien é que você se afaste e deixe que os adultos resolvam tudo – disse Neferet. O tom dela era razoável, mas Stevie Rae estava olhando dentro daqueles olhos de esmeralda e viu algo se mover lá no fundo que fez sua pele formigar.

Stevie Rae podia sentir que todos a estavam observando. Ela sabia que havia algo de correto no que Neferet estava dizendo – ela não era uma Grande Sacerdotisa há tempo o suficiente para saber como lidar com uma coisa tão horrível quanto o que tinha acontecido nesta noite. Droga, ela realmente só era uma Grande Sacerdotisa porque não havia outra novata vermelha que tivesse se Transformado. Será que tinha algum direito de falar como a Grande Sacerdotisa de Damien?

Stevie Rae ficou em pé ali, em silêncio, lutando com suas próprias inseguranças. Neferet a ignorou e se agachou ao lado de Damien, pegando a mão dele e o forçando a olhar para ela.

– Damien, eu sei que você está em choque, mas precisa recuperar o controle sobre si mesmo e nos contar como isso aconteceu a Jack.

Damien piscou cegamente, e então Stevie Rae percebeu que a visão dele, de repente, ficou clara e focou Neferet. Ele arrancou a sua mão da dela. Balançando a cabeça de um lado para o outro sem parar, ele começou a chorar convulsivamente.

– Não! Não! Não!

E foi isso. Stevie Rae estava farta daquilo. Ela não se importava se todo o maldito universo não conseguia enxergar através da mentira de Neferet. Ela não ia deixá-la aterrorizar o pobre Damien.

– O que aconteceu? *Você* está perguntando o que aconteceu? Como se fosse apenas uma coincidência Jack ter sido assassinado na mesma hora em que você aparece aqui na escola? – Stevie Rae foi para o lado de Damien, pegando a mão dele. – Você pode enganar aquele Conselho Supremo, que é cego como um morcego. Você pode até fazer com que algumas dessas boas pessoas acreditem que está do nosso lado, mas Damien, Zoey – ela fez uma pausa ao ouvir dois suspiros de horror muito parecidos, quando as gêmeas se aproximaram –, Shaunee, Erin, Stark e eu não acreditamos nem um pouco que você seja do bem. Então, por que *você* não explica o que aconteceu aqui?

Neferet balançou a cabeça, parecendo triste e tragicamente bonita.

– Eu sinto por você, Stevie Rae. Era uma novata tão doce e adorável. Eu não sei o que aconteceu com você.

Stevie Rae sentiu o ódio correr por dentro do seu corpo, fazendo-o estremecer com a sua força.

– Você sabe melhor do que qualquer um nesta Terra o que aconteceu comigo.

Ela não conseguia evitar. A raiva era demais. Stevie Rae começou a caminhar em direção a Neferet. Naquele momento, ela só queria segurar o pescoço da vampira com as suas mãos e apertá-lo sem parar, até que ela parasse de respirar e não fosse mais uma ameaça.

Mas Damien não soltou a sua mão. Aquela ligação de toque e confiança entre eles, além do suspiro entrecortado de Damien, segurou-a.

– Ela não fez isso. Eu vi quando aconteceu, e ela não fez isso.

Stevie Rae hesitou, olhando para Damien.

– O que você está dizendo, querido?

– Eu estava longe daqui. Bem ao lado da entrada do ginásio. Duquesa não me deixava correr. Ela ficava me puxando de volta para cá. Eu finalmente me rendi a ela – a voz de Damien estava rouca e ele soltou as palavras aos poucos, bruscamente. – Ela me deixou preocupado. Então, eu estava olhando. Eu vi... – Ele começou a chorar de novo. – Eu vi Jack cair do alto da escada em cima da espada. Não tinha ninguém perto dele. Ninguém mesmo.

Stevie Rae se virou para Damien e o puxou para os seus braços. Assim que ela fez isso, sentiu mais dois pares de braços os envolvendo, quando as gêmeas se juntaram ao círculo, abraçando forte.

– Neferet estava conosco na Câmara do Conselho, quando este acidente horrível aconteceu – Dragon disse solenemente, tocando o cabelo de Jack com gentileza. – Ela não é responsável por esta morte.

Stevie Rae não conseguia olhar para o pobre corpo ferido de Jack. Ela estava observando Neferet quando Dragon falou. Apenas ela viu o lampejo arrogante de vitória que atravessou o rosto da Grande Sacerdotisa, rapidamente substituído por um olhar ensaiado de tristeza e preocupação.

Ela o matou. Eu não sei como e não posso provar isso neste exato momento, mas ela o matou. E então, tão rapidamente quanto esse pensamento havia lhe ocorrido, outro veio em seguida: *Zoey acreditaria em mim. Ela me ajudaria a descobrir como desmascarar Neferet.*

Zoey tem que voltar.

9

Zoey

Então, Stark e eu tínhamos feito *aquilo*.

– Eu não sinto nada diferente – disse à árvore, que estava mais perto de mim. – Quero dizer, exceto por me sentir mais próxima de Stark e meio dolorida em alguns lugares não mencionáveis, é isso.

Andei em direção a um riacho que corria alegremente através do bosque e dei uma olhada para baixo. O sol estava se pondo, mas tinha sido um dia frio e claro, fora do comum na ilha, e o céu ainda mantinha um pouco da sua dramática luz dourada e avermelhada, de modo que consegui ver o meu reflexo na água. Eu estudei a minha imagem. Eu parecia, bem, *eu*.

– Ok, tecnicamente eu já fiz *aquilo* uma vez, mas foi uma coisa totalmente diferente – suspirei.

Loren Blake tinha sido um engano gigantesco. James Stark era outra história, bem como o compromisso que nós firmamos um com o outro.

– Então, eu não deveria estar diferente agora que estou em um relacionamento verdadeiro? – franzi os olhos para o meu reflexo. Eu não parecia mais velha? Mais experiente? Mais sábia?

Na verdade, não. Aquela expressão só me fez parecer míope.

– E Aphrodite, provavelmente, diria que isso vai me causar rugas.

Senti uma pontadinha ao me lembrar da despedida de Aphrodite e Darius na noite passada. Ela estava previsivelmente sarcástica e um pouco mais do que maldosa por eu não voltar para Tulsa com ela, mas o nosso abraço tinha sido apertado e verdadeiro, e eu sabia que ia sentir falta dela. Eu já estava com saudade dela. E também de Stevie Rae, Damien, Jack e das gêmeas.

– E de Nala – falei para o meu reflexo.

Mas será que a falta que eu sentia deles era o bastante para me fazer voltar para o mundo real? O bastante para encarar tudo, de retomar a escola até enfrentar as Trevas e Neferet?

– Não. Não, você não sente – dizer isso fez com que fosse ainda mais verdade.

Eu podia sentir um pouco do *Eu sinto saudade deles* sendo diluído pela serenidade da ilha de Sgiach.

– Aqui é mágico. Se eu pudesse mandar buscar minha gata, juro que ficaria aqui para sempre.

A risada de Sgiach foi suave e musical.

– Por que será que nós tendemos a sentir mais saudade dos nossos animais de estimação do que de pessoas? – ela estava sorrindo quando se juntou a mim na beira do riacho.

– Acho que é porque não podemos falar com eles pelo Skype. Quero dizer, eu sei que posso voltar para o castelo e falar com Stevie Rae, mas tentei fazer uma chamada de vídeo pelo computador com a Nala. Ela fica parecendo confusa e mais insatisfeita do que o normal, o que já significa muito insatisfeita.

– Se gatos entendessem de tecnologia e tivessem polegares oponíveis[17], governariam o mundo – disse a rainha.

Eu gargalhei.

– Não deixe Nala ouvi-la dizendo isso. Ela *já* governa o mundo dela.

– Você está certa. Mab[18] também acredita que governa o mundo dela.

---

17 Polegares oponíveis, ou seja, que podem se opor aos outros dedos, permitindo a utilização de instrumentos, são considerados um fator importante na evolução da espécie humana. (N.T.)
18 Na tradição inglesa, Mab é a rainha das fadas; ela é citada em *Romeu e Julieta*, de William Shakespeare. (N.T.)

Mab era a gata gigante de *smoking*[19] de Sgiach, com longa pelagem preta e branca, que eu estava aprendendo a conhecer. Acho que provavelmente ela tinha uns milhares de anos. Ela ficava na maior parte do tempo semiconsciente, mal se movendo na ponta da cama da rainha. Stark e eu tínhamos começado a chamá-la de Gata Morta, sem que Sgiach ouvisse.

– O mundo a que você se refere é o seu quarto?

– Exatamente – Sgiach respondeu.

Nós duas rimos bastante, e então a rainha andou até uma pedra grande cheia de musgo não muito longe do riacho. Ela se sentou graciosamente e deu um tapinha no espaço vazio e plano ao seu lado. Eu me juntei a ela, imaginando vagamente se algum dia os meus movimentos seriam tão graciosos e régios como os dela – eu duvidava muito.

– Você pode mandar buscar a sua Nala. Animais de vampiros voam como qualquer animal de companhia. É apenas questão de apresentar o registro de vacinação, para que ela entre em Skye.

– Uau, sério?

– Sério. É claro que isso significa que você precisaria se comprometer a ficar aqui por pelo menos alguns meses. Gatos não gostam de viajar, e mudá-los de um fuso horário para outro e depois mudá-los de novo realmente não é bom para eles.

Eu olhei Sgiach nos olhos e disse exatamente o que estava pensando:

– Quanto mais tempo eu fico aqui, mais tenho certeza de que não quero ir embora, mas sei que provavelmente é irresponsabilidade minha me esconder do mundo real dessa forma. Quero dizer... – eu me apressei quando vi a preocupação crescer no olhar dela – não é que Skye não seja real e coisa e tal. E eu sei que passei por um bocado de coisas ruins ultimamente, então tudo bem se eu der um tempo. Mas ainda estou na escola. Acho que uma hora vou ter que acabar voltando.

– Você se sentiria desse jeito se a escola viesse até você?

---

19 O gato de *smoking* (*tuxedo cat*, em inglês) tem um padrão específico de cor de pelagem: corpo preto e manchas brancas no peito, cintura, patas e focinho. (N.T.)

– O que você quer dizer?

– Desde que entrou na minha vida, eu comecei a refletir sobre o mundo, ou melhor, sobre o quanto eu fiquei desligada dele. Sim, eu tenho internet. Sim, eu tenho televisão via satélite. Mas eu não tenho novos seguidores. Eu não tenho guerreiros estudantes e jovens Guardiões. Ou pelo menos eu não tinha até você e Stark chegarem. Eu descobri que estou perdendo a energia e a contribuição das mentes jovens – Sgiach desviou os olhos de mim e encarou o bosque profundamente. – A chegada de vocês aqui despertou algo que estava adormecido na minha ilha. Eu sinto uma mudança chegando ao mundo, maior do que a influência da ciência moderna ou da tecnologia. Eu posso ignorar isso e deixar a minha ilha voltar a dormir, talvez para ficar completamente separada do mundo e dos seus problemas, ou para ficar perdida nas brumas do tempo, como Avalon e as Amazonas. Por outro lado, posso me abrir para essas mudanças, encarando os desafios que isso pode trazer. – A rainha encontrou novamente o meu olhar. – Eu escolho permitir que a minha ilha desperte. Chegou a hora de a Morada da Noite de Skye aceitar sangue novo.

– Você vai retirar o feitiço que protege a ilha?

Ela deu um sorriso oblíquo.

– Não, enquanto eu viver e, espero, enquanto minha sucessora viver e, finalmente, enquanto as sucessoras dela viverem, Skye vai permanecer protegida e separada do mundo moderno. Mas realmente pensei que deveria abrir um concurso para guerreiros. Houve uma época em que Skye treinou os melhores e mais brilhantes Filhos de Erebus.

– Mas você rompeu com o Conselho Supremo dos Vampiros, certo?

– Exato. Talvez eu possa começar, devagar, a consertar esse rompimento, especialmente se eu tiver uma jovem Grande Sacerdotisa como uma das minhas *trainees*.

Senti uma onda de excitação.

– Eu? Você quer dizer eu?

– Sim, é claro. Você e o seu Guardião têm uma conexão com esta ilha. Eu gostaria de ver aonde essa conexão nos leva.

– Uau, eu estou seriamente honrada. Muito obrigada.

Minha mente estava zumbindo! Se Skye se tornasse uma Morada da Noite ativa não ia ser como se eu estivesse me escondendo de todo mundo aqui. Seria como se eu tivesse sido transferida para outra escola. Lembrei-me de Damien e do resto da turma e imaginei se eles pensariam em vir para cá também.

– Haveria um lugar aqui para novatos que não são guerreiros em treinamento? – perguntei.

– Nós podemos discutir isso. – Sgiach fez uma pausa, pareceu tomar uma decisão e acrescentou: – Você sabe que esta ilha é rica em uma tradição mágica que abarca mais do que o treinamento de guerreiros e meus Guardiões, não sabe?

– Não. Quero dizer, sim. Assim como é óbvio que *você* é mágica, e é basicamente esta ilha.

– Eu estou aqui há tanto tempo que muitos realmente me veem como a ilha, mas eu sou mais a zeladora da magia dela do que a proprietária.

– O que você quer dizer?

– Descubra você mesma, jovem rainha. Você tem afinidade com cada um dos elementos. Olhe mais de perto e veja o que a ilha tem a lhe ensinar.

Quando a incerteza me fez hesitar, Sgiach me persuadiu:

– Experimente o primeiro elemento, o ar. Simplesmente o invoque e observe.

– Ok. Bem, aí vai.

Eu me levantei e me afastei alguns passos de Sgiach, indo para uma área cheia de musgo em que quase não havia pedras. Eu inspirei profundamente para me purificar, acalmando-me com aquela sensação familiar de estar centrada. Instintivamente, virei meu rosto para o leste e chamei:

– Ar, por favor, venha para mim.

Eu estava acostumada à resposta do elemento. Eu estava habituada a sentir a brisa se agitando ao meu redor, como um cachorrinho ansioso, mas toda a experiência com as minhas afinidades não me prepararam para o que aconteceu em seguida. O ar não apenas respondeu, ele me engolfou. Ele girou em volta de mim cheio de poder, parecendo estranhamente palpável, o que foi realmente louco porque o ar não pode ser tocado. Isso nunca foi visto em lugar nenhum. E, então, eu perdi o fôlego porque percebi que *o ar tinha se tornado palpável*! Soprando em volta de mim, no meio do vento tempestuoso que havia surgido repentinamente atendendo ao meu chamado, estava a presença de lindos seres. Eles eram brilhantes e etéreos, um pouco translúcidos. Enquanto eu olhava embasbacada, eles mudaram de forma – às vezes, se pareciam com adoráveis mulheres, outras, com borboletas. Então eles mudaram de novo e ficaram mais semelhantes a maravilhosas folhas de outono flutuando em um vento próprio.

– O que são eles? – perguntei em voz baixa.

Levantei minha mão e observei as folhas se transformarem em brilhantes e coloridos beija-flores, que se acomodaram por iniciativa própria na palma da minha mão.

– Duendes do ar. Antes, eles ficavam em toda parte, mas partiram do mundo moderno. Eles preferem os bosques ancestrais e os hábitos antigos. E esta ilha tem os dois. – Sgiach sorriu e abriu a sua mão para um duende que tomou a forma de uma minúscula mulher com asas de libélula e dançou, dando voltas sobre os seus dedos. – É bom ver que eles vieram até você. Raramente há tantos deles em um mesmo lugar, mesmo no bosque. Tente outro elemento.

Desta vez, ela não precisou me persuadir mais. Eu me virei para o sul e chamei:

– Fogo, por favor, venha para mim!

Como brilhantes fogos de artifício, explodiram duendes por toda a minha volta, roçando o meu corpo com o calor controlado das suas chamas e me fazendo rir.

– Eles me fazem lembrar das faíscas do Quatro de Julho!

O sorriso de Sgiach se igualou ao meu.

– Eu raramente vejo os duendes das chamas. Eu sou muito mais próxima da água e do ar, o fogo quase nunca se mostra para mim.

– Que feio! – eu os repreendi. – Vocês deviam deixar Sgiach vê-los, ela é uma das pessoas do bem!

No mesmo instante, os duendes ao meu redor começaram a se alvoroçar loucamente. Eu podia sentir a angústia que irradiava deles.

– Oh, não! Diga a eles que você só os estava provocando. O fogo é terrivelmente sensível e volátil. Não quero que eles causem um acidente – Sgiach falou.

– Ei, pessoal, desculpe! Eu só estava brincando. Está tudo bem, mesmo. – Dei um suspiro de alívio quando os duendes das chamas se acalmaram em um voo menos frenético. Olhei para Sgiach e perguntei: – É seguro chamar os outros elementos?

– É claro, apenas tome cuidado com o que você diz. A sua afinidade é poderosa, mesmo não estando em um lugar rico em magia antiga como este bosque.

– Vou tomar. – Dei mais três suspiros de purificação e tive certeza de me centrar novamente. Então, virei no sentido horário para encarar o oeste e chamei: – Água, por favor, venha para mim.

Eu me senti banhada pelo elemento. Duendes frios e escorregadios roçaram minha pele, reluzindo com o brilho colorido da água. Eles saltitaram com alegria, fazendo com que eu pensasse em sereias, golfinhos, águas-vivas e cavalos-marinhos.

– Isso é realmente muito legal!

– Duendes da água são especialmente fortes em Skye – Sgiach disse, acariciando uma pequena criatura em forma de estrela-do-mar que nadava no ar em volta dela.

Eu me virei para o norte.

– Terra, venha para mim!

O bosque ficou vivo. As árvores irradiaram alegria e, dos seus ancestrais troncos retorcidos, emergiram seres silvestres que me fizeram lembrar de coisas que deveriam estar em Rivendell[20] com os elfos de Tolkien, ou mesmo na selva 3D de *Avatar*.

---

20 Rivendell é uma cidade fictícia criada pelo britânico J.R.R. Tolkien, autor de *O Senhor dos Anéis* (*The Lord of the Rings*). (N.T.)

Concentrei minha atenção no meio do meu círculo improvisado e invoquei o elemento final:

– Espírito, por favor, venha para mim também.

Neste momento, Sgiach falou de modo ofegante:

– Eu nunca vi todos os cinco grupos de duendes juntos desta forma. É magnífico.

– *Aiminhadeusa!* É incrível!

O ar à minha volta, que já estava vivo com seres minúsculos, foi preenchido com tanto resplendor que, de repente, trouxe à minha mente Nyx e a luminosidade do seu sorriso.

– Você quer experimentar mais? – Sgiach me perguntou.

– É claro – respondi sem hesitar.

– Venha cá, então. Dê-me sua mão.

Cercada pelos duendes ancestrais que personificavam os elementos, eu me aproximei de Sgiach e estendi a mão para ela.

Ela pegou a minha mão direita com a sua mão esquerda e a virou, de modo que minha palma ficou virada para cima.

– Você confia em mim?

– Sim. Eu confio em você – respondi.

– Ótimo. Só vai doer por um instante.

Com um movimento tão rápido que era impossível de ser visto, ela fez um talho com a sua unha dura e afiada do dedo indicador direito na parte carnuda da palma da minha mão. Eu não me retraí. Não me mexi. Mas eu realmente suguei um bocado de ar. Apesar de ela estar certa, pois doeu só por um instante.

Sgiach virou a minha palma para baixo e o sangue começou a gotejar da minha mão, mas, antes que ele tocasse o solo cheio de musgo abaixo de nós, a rainha pegou as gotas escarlates. Apanhando-as com sua mão em forma de concha, ela deixou que as gotas formassem uma poça. Em seguida, falando palavras que eu senti mais do que escutei sem entender direito, ela arremessou o sangue, espalhando-o em um círculo em volta de nós.

Então, algo realmente espantoso aconteceu.

Cada duende que as minhas gotas de sangue tocavam apenas por um instante se materializava. Eles não eram mais seres elementais e etéreos, apenas fragmentos e rastros de ar, fogo, água, terra e espírito. O que o meu sangue tocava virava realidade – pássaros, fadas, criaturas marinhas e ninfas da floresta vivas e que respiravam.

E eles dançavam e celebravam. A risada deles coloria o céu escurecido de júbilo e magia.

– É a magia ancestral. Você tocou coisas aqui que estavam dormindo havia séculos. Ninguém mais despertou o sobrenatural. Ninguém mais teve essa habilidade – Sgiach falou e então, majestosamente, ela curvou a sua cabeça em reverência a mim.

Totalmente absorvida pela fascinação dos cinco elementos, eu peguei a mão da rainha de Skye, percebendo que o meu sangue tinha cessado de correr no instante em que ela o havia arremessado ao nosso redor.

– Eu posso compartilhar isso com outros novatos? Se você permitir que eles venham, posso ensinar uma nova geração a ter acesso à antiga magia?

Ela sorriu para mim entre lágrimas, que eu esperava que fossem de alegria.

– Sim, Zoey. Porque, se você não for capaz de criar uma ponte entre o mundo ancestral e o mundo moderno, eu não sei quem mais poderá ser. Mas, por enquanto, apenas aproveite este momento. A realidade que o seu sangue criou vai desaparecer logo. Dance com eles, jovem rainha. Deixe-os perceber que há esperança de que o mundo de hoje não tenha esquecido completamente o passado.

As palavras dela provocaram em mim o efeito de um ferrão e, no ritmo do som de sinos, flautas e pratos que de repente eu ouvi, comecei a dançar com as criaturas que o meu sangue tinha solidificado.

Relembrando aquele momento, vejo que eu deveria ter prestado mais atenção ao perfil afiado de chifres que eu vislumbrei ao rodopiar e pular, de braços dados com o sobrenatural. Eu deveria ter reparado na cor do pelo do touro e no lampejo nos olhos dele. Eu deveria ter mencionado a sua presença para Sgiach. Muito poderia ter sido evitado, ou pelo menos previsto, se eu tivesse mais experiência.

– Você estava certa. Não durou muito – eu disse, suspirando ofegante, enquanto me estatelava ao lado de Sgiach na pedra cheia de musgo. – Nós não podemos fazer algo para fazê-los ficar por mais tempo? Eles pareceram tão felizes por serem reais.

– Os seres sobrenaturais são difíceis de compreender. Eles só devem fidelidade aos seus elementos ou àqueles que os controlam.

Eu pisquei, surpresa.

– Isso significa que eles são leais a mim?

– Eu acredito que sim, apesar de eu não poder dizer com certeza. Eu não tenho uma verdadeira afinidade com algum elemento, embora seja uma aliada da água e do vento, como protetora e rainha desta ilha.

– Hum. Então, eu posso invocá-los, mesmo se eu sair de Skye?

Sgiach sorriu.

– E por que você desejaria fazer isso?

Eu ri com ela, naquele momento, sem conseguir imaginar por que algum dia eu desejaria sair desta ilha mágica e mística.

– *Aye*[21], se eu seguir o som de mulheres conversando, sei que vou encontrar vocês duas.

O sorriso de Sgiach se ampliou e se encheu de afeto. Seoras se juntou a nós no bosque, indo para o lado de sua rainha. Ela o tocou apenas por um momento no forte antebraço dele, mas aquele toque estava repleto de uma existência inteira de amor, confiança e intimidade.

– Olá, meu Guardião. Você trouxe o arco e as flechas para ela?

Seoras sorriu.

– Sim, é claro que eu trouxe.

O velho guerreiro se virou e pude ver que ele segurava um arco entalhado com desenhos intrincados, feito de madeira escura. A aljava

---

21 *Aye* é uma expressão escocesa que significa "sim" ou "sempre". (N.T.)

de couro correspondente, cheia de flechas com penas vermelhas, estava pendurada no seu ombro.

– Ótimo – ela sorriu com admiração para ele, antes de voltar o seu olhar para mim. – Zoey, você aprendeu muito hoje. O seu Guardião precisa de uma lição sobre acreditar em magia e em dons concedidos pela Deusa também. – Sgiach pegou o arco e as flechas de Seoras e os estendeu para mim. – Leve isto aqui para Stark. Ele está há tempo demais sem eles.

– Você realmente acha que é uma boa ideia? – perguntei a Sgiach, dando uma olhada com desconfiança para o arco e as flechas.

– O que eu acho é que o seu Stark não vai se sentir completo, a menos que ele aceite o seu dom concedido pela Deusa.

– Ele tinha uma *claymore* no Mundo do Além. Essa não poderia ser a arma dele aqui também?

Sgiach apenas olhou para mim, com a sombra da magia que nós duas havíamos acabado de experimentar ainda refletida em seus olhos verdes.

Eu suspirei.

E, com relutância, estendi a minha mão para pegar o arco e a aljava de flechas.

– Ele realmente não se sente confortável com isto – disse.

– Sim, mas ele deveria se sentir – Seoras respondeu.

– Você não diria isso se soubesse tudo o que vem junto com esta coisa – eu falei.

– Se você está falando sobre ele não conseguir errar o alvo, então, sim, eu sei disso. Assim como sei sobre a culpa que ele carrega pela morte do mentor dele – disse Seoras.

– Ele te contou.

– Sim, contou.

– E você ainda acha que ele deve voltar a usar este arco?

– Não é exatamente que Seoras *acha* isso, ele *sabe*, por séculos de experiência, o que acontece quando um Guardião ignora os seus dons concedidos pela Deusa – Sgiach afirmou.

– O que acontece?

– O mesmo que acontece se uma Grande Sacerdotisa tenta se afastar do caminho que a sua Deusa pavimentou para ela – Seoras respondeu.

– Como Neferet – eu suspirei.

– Sim – ele confirmou. – Como a Grande Sacerdotisa caída que corrompeu a sua Morada da Noite e causou a morte do seu Consorte.

– Apesar de que, para ser mais exata, você deva saber que não há necessariamente uma escolha difícil entre o bem e o mal, quando um Guardião, ou um guerreiro, ignora os seus dons da Deusa e se desvia do caminho apontado por ela. Às vezes, isso simplesmente significa uma vida insatisfatória e muito comum para um vampiro – Sgiach explicou.

– Mas, se é um guerreiro com dons poderosos, ou alguém que enfrentou as Trevas e foi tocado pela luta contra o mal, bem, esse guerreiro não consegue cair na obscuridade tão facilmente – Seoras observou.

– E Stark é as duas coisas – falei.

– De fato, ele é. Continue a confiar em mim, Zoey. É melhor para o seu Guardião andar no caminho destinado a ele do que se esquivar por aí e, talvez, ser pego pelas sombras – disse Sgiach.

– Entendo o seu ponto de vista, mas fazê-lo usar o seu arco de novo não vai ser nada fácil.

– Bem, você tem a magia dos ancestrais para invocar enquanto estiver aqui na nossa ilha, não é mesmo? – Seoras falou.

Eu olhei para Seoras e Sgiach. Eles estavam certos. Eu sentia isso lá dentro de mim. Stark não podia mais se esconder dos dons que Nyx tinha dado a ele, assim como eu não podia negar a minha conexão com os cinco elementos.

– Ok, eu vou convencê-lo. Aliás, onde ele está?

– O rapazinho está impaciente – Seoras respondeu. – Eu o vi andando pela praia perto do castelo.

Meu coração se apertou. Nós tínhamos acabado de decidir um dia antes que ficaríamos aqui em Skye indefinidamente. E, depois do que tinha acontecido agora comigo e Sgiach, eu mal podia suportar a ideia de partir.

– Mas ele pareceu aceitar bem a ideia de ficar – falei meus pensamentos em voz alta.

– O que está errado com ele não é onde está, mas quem é – disse Seoras.

– Hum? – perguntei brilhantemente.

– Zoey, o que Seoras quer dizer é que você vai descobrir que a impaciência do seu Guardião vai melhorar muito quando for um guerreiro inteiro de novo – Sgiach explicou.

– E um guerreiro inteiro usa todos os seus dons – Seoras concluiu.

– Vá atrás dele e o ajude a ficar inteiro novamente – Sgiach sugeriu.

– Como? – perguntei.

– *Ach*[22], mulher, use a inteligência que a Deusa lhe deu e descubra por si mesma – disse Seoras.

Com um gentil empurrãozinho e um movimento de abano de mãos que queria dizer "vá logo", a rainha e o seu Guardião me despacharam do bosque. Suspirei e comecei a ir em direção à costa, apenas imaginando que diabo de palavra era *ach*.

---

22 *Ach* é uma expressão escocesa de impaciência, surpresa ou desgosto. (N.T.)

10

Zoey

Distraída pensando em Stark, desci o escorregadio caminho de pedra que serpenteava em volta da base do castelo e desembocava na costa pedregosa, bem em cima da qual o edifício de Sgiach havia sido construído, que era um rochedo íngreme e bem imponente.

O sol estava começando a se pôr, deixando o céu reter um pouco da sua iluminação, mas eu fiquei contente com as fileiras de tochas que se projetavam da base de pedra da fundação do castelo.

Stark estava sozinho. Ele estava de costas para mim, e eu comecei a observá-lo enquanto escolhia cuidadosamente o meu caminho até ele na praia. Ele segurava um grande escudo de couro em uma mão e uma longa *claymore* na outra, e estava praticando golpes e defesas como se estivesse enfrentando um inimigo perigoso, porém invisível. Eu caminhei em silêncio, sem pressa, aproveitando para olhá-lo.

Será que ele tinha ficado mais alto de repente? E mais musculoso? Ele estava suado e ofegante e parecia forte e muito, muito macho, tipo um perigoso guerreiro ancestral com seu *kilt*.

Eu me lembrei de como tinha sentido o corpo dele contra o meu na noite passada e de como nós havíamos dormido totalmente juntinhos, e meu estômago se remexeu de um jeito esquisito.

Ele faz com que eu me sinta segura, e eu o amo.
Eu poderia ficar aqui com ele, longe do resto do mundo, para sempre.

Um arrepio me atravessou junto com esse pensamento e eu estremeci. Naquele momento, Stark baixou a guarda e se virou. Eu vi a preocupação de alerta nos olhos dele, que só esmaeceu quando eu sorri e acenei para ele. Então, o olhar dele se voltou para o que eu estava segurando na mão que acenava, e o sorriso de boas-vindas murchou, apesar de ele abrir os braços e me abraçar, beijando-me longamente.

– Ei, você fica bem gostoso fazendo essa coisa com a espada – eu disse.

– Isso se chama treinamento. E eu não tenho que parecer gostoso, Z. Eu tenho que parecer ameaçador.

– Ah, você parece muito, muito ameaçador. Eu quase morri de medo – usei o meu melhor falso sotaque malfeito de garota sulista e pressionei as costas da minha mão contra a testa, como se eu fosse desmaiar.

– Você realmente não é muito boa em sotaques, madame – disse ele, com um sotaque realmente bom de falso sulista. Então, ele pegou a minha mão e a segurou contra o seu peito bem acima do seu coração, chegando mais perto de mim. – Mas, se você quiser, senhorita Zoey, eu posso tentar ensiná-la.

Ok, eu sei que é idiota, mas o sotaque de cavalheiro sulista dele fez as minhas pernas ficarem bambas. Então as palavras dele atravessaram a nuvem de desejo que estava se formando dentro de mim, e, de repente, eu soube como começar a fazê-lo ficar confortável com o seu arco de novo.

– Ei, eu sou uma inútil com sotaques, mas há algo que você poderia me ensinar.

– *Aye*, mulher, há várias coisas que eu poderia ensiná-la.

Ele me olhou com malícia, soando totalmente como Seoras.

Dei uma beijoca estalada nele.

– Seja bonzinho. Estou falando sobre isto – disse, levantando o arco. – Sempre achei arco e flecha legal, mas realmente não sei muito sobre isso. Você poderia me ensinar? Por favor?

Stark deu um passo para trás, olhando apreensivamente para o arco.

– Zoey, você sabe que eu não devo atirar com isso.

– Não. O que você não deve fazer é alvejar algo vivo. Bem, a menos que a coisa viva precise ficar não viva. Mas eu não estou pedindo que você atire. Estou pedindo que você *me* ensine a atirar com isto.

– Por que você quer aprender assim de repente?

– Bem, isso faz sentido. Nós vamos ficar por aqui, certo?

– Certo.

– E guerreiros têm sido treinados aqui por, tipo, uns zilhões de anos, certo?

– Certo de novo.

Abri um sorriso para ele, tentando esclarecer as coisas.

– Realmente gosto quando você admite que estou certa. De novo. Enfim, você é um guerreiro. Nós estamos aqui. Eu gostaria de aprender algumas habilidades de guerreiro. Isso aí é pesado demais para mim – apontei para a *claymore*. – E, além do mais, isto aqui é bonito – levantei o arco de aparência elegante.

– Não importa o quanto ele seja bonito, você precisa lembrar que é uma arma. E pode matar, principalmente se eu o disparar.

– Se você dispará-lo *e* alvejar para matar – eu disse.

– Às vezes, enganos acontecem – ele falou, parecendo assombrado pelas memórias do seu passado.

Coloquei minha mão sobre o braço dele.

– Você é mais velho agora. Mais esperto. Não vai cometer os mesmos enganos de novo – ele apenas me encarou sem falar nada, então eu levantei o arco de novo e continuei: – Ok, mostre-me como isto funciona.

– Nós não temos um alvo.

– É claro que temos. – Dei uma pancadinha com o pé no desgastado escudo de couro que ele havia colocado no chão quando eu me aproximei. – Apoie isso entre algumas pedras um pouco mais para a frente na praia. Vou tentar acertá-lo. Depois que você o colocar de pé e voltar aqui, fora da minha linha de tiro, é claro.

– Oh, é claro – disse.

Parecendo resignado e triste, ele andou alguns passos para a frente, levantou algumas pedras até que o escudo ficasse seguro e praticamente estável entre elas, e então voltou para mim. Com relutância, ele pegou o arco e colocou a aljava de flechas aos nossos pés.

— É assim que você segura isto — ele demonstrou, segurando o arco enquanto eu observava. — E a flecha vai aqui — ele a colocou atravessada ao lado do arco, com a ponta abaixada e longe de nós. — Você a encaixa assim. Com estas flechas é fácil saber como fazer, pois as pretas precisam ser viradas deste jeito e as vermelhas têm de ser levantadas assim — enquanto falava, Stark começou a relaxar. Suas mãos conheciam o arco, conheciam a flecha. Era óbvio que ele poderia fazer o que estava me mostrando de olhos fechados. E fazer rápido e bem-feito. — Posicione as suas pernas firmemente, abertas mais ou menos com a distância do quadril; assim.

Durante a demonstração, eu conferi as pernas excelentes dele, que eram uma das muitas razões pelas quais eu gostava do fato de ele ter começado a usar *kilt* o tempo todo.

— E então levante o arco e, segurando a flecha entre os seus dois primeiros dedos, puxe a corda para trás, bem esticada — ele explicou o que eu deveria fazer, mas tinha parado de demonstrar. — Aponte a flecha, mas mire um pouco mais para baixo. Isso vai ajudar a compensar a distância e a brisa. Quando estiver pronta, solte. Tenha cuidado e deixe o braço esquerdo meio curvado, ou vai se machucar e ficar com um hematoma horrível — ele estendeu o arco para mim. — Vá em frente. Tente.

— Mostre-me — eu disse simplesmente.

— Zoey, não acho que eu deva.

— Stark, o alvo é um escudo de couro. Não é vivo. Não há nada vivo ligado a ele. Apenas mire no centro do escudo e me mostre como fazer isso. — Ele hesitou.

Eu coloquei minha mão sobre o seu peito e me inclinei para a frente. Ele me encontrou no meio do caminho. Nosso beijo foi doce, mas eu pude sentir a tensão no seu corpo.

– Ei – eu disse suavemente, ainda tocando o peito dele. – Tente confiar em você mesmo tanto quanto eu confio. Você é meu guerreiro, meu Guardião. Você precisa usar o arco porque esse é o seu dom concedido pela Deusa. Eu sei que você vai usá-lo com sabedoria. Sei disso porque eu conheço *você*. E você é bom. Lutou para ser bom, e você venceu.

– Mas eu não sou inteiro bom, Z. – disse, parecendo totalmente frustrado. – Eu vi a parte ruim de mim. Ela estava lá, real, no Mundo do Além.

– E você a derrotou – eu afirmei.

– Para sempre? Acho que não. Eu não acho que isso seja possível.

– Ei, ninguém é totalmente bom. Nem eu. Quero dizer, se algum garoto inteligente deixasse sua prova de geometria à vista, confesso que eu olharia.

Ele sorriu só por um segundo, e então a tensão estava de volta ao seu rosto.

– Você brinca com isso, mas é diferente para mim. Acho que é diferente para todos os novatos vermelhos, inclusive Stevie Rae. Depois que você conhece as Trevas, as verdadeiras, sempre há uma sombra na sua alma.

– Não – disse com firmeza. – Não há uma sombra. Apenas um tipo de experiência diferente. Você e os outros novatos vermelhos experimentaram algo que eu não experimentei. Isso não o torna parte da sombra das Trevas, isso o torna experiente. Pode ser uma coisa boa se você usar o seu conhecimento extra para lutar pelo bem, e você faz isso.

– Às vezes, eu fico com medo de que possa ser mais do que isso – ele disse devagar, olhando dentro dos meus olhos como se estivesse procurando uma verdade escondida.

– O que você quer dizer?

– As Trevas são territoriais, possessivas. Uma vez que elas têm uma parte sua, não o deixam ir embora assim tão fácil.

– As Trevas não têm o que fazer, se você escolhe o caminho da Deusa, e você escolheu. Elas não podem derrotar a Luz.

– Mas eu também não tenho certeza de que a Luz pode sempre derrotar as Trevas. Há um equilíbrio entre as coisas, Z.

– O que não quer dizer que você não possa escolher os lados. Você escolheu. Confie em você mesmo. Eu confio. Completamente – disse a ele.

Stark continuou olhando dentro dos meus olhos, como se estivesse agarrando uma tábua de salvação.

– Enquanto você me enxergar como uma pessoa boa, enquanto você confiar em mim, eu posso confiar em mim mesmo porque confio em você, Zoey. Eu te amo.

– Eu também te amo, meu Guardião.

Ele me beijou e, com um movimento rápido, gracioso e letal, puxou a corda do arco para trás e deixou a flecha voar. Ela acertou em cheio o centro do alvo.

– Uau – eu disse. – Isso foi incrível. Você é incrível.

Ele soltou um longo suspiro, e pareceu que toda a óbvia tensão que estava acumulada no seu corpo foi soprada para fora também. Stark deu aquele sorriso metidinho e fofo.

– No centro do alvo, Z. Fui direto ao ponto.

– É claro que você foi, bobo. Você não pode errar.

– Sim, está certo. E é só um alvo.

– Você vai me ensinar ou não? E desta vez não seja tão rápido, caramba! Vá mais devagar. Mostre-me.

– Sim, claro. Ok, olha só.

Ele apontou e disparou mais devagar, dando-me tempo para seguir seus movimentos.

E a segunda flecha dividiu a primeira ao meio.

– Ops. Esqueci que eu fazia isso. Eu costumava estragar um monte de flechas desse jeito.

– Ei, minha vez. Aposto que eu não tenho esse problema.

Tentei fazer o que Stark havia feito, mas disparei de um jeito curto e acabei assistindo à flecha deslizar pelas pedras molhadas e lisas.

– Que droga. É definitivamente mais difícil do que parece – eu disse.

– Olha só. Vou mostrar. Você não está se posicionando direito. – Ele veio para trás de mim, acomodando os seus braços em cima dos meus e se aconchegando junto à lateral do meu corpo. – Pense em você mesma como uma rainha guerreira ancestral. Mantenha uma postura forte e orgulhosa. Ombros para trás! Queixo para cima!

Fiz como ele falou e, dentro do poderoso círculo dos seus braços, senti que eu me transformava em uma pessoa poderosa e majestosa. As mãos dele guiaram as minhas para esticar bem a corda do arco.

– Fique forte e imperturbável. Concentre-se! – ele sussurrou.

Juntos nós miramos o alvo e, quando soltamos a flecha, eu pude sentir o choque que ondulou através do corpo dele e do meu e que guiou a flecha para o centro exato do alvo novamente, rachando as duas flechas que já estavam lá.

Eu me virei e sorri para o meu Guardião.

– O que você tem é mágico. É especial. Você tem que usar isso, Stark. Você tem que usar.

– Eu estava com saudade disso – ele disse, falando tão baixo que tive que me esforçar para ouvi-lo. – Realmente, não me sinto bem se não fico conectado com o meu arco.

– Isso porque, por meio dele, você se conecta a Nyx. Ela concedeu esse dom a você.

– Talvez eu possa começar de novo aqui. Eu me sinto diferente neste lugar. De algum modo, sinto que pertenço a este lugar, sinto que *nós* pertencemos.

– Sinto isso também. E parece que há séculos eu sinto esta segurança e esta felicidade. – Dei um passo em direção aos braços dele. – Sgiach acabou de me dizer que ela vai começar a abrir a ilha novamente para guerreiros e também para outros novatos com dons – sorri para Stark. – Você sabe, novatos com afinidades especiais.

– Ah, você quer dizer afinidade com os elementos?

– Sim, é exatamente o que eu quero dizer – disse e o abracei e falei contra o seu peito: – Quero ficar aqui. Eu realmente quero.

Stark acariciou o meu cabelo e beijou o topo da minha cabeça.

— Sei que você quer, Z. E estou com você. Sempre vou estar com você.

— Talvez aqui a gente possa se livrar das Trevas que Neferet e Kalona tentaram trazer para nós – eu disse.

Stark me abraçou forte.

— Espero que sim, Z. Realmente, espero mesmo que sim.

— Você acha que pode ser suficiente ter apenas uma parte do mundo que é segura contra as Trevas? Isso ainda é trilhar o caminho da Deusa, mesmo que eu o trilhe aqui?

— Bem, eu não sou especialista nisso, mas para mim faz sentido que o importante é que você está tentando fazer o seu melhor para se manter leal a Nyx. Não vejo nada demais no que você está fazendo.

— Eu entendo por que Sgiach não sai deste lugar – eu disse.

— Eu também, Z.

Então Stark me abraçou, e eu senti os lugares machucados e exauridos dentro de mim começarem a esquentar e, devagar, comecei a me curar.

Stark

Zoey ficava bem demais nos braços dele. Quando Stark pensou em como ele quase a tinha perdido, ficou tão terrivelmente assustado que seu estômago se revirou. *Eu consegui. Cheguei até ela no Mundo do Além e fiz com que voltasse para mim. Ela está segura agora e eu vou mantê-la assim para sempre.*

— Ei, você está pensando demais – disse Zoey. – Deitada com ele de conchinha na grande cama que eles compartilhavam, ela esfregou o nariz no seu pescoço e beijou a sua bochecha. – Quase posso ouvir os parafusos batendo dentro da sua cabeça.

— Sou eu quem deveria ter essa super-habilidade de vidente – ele disse isso em um tom de brincadeira, mas ao mesmo tempo Stark fez um pequeno esforço mental e deu uma espreitada apenas na superfície da mente dela, não perto demais para ouvir os pensamentos reais e deixá-la irritada, mas próximo o suficiente para ter certeza de que ela realmente se sentia segura e feliz.

– Quer saber de uma coisa? – ela perguntou, com um tom de hesitação na voz.

Stark se apoiou no cotovelo e abriu um sorriso para ela.

– Você está brincando, Z.? Eu quero saber *de tudo*.

– Pare, estou falando sério.

– Eu também! – Ele a beijou na testa depois que ela deu *aquele olhar*. – Ok, tudo bem. Estou sério. O que é?

– Eu, hum, realmente gosto quando você me toca.

As sobrancelhas de Stark se levantaram e ele teve de se esforçar para não abrir um sorriso enorme.

– Bem, isso é ótimo – disse, observando as bochechas dela ficarem cor-de-rosa, e então um pequeno sorriso escapou. – Estou querendo dizer ótimo *mesmo*.

Zoey mordeu o próprio lábio.

– Você gosta?

Stark não conseguiu deixar de rir.

– Você está brincando, certo?

– Não. Sério mesmo. Quero dizer, como eu deveria saber? Eu não sou exatamente experiente, não como você.

As bochechas dela estavam em chamas nessa hora, e ele achou que ela parecia megadesconfortável, o que desencorajou o seu sorriso. A última coisa que ele queria fazer era embaraçá-la ou fazê-la se sentir estranha sobre o que estava acontecendo entre eles.

– Ei – ele colocou a mão nas bochechas ruborizadas dela. – Estar com você é mais do que sensacional. E, Zoey, você está errada. Você é *mais* experiente do que eu em relação ao amor. – Quando ela ia começar a falar, ele pressionou seus dedos contra os lábios dela. – Não, deixe-me dizer isto. Sim, eu fiz sexo antes, mas nunca amei ninguém. Nunca antes de você. Você é o meu primeiro amor e também vai ser o último.

Ela sorriu para ele com tanto amor e confiança que ele pensou que seu coração fosse bater fora do peito. Era apenas Zoey, e sempre seria apenas Zoey para ele.

– Você faria amor comigo de novo? – ela sussurrou.

Como resposta, Stark a abraçou ainda mais forte e começou um longo e demorado beijo. Seu último pensamento antes de tudo começar a dar errado foi: *Nunca fui tão feliz na minha vida...*

11

Kalona

Ele pôde sentir Neferet se aproximando, ele endureceu seu corpo, treinando a sua expressão e escondendo o ódio que havia começado a sentir por ela com uma meticulosa atitude de expectativa e acomodação.

Kalona ia aguardar o momento propício. Se havia uma coisa de que o imortal entendia, era o poder da paciência.

– Neferet se aproxima – ele contou a Rephaim.

Seu filho estava em pé diante de uma das muitas largas portas de vidro da enorme varanda, que era a característica predominante daquele *loft* na cobertura que Tsi Sgili tinha comprado. A cobertura significava toda a opulência pela qual Neferet ansiava, além da privacidade e do acesso ao topo do prédio de que ele necessitava.

– Ela é Carimbada com você?

A pergunta de Rephaim interrompeu repentinamente os pensamentos de Kalona.

– Carimbada? Neferet e eu? Que coisa estranha para você me perguntar.

Rephaim deixou de olhar a vista do centro de Tulsa e se virou para encarar seu pai.

– Você pode sentir a aproximação dela. Eu presumi que ela provou do seu sangue e que vocês se carimbaram.

– Ninguém prova do sangue de um imortal.

A campainha das portas do elevador soou um instante, antes de se abrirem. Kalona se virou a tempo de ver Neferet entrar dando passos largos sobre o brilhante piso de mármore. Ela se moveu graciosamente, deslizando em curvas amplas pelo salão, de um jeito que um observador menos informado julgaria ser próprio de uma vampira. Kalona sabia que não era. Ele entendeu que o movimento dela tinha se alterado, mudado, evoluído – assim como ela tinha se alterado, mudado e finalmente evoluído, transformando-se em um ser que era muito mais do que uma vampira.

– Minha rainha – disse, curvando-se respeitosamente para ela.

O sorriso de Neferet era perigosamente bonito. Como uma serpente, ela envolveu o ombro dele com o seu braço, exercendo mais pressão do que o necessário. Obediente, Kalona se inclinou de modo que ela pudesse beijá-lo. Ele esvaziou a mente. O seu corpo respondeu sozinho, aprofundando o beijo, deixando a língua dela deslizar para dentro da sua boca.

Neferet interrompeu o abraço tão abruptamente quanto o havia começado. Olhando por sobre o ombro dele, ela disse:

– Rephaim, pensei que você estivesse morto.

– Fui ferido, e não morri. Eu me curei e esperei pelo retorno de meu Pai.

Kalona pensou que, apesar de as palavras do seu filho serem adequadas e respeitosas, havia algo de distante em seu tom, embora sempre fosse difícil perceber Rephaim, já que o rosto de besta dele tendia a mascarar qualquer emoção humana que tivesse. Se, de fato, ele tivesse alguma emoção que pudesse ser classificada como humana.

– Eu ouvi dizer que você se deixou ser visto por novatos da Morada da Noite de Tulsa.

– As Trevas me chamaram. Eu atendi. Se havia novatos lá, é irrelevante para mim – disse Rephaim.

– Não havia apenas novatos. Stevie Rae estava lá também, e ela viu você.

– Como eu disse antes, são seres irrelevantes para mim.

– Ainda assim, é um erro permitir que qualquer um saiba que você está aqui. E eu não tolero erros – Neferet afirmou.

Kalona viu os olhos dela começarem a ganhar um tom avermelhado. A raiva se agitou dentro dele. Já era ruim o suficiente ele estar submisso a Neferet; era intolerável que o seu filho favorito pudesse ser castigado e repreendido por ela.

– Na verdade, minha rainha, o fato de eles saberem que Rephaim permaneceu em Tulsa pode funcionar a nosso favor. Eu supostamente fui banido do seu lado, então não posso ser visto aqui. Se a gentalha local da Morada da Noite ouvir rumores sobre um ser alado, vai presumir que um *Raven Mocker* espreita a noite. Ninguém vai pensar em mim.

Neferet levantou uma sobrancelha arqueada e cor de âmbar.

– Bem pensado, meu amor alado, especialmente porque vocês dois vão trabalhar para trazer os novatos vermelhos desgarrados de volta para mim.

– Como quiser, minha rainha – Kalona falou calmamente.

– Eu quero que Zoey volte a Tulsa – Neferet abruptamente mudou de assunto. – Aqueles idiotas da Morada da Noite me contaram que ela se recusa a sair de Skye. Ela não está ao meu alcance lá, e eu quero muito que ela esteja ao meu alcance.

– A morte do inocente pode fazer com que ela volte – disse Rephaim.

Os olhos verdes de Neferet se estreitaram.

– E como você sabe sobre essa morte?

– Nós sentimos – Kalona respondeu. – As Trevas se deleitaram com ela.

O sorriso de Neferet foi bestial.

– Que ótimo que vocês sentiram. A morte daquele garoto ridículo foi muito agradável. Embora eu tema que isso possa provocar o efeito oposto em Zoey. Em vez de fazê-la voltar correndo para o seu grupo de amigos fracos e chorosos, pode fortalecer a decisão dela de permanecer afastada e escondida naquela ilha.

– Talvez você possa ferir alguém mais próximo a Zoey. A Vermelha é como uma irmã para ela – Kalona sugeriu.

– É verdade, e aquela desgraçada da Aphrodite ficou mais próxima a ela também – Neferet disse, coçando o queixo pensativamente.

Um barulho estranho vindo do seu filho atraiu a atenção de Kalona para Rephaim.

– Você tem alguma coisa a acrescentar, meu filho?

– Zoey está se escondendo em Skye. Ela acredita que você não pode alcançá-la naquele lugar, não é verdade? – Rephaim perguntou.

– Nós não podemos – Neferet respondeu, com a irritação deixando sua voz dura e fria. – Ninguém pode cruzar as fronteiras do reino de Sgiach.

– Você quer dizer do mesmo modo como ninguém pode, supostamente, cruzar as fronteiras do reino de Nyx? – Rephaim perguntou.

Neferet o atravessou com seus olhos de esmeralda.

– Você se atreve a ser impertinente?

– Vá direto ao ponto, Rephaim – Kalona falou.

– Pai, você já cruzou uma fronteira aparentemente impossível ao entrar no Mundo do Além de Nyx, mesmo depois de a Deusa em pessoa ter banido você. Use a sua conexão com Zoey. Alcance-a através dos sonhos dela. Faça-a entender que não pode se esconder de você. Isso, além da morte do seu amigo e da volta de Neferet para a sua Morada da Noite, deve ser suficiente para persuadir a jovem Grande Sacerdotisa a sair da reclusão.

– Ela *não* é uma Grande Sacerdotisa. Ela é uma novata! E a Morada da Noite de Tulsa é *minha*, não dela! – Neferet praticamente guinchou. – Não. Eu já estou farta da *conexão* do seu pai com ela. Isso não resultou na morte dela, então eu quero que a conexão seja rompida. Se Zoey tem de ser atraída para fora de Skye, eu vou fazer isso usando Stevie Rae ou Aphrodite, ou talvez as duas. Elas precisam de uma lição sobre me mostrar o devido respeito.

– Como desejar, minha rainha – Kalona disse, lançando um olhar penetrante para seu filho.

Rephaim encontrou o olhar dele, hesitou e então também curvou a cabeça e disse em voz baixa:

– Como quiser...

– Ótimo, então é isso. Rephaim, o noticiário local diz que tem havido violência de gangues perto da Will Rogers High School. Estão cortando pescoços e drenando o sangue das vítimas. Eu acredito que, se nós seguirmos essa gangue, vamos encontrar os novatos vermelhos desgarrados. Faça isso. Discretamente.

Rephaim não falou nada, mas curvou sua cabeça concordando.

– E agora eu vou me deleitar preguiçosamente naquela adorável banheira de mármore no outro quarto. Kalona, meu amor, vou encontrá-lo na nossa cama logo mais.

– Minha rainha, você não gostaria que eu fosse procurar os novatos vermelhos junto com Rephaim?

– Não esta noite. Hoje eu preciso de você para um serviço mais *pessoal*. Nós ficamos separados por tempo demais – dizendo isso, ela deslizou uma unha vermelha pelo peito de Kalona e ele teve de se esforçar para não se esquivar dela.

Mas ela deve ter percebido o desejo dele de evitar o seu toque, porque suas palavras seguintes foram frias e duras.

– Eu desagrado você?

– É claro que não. Como você poderia me desagradar? Eu vou estar pronto e desejando você, como sempre.

– E você vai estar na minha cama, à espera do meu prazer – disse ela.

Com um sorriso cruel, ela deu um giro e deslizou para os enormes aposentos de dormir que ocupavam metade da suntuosa cobertura, fechando as portas duplas do banheiro com um estrondo dramático, que Kalona achou que soou muito parecido com o de um carcereiro fechando as portas de uma prisão.

Ele e Rephaim permaneceram parados e em silêncio por quase um minuto inteiro. Quando o imortal finalmente falou, sua voz estava rouca por causa da raiva represada.

– Não há preço alto demais a pagar por quebrar o domínio que ela tem sobre mim – Kalona esfregou a sua mão pelo peito como se quisesse limpar o toque dela.

– Ela o trata como se você fosse seu criado.

– Não por toda a eternidade, ela não vai mais me tratar assim – Kalona disse severamente.

– Mas agora ela trata. Ela inclusive o ordena a ficar afastado de Zoey, e você esteve ligado à donzela cherokee que é parte da alma dela por séculos!

O desgosto na voz do seu filho espelhava os próprios pensamentos de Kalona.

– Não – ele disse em voz baixa, falando mais para si mesmo do que para o seu filho. – A Tsi Sgili pode pensar que ela comanda cada movimento meu, mas, apesar de ela acreditar que é uma deusa, ela não é onisciente. Ela não sabe tudo. Ela não vai ver tudo. – As asas enormes de Kalona se moviam sem parar, refletindo a sua agitação. – Eu acho que você estava certo, meu filho. Se Zoey entender que nem lá consegue escapar da sua conexão comigo, será incitada a partir da ancestral Ilha de Skye.

– Parece lógico – disse Rephaim. – A garota se esconde lá para evitar você. Mostre que os seus poderes são grandes demais para que ela consiga isso, quer a Tsi Sgili aprove ou não.

– Eu não vou pedir a aprovação daquela criatura.

– Exato – Rephaim falou.

– Meu filho, voe para o céu da noite e localize os novatos desgarrados. Isso vai pacificar Neferet. O que eu *realmente* quero que você faça é encontrar e vigiar Stevie Rae. Observe-a cuidadosamente. Preste atenção ao que ela faz e aonde ela vai, mas não a capture ainda. Eu acredito que os poderes dela são ligados às Trevas. Acho que ela pode ser útil para nós, mas primeiro sua amizade duradoura com Zoey e sua relação com a Morada da Noite precisam ser corroídas. Ela deve ter uma fraqueza. Se nós a observarmos por tempo suficiente, vamos descobrir qual é. – Kalona fez uma pausa e então deu uma risada, embora o som fosse totalmente sem humor. – A fraqueza pode ser muito sedutora.

– Sedutora, Pai?

Kalona olhou para seu filho, surpreendendo-se com a sua expressão estranha.

– Sim, sedutora. Talvez faça tanto tempo que esteja afastado do mundo que não se lembre do poder de uma simples fraqueza humana.

– Eu... Eu não sou humano, Pai. Para mim, as fraquezas deles são difíceis de entender.

– É claro... É claro, apenas encontre e observe a Vermelha. Eu vou pensar sobre o que fazer com ela a partir daí – Kalona disse com desdém. – E, enquanto eu aguardo Neferet dar a sua próxima *ordem* – ele falou a palavra com escárnio, como se apenas o ato de pronunciá-la fosse desagradável –, vou vasculhar o Reino dos Sonhos e dar a Zoey, e também a Neferet, uma aula de esconde-esconde.

– Sim, Pai – Rephaim respondeu.

Kalona o observou abrir as portas duplas e sair para a cobertura de pedra. Rephaim atravessou a varanda a passos largos em direção ao muro que a cercava como um parapeito, saltou na sua borda plana e abriu as suas enormes asas escuras como ébano, caindo em silêncio dentro da noite, graciosamente planando negro e quase invisível no céu de Tulsa.

Kalona invejou Rephaim por um momento, querendo também poder saltar do alto do majestoso edifício chamado Mayo e planar no escuro céu dos predadores, caçando, procurando e encontrando.

Mas, não. Nesta noite havia outro trabalho de caçador que ele terminaria. Isso não o levaria para o céu, mas também seria satisfatório à sua maneira.

O terror podia ser satisfatório.

Por um instante, ele se lembrou da última vez em que tinha visto Zoey. Foi no mesmo momento em que o seu espírito havia sido arrancado do Mundo do Além e voltado para o seu corpo. O terror tinha sido dele, causado pela sua falha em manter a alma de Zoey no Mundo do Além, matando-a como consequência. As Trevas, sob as instruções do Juramento de Neferet, selado com o sangue dela e a aceitação dele, tinham sido capazes de controlá-lo, de capturar a sua alma.

Kalona estremeceu. Ele já havia negociado muito com as Trevas, mas nunca havia dado a elas domínio sobre a sua alma imortal.

A experiência não havia sido agradável. Não que a dor tivesse sido tão insuportável, apesar de ela ter sido, de fato, grande. Tampouco havia sido o desamparo que ele conheceu quando as gavinhas da Besta o envolveram. O seu terror tinha sido causado pela rejeição de Nyx.

– *Algum dia você vai me perdoar?* – ele tinha perguntado a ela.

A resposta da Deusa o havia cortado mais profundamente do que a *claymore* do Guardião Stark:

– *Se você algum dia se mostrar digno de perdão, pode pedi-lo a mim. Não antes disso.* – Mas a pancada mais terrível havia sido desferida nas palavras seguintes dela: – *Você vai pagar o que deve à minha filha e então retornará ao mundo e às consequências que lá o aguardam. Fique ciente, meu guerreiro caído, de que o seu espírito, bem como o seu corpo, estão proibidos de entrar no meu reino.*

Assim, ela o tinha abandonado para as garras das Trevas, banindo-o novamente sem olhar para trás. Foi pior do que a primeira vez. Quando ele havia caído, tinha sido escolha dele e Nyx não estava fria, sem se importar com ele. Na segunda vez foi diferente. O terror provocado pela determinação com que ele fora banido o assombraria por uma eternidade, assim como aquela última visão agridoce que ele havia tido da sua Deusa.

– Não. Eu não vou pensar nisso. Este tem sido o meu caminho há muito tempo. Nyx não é a minha Deusa há séculos, nem eu desejaria retornar à minha vida como seu guerreiro, sempre secundário em relação a Erebus, aos olhos dela – Kalona falou para o céu da noite, olhando seu filho se afastar, e então fechou a porta para a fria noite de janeiro e, junto com ela, mais uma vez fechou seu coração para Nyx.

Com determinação renovada, o imortal atravessou a cobertura a passos largos, passou os vitrais coloridos, o reluzente bar de madeira, os lustres de cristal e os móveis de veludo e entrou no suntuoso aposento de dormir. Ele olhou para as portas duplas fechadas, que davam para o banheiro, através das quais ele podia ouvir o barulho da água enchendo a banheira enorme na qual Neferet tanto gostava de se deleitar. Ele podia sentir o perfume que ela sempre acrescentava à água quente: um óleo que era uma mistura de dama-da-noite e cravo-da-índia feito especialmente para ela na Morada da Noite de Paris. O aroma parecia serpentear por baixo da porta e preencher o ar em volta dele como um cobertor sufocante.

Cheio de repulsa, ele se virou e retornou pelo mesmo caminho pela cobertura. Sem hesitar, foi até a porta de vidro mais próxima que levava à varanda e a abriu, tragando o ar frio e limpo da noite.

Ela teria que vir até ele, buscá-lo e encontrá-lo aqui, embaixo do céu aberto. Assim, ela teria se humilhado muito por ter de fato procurado por ele. Ela o puniria por ele não estar na sua cama, à espera do prazer dela, como se fosse um prostituto.

Kalona rosnou.

Não fazia tanto tempo que, atraída pelo seu poder, ela havia se encantado por ele.

Ele pensou rapidamente se decidiria escravizá-la, quando conseguisse romper o domínio dela sobre a sua alma.

O pensamento deu a ele algum prazer. Mais tarde. Ele pensaria nisso mais tarde. Agora, o tempo era curto e ele tinha muito para realizar antes que tivesse de aplacar Neferet mais uma vez.

Kalona andou pelo grosso parapeito de pedra que era tão resistente quanto ornamentado. Ele abriu as suas grandes asas escuras, mas, em vez de saltar da cobertura e experimentar o ar da noite, o imortal deitou no chão de pedra, fechando as asas sobre si mesmo, como um casulo.

Ele ignorou a frieza da pedra abaixo dele e sentiu apenas a força do céu sem limites acima e a magia ancestral que flutuava livre e sedutora dentro da noite.

Kalona fechou os olhos e devagar... devagar... inspirou e expirou o ar. Quando a respiração saiu de dentro dele, Kalona soltou também todos os pensamentos sobre Neferet. Ao inspirar novamente, ele sorveu, com seus pulmões, seu corpo e seu espírito, o poder invisível que preenchia a noite, sobre o qual seu sangue imortal tinha autoridade. E, então, ele desentranhou pensamentos sobre Zoey.

Seus olhos... A cor de ônix.

Seus lábios suculentos.

O forte traço das suas ancestrais cherokees, que suas feições revelavam e que tanto o lembravam da outra donzela, cuja alma ela compartilhava e cujo corpo o tinha capturado e confortado uma vez.

– Encontre Zoey Redbird. – O fato de Kalona ter falado em um tom baixo não fez com que a sua voz fosse menos poderosa quando ele conjurou, do seu sangue e da noite, um poder tão ancestral que fez o mundo parecer jovem. – Leve o meu espírito até ela. Siga a nossa conexão. Se ela está no Reino dos Sonhos, não pode se esconder de mim. Nossos espíritos conhecem um ao outro bem demais. Agora vá!

A partida do seu espírito não era nada como o que havia acontecido a ele quando as Trevas, comandadas por Neferet, tinham roubado a sua alma. Esta era uma elevação gentil, uma sensação prazerosa de voo, que lhe era familiar e agradável. Não eram tentáculos pegajosos de Trevas que ele seguia, mas sim a espiral de energia que se escondia nas dobras entre as correntes do céu.

O espírito liberto de Kalona se moveu rapidamente e com determinação para o leste, a uma velocidade não compreensível para uma mente mortal.

Ele hesitou brevemente quando alcançou a Ilha de Skye, surpreso porque o feitiço protetor que Sgiach tinha baixado na ilha havia tanto tempo pudesse fazê-lo dar uma pausa. Ela era, de fato, uma vampira poderosa. Ele achou uma pena ela não ter atendido ao seu chamado no lugar de Neferet.

Então, ele não perdeu mais tempo em pensamentos inúteis, e o seu espírito esmagou a barreira de Sgiach e deixou-se flutuar para baixo, devagar mas resolutamente, em direção ao castelo da rainha vampira.

O seu espírito fez uma pausa novamente enquanto passava pelo bosque que crescia viçoso e profundo perto do castelo da Grande Cortadora de Cabeças e seus Guardiões.

As impressões digitais da Deusa estavam por toda parte. Isso fez a alma dele estremecer com uma dor que transcendia o reino físico. O bosque não o parou. Ele não o impediu de passar. Simplesmente provocou nele um agonizante momento de recordação.

Tão parecido com o bosque de Nyx, que nunca mais eu vou ver...

Kalona desviou os olhos da prova verdejante das bênçãos da Deusa e deixou que o seu espírito fosse atraído para o castelo de Sgiach. Ele encontraria Zoey ali. Se ela estivesse dormindo, ele seguiria a conexão entre eles e entraria no místico Reino dos Sonhos.

Enquanto passava pelo terreno em volta do castelo, ele olhou com aprovação para as cabeças humanas e para o aspecto ancestral de um lugar pronto para a batalha. Enquanto descia sobre a grossa pedra cinza salpicada com mármore cintilante da ilha, Kalona pensou em como ele preferiria muito mais estar morando ali a morar na gaiola dourada da cobertura do edifício Mayo, em Tulsa.

Ele precisava completar essa tarefa e forçar Zoey a voltar para a Morada da Noite. Como os movimentos de um intrincado jogo de xadrez, ela era apenas mais uma rainha que tinha de ser capturada para que ele pudesse se libertar.

Seu espírito foi descendo devagar. Usando a visão da sua alma, o poder do seu sangue imortal tornou visíveis para ele as camadas de realidade que se levantavam e se alteravam, turvas e oscilantes ao redor do mundo dos mortais. Ele se concentrou no Reino dos Sonhos, aquela fantástica lasca de realidade que não era completamente corpórea, nem apenas espírito, e puxou o fio da conexão que ele estava seguindo. Ele sabia que, no momento em que a confusão de cores alterando as realidades se tornasse clara, estaria junto a Zoey.

Kalona estava relaxado, confiante e totalmente despreparado para o que aconteceu em seguida. Ele sentiu um puxão estranho, como se o seu espírito tivesse se transformado em grãos de areia sendo forçados através do estreito funil de uma ampulheta.

Seus sentidos começaram a se estabilizar, a visão primeiro. O que Kalona enxergou o deixou tão chocado que quase perdeu totalmente o fio da jornada espiritual, sendo sacudido de volta para o seu corpo. Zoey sorria para ele com uma expressão cheia de afeto e confiança.

Pelas sombras da realidade que o cercavam, Kalona percebeu imediatamente que não havia entrado no Reino dos Sonhos. Ele olhou fixamente para Zoey abaixo dele, mal se atrevendo a respirar.

E ele recuperou o sentido do tato. Ela estava envolta nos seus braços, com o corpo nu, flexível e quente, pressionado contra o seu. Ela tocou o rosto dele, deixando os dedos repousarem por um instante nos seus lábios. O quadril dele automaticamente se levantou um pouco, e ela emitiu um pequeno som de prazer, enquanto seus olhos tremiam fechados e ela levantava seus lábios para ele.

Apenas um pouco antes de ela beijá-lo e de ele penetrá-la profundamente, o sentido de audição de Kalona voltou.

– Eu também amo você Stark – ela falou e começou a fazer amor com ele.

O prazer foi tão inesperado e o choque foi tão intenso que a conexão se rompeu. Sem fôlego, Kalona ficou em pé e se inclinou contra o parapeito da varanda. O sangue latejava quente e rápido pelo seu corpo. Ele balançou a cabeça sem acreditar.

– Stark – Kalona falou o nome para a noite, pensando alto. – A conexão que eu segui não era a que tenho com Zoey, de jeito nenhum. A conexão era com Stark – ele compreendeu e se sentiu um tolo por não ter previsto o que havia acontecido. – No Mundo do Além, eu soprei o espírito da minha alma imortal dentro dele. Um pouco desse espírito, obviamente, permaneceu. – O sorriso que se abriu no rosto do imortal foi tão intenso quanto o seu sangue pulsante. – E agora eu tenho acesso ao guerreiro e Guardião Sob Juramento de Zoey Redbird.

Kalona abriu as asas, atirou a cabeça para trás e deixou a sua gargalhada triunfante soar dentro da noite.

– O que é tão engraçado e por que você não está esperando por mim na minha cama?

Kalona se virou para ver Neferet em pé, nua, na porta que levava à suíte, com uma aparência de irritação no seu rosto orgulhoso. Mas aquela aparência rapidamente se transformou quando ela olhou para o corpo totalmente excitado dele.

– Não estou achando graça de nada, estou alegre. E estou aqui porque quero ter você na varanda, com o céu aberto preenchendo o espaço acima de nós.

Ele caminhou decididamente para Neferet, levantou-a nos braços e a carregou de volta para o parapeito da varanda. Então, Kalona fechou os olhos e ficou imaginando cabelos e olhos negros, enquanto a fazia gemer de prazer sem parar.

Stark

Na primeira vez aconteceu tão rápido que Stark não podia ter certeza total e absoluta de que tinha mesmo acontecido.

Mas ele devia ter escutado os seus instintos. As suas entranhas diziam que alguma coisa tinha dado errado, muito errado, mesmo que por apenas alguns minutos.

Ele estava na cama com Zoey. Eles tinham conversado, dado risada e basicamente tido bons momentos sozinhos. O castelo era impressionante. Sgiach, Seoras e o resto dos guerreiros eram ótimos, mas Stark realmente gostava de ficar sozinho. Em Skye, não importa o quanto o lugar fosse legal, sempre tinha alguém por perto. Apenas porque era um local afastado do mundo "real", não significava que era menos movimentado. Sempre havia alguma coisa rolando: treinamento, manutenção do castelo, negócios com os habitantes locais, etc. E isso sem levar em conta que ele tinha sido colocado no grupo de Seoras, o que significava que era mais ou menos o escravo-de-recados e o garoto-matéria-prima-para-piadas do velho camarada.

E havia os Garrons[23]. Ele nunca tinha sido realmente um cara ligado em cavalos, mas os Garrons das terras altas eram animais incríveis, mesmo que produzissem uma quantidade de cocô totalmente desproporcional ao seu tamanho. Stark deveria ter imaginado. Ele havia passado a maior parte daquela noite removendo aquilo com a pá e, quando sem pensar fez alguns comentários que, claro, devem ter soado como reclamações, Seoras e outro velho guerreiro careca, com um sotaque

---

23 Garron é uma raça de pônei forte, comum na Escócia. (N.T.)

irlandês e uma barba ruiva, tinham começado a mexer com ele dizendo: *Ach, pobre Mariazinha, com suas mãos macias e delicadas de moçoila...*

Desnecessário dizer que ele estava realmente alegre por estar sozinho com Zoey. Ela tinha um perfume tão maravilhoso e ficava tão incrivelmente bem em seus braços que ele precisava a todo instante lembrar a si mesmo que aquilo não era um sonho. Eles não estavam mais no Mundo do Além. Era tudo real e Zoey era dele.

Aquilo tinha acontecido entre beijos longos, quentes e profundos, que o fizeram se sentir como se fosse explodir. Ele havia acabado de dizer a ela que a amava, e Z. estava sorrindo para ele. Abruptamente, alguma coisa dentro dele mudou. Ele tinha se sentido mais pesado e estranhamente mais forte. E houve uma esquisita sensação de choque que correu por todas as suas terminações nervosas. Então, ela o beijara e, como sempre acontecia quando Z. o beijava, tinha ficado mais difícil pensar. Porém, ele percebeu que algo estava errado.

Ele tinha se sentido chocado.

E isso foi bizarro para caramba, pois ele e Zoey já haviam se beijado e feito mais do que isso – bem mais – há algum tempo. Foi como se em algum lugar dentro dele, separado de si mesmo, existisse um cara que não tinha a menor ideia do estava rolando entre ele e Zoey.

Então, ele tinha começado a fazer amor com Zoey e houve uma sensação quente e de espanto total. Tinha sido estranho, mas tudo foi intensificado quando ele tocou Zoey. E tudo passou quase tão rapidamente quanto havia começado, deixando Z. em seus braços, fundindo-se a ele, de modo que a única coisa preenchendo seu coração, mente, corpo e alma era ela... Apenas ela.

Depois de tudo, Stark tentou lembrar o que tinha parecido tão estranho, o que o havia incomodado tanto. Mas naquela hora o sol estava nascendo, ele estava embarcando em um sono feliz e exausto, e aquilo simplesmente não pareceu mais tão importante.

Afinal, por que ele deveria se preocupar? Zoey estava bem junto a ele, segura em seus braços.

12

Rephaim

O *Raven Mocker* se deixou cair do décimo sétimo andar da cobertura do edifício Mayo. Com as asas estendidas, ele planou acima do centro da cidade, quase invisível com a sua plumagem escura.

Como se os humanos costumassem olhar para cima. Pobres criaturas presas à terra. Estranho que, apesar de Stevie Rae ser ligada à terra, ele nunca pensava nela como parte daquela horda patética e sem asas.

Stevie Rae... Suas asas vacilaram. Sua velocidade diminuiu. *Não. Não pense nela agora. Primeiro, eu preciso estar bem longe e ter certeza de que os meus pensamentos são só meus. Meu Pai não pode nem imaginar que algo está errado. E Neferet não pode saber nunca, jamais.*

Rephaim fechou a sua mente para tudo, exceto para o céu da noite, e fez intencionalmente um longo e demorado voo em círculo, certificando-se de que Kalona não havia mudado de ideia e desafiado Neferet, juntando-se a ele. Quando percebeu que tinha a noite para si mesmo, ele se posicionou em direção ao nordeste, em uma trajetória de voo que o levaria primeiro para a velha estação de Tulsa e depois para a Will Rogers High School e para o local de suposta violência de gangues que, recentemente, estava atingindo aquela parte da cidade.

Ele concordava com Neferet. Achava que os novatos vermelhos desgarrados eram muito provavelmente a causa dos ataques. Era só nisso que ele concordava com Neferet, enfim.

Rephaim voou rápida e silenciosamente para a estação abandonada. Sobrevoando o prédio em círculos, ele usou a sua visão nítida para procurar por qualquer traço de movimento que pudesse indicar a presença de algum vampiro ou novato, vermelho ou azul. Ele analisou a estação com uma estranha mistura de ansiedade e relutância. O que ele faria se Stevie Rae tivesse voltado e retomado o porão e a série de túneis em forma de labirinto para os seus novatos?

Ele seria capaz de permanecer em silêncio e invisível no céu da noite, ou deixaria que ela o visse?

Antes que ele pudesse formular uma resposta, a verdade veio até ele: não seria preciso tomar aquela decisão. Stevie Rae não estava ali na estação. Ele saberia se ela estivesse por perto. Essa compreensão caiu em cima dele como uma mortalha e, exalando um longo suspiro, Rephaim desceu para o topo da estação.

Completamente sozinho, ele se permitiu pensar na terrível avalanche de eventos que havia começado naquele dia. Rephaim recolheu as asas bem junto às costas e começou a andar de um lado para o outro.

A Tsi Sgili estava tecendo uma teia do destino que podia desfazer o mundo de Rephaim. O seu pai usaria Stevie Rae na sua guerra com Neferet pelo domínio sobre o espírito dele. *Meu Pai usaria qualquer um para vencer essa guerra.* Assim que Rephaim teve esse pensamento, rejeitou-o no mesmo instante, automaticamente reagindo como teria feito antes de Stevie Rae entrar em sua vida.

– Entrar na minha vida? – Rephaim riu sem humor. – Parece mais que ela entrou na minha alma e no meu corpo. – Ele fez uma pausa na sua caminhada, lembrando-se de como tinha sido sentir o poder limpo e bonito da terra fluir dentro dele e o curar. Ele balançou a cabeça. – Não para mim – ele disse para a noite. – Meu lugar não é ao lado dela; isso é impossível. Meu lugar é onde sempre foi, ao lado do meu Pai e em meio às Trevas.

Rephaim olhou para a sua mão, que estava encostada em uma enferrujada grade de metal. Ele não era homem nem vampiro, não era imortal nem humano. Ele era um monstro.

Mas isso significava que podia ficar à toa, enquanto Stevie Rae era usada por seu pai e abusada por Tsi Sgili? Ou, pior, ele podia ajudar a capturá-la?

Ela não me trairia. Mesmo se eu a capturasse, Stevie Rae não trairia a nossa conexão.

Ainda olhando para sua mão, Rephaim percebeu onde estava parado e qual grade sua mão estava segurando, então ele deu um pulo para trás. Tinha sido ali que os novatos vermelhos desgarrados haviam armado uma cilada para eles. Havia sido naquele lugar que Stevie Rae tinha quase perdido a vida e ficado tão mortalmente ferida que ele permitira que ela bebesse dele... E se Carimbasse com ele...

– Por todos os deuses, se pelo menos eu pudesse voltar no tempo! – ele gritou para o céu. Essas palavras ecoaram ao redor dele, repetitivas e irônicas. Seus ombros desabaram e a sua cabeça se curvou, enquanto a sua mão alisava a superfície áspera da grade de ferro. – O que eu devo fazer? – Rephaim sussurrou a pergunta.

Não houve resposta, mas ele não esperava por nada. Ele retirou a mão do ferro implacável e concluiu por si mesmo:

– Vou fazer o que sempre tenho feito. Vou seguir as ordens de meu Pai. Se eu puder fazer isso e, pelo menos com algum pequeno gesto, proteger Stevie Rae, então que seja assim. O meu caminho foi traçado quando fui concebido. Não posso me desviar dele agora.

As palavras dele soaram tão frias quanto a noite de janeiro, mas o coração estava quente, como se o que ele havia dito tivesse feito seu sangue ferver no âmago do seu corpo.

Sem hesitar mais, Rephaim saltou do topo da estação e continuou a sua rota para o leste, voando os poucos quilômetros que separavam o centro da Will Rogers High School. O prédio principal ficava em uma pequena colina, ao lado de um campo aberto. Era grande, retangular e feito de tijolos claros que pareciam areia à luz da lua. Ele foi atraído para a parte principal da estrutura, a primeira de duas grandes torres quadradas, ornamentadas com detalhes esculpidos e que se erguiam acima do prédio. Foi onde ele pousou, agachando-se imediatamente em uma postura defensiva.

Ele podia farejá-los. O cheiro dos novatos desgarrados estava por toda parte. Movendo-se furtivamente, Rephaim se posicionou de modo que podia espiar o terreno na frente da escola. Ele viu algumas árvores, largas e baixas, um extenso gramado e nada mais.

Rephaim esperou. Ele sabia que não esperaria por muito tempo. O amanhecer estava bem próximo. Ele imaginava que logo os novatos iam aparecer, só não pensava que os veria andando audaciosamente em direção à porta da frente da escola, cheirando a sangue fresco e sendo liderados pelo recém-transformado Dallas.

Nicole estava enroscada nele. Aquele grandalhão bobo do Kurtis, obviamente, pensava que era algum tipo de guarda-costas, pois, enquanto Dallas pressionava a sua mão contra uma das portas de aço cor de ferrugem, o novato desproporcional parou na frente dos degraus de concreto e ficou vigiando, com um revólver na mão, como se soubesse o que fazer com aquilo.

Rephaim balançou a cabeça de desgosto. Kurtis não olhou para cima. Nenhum dos novatos, nem mesmo Dallas, levantou os olhos. Ele não era mais a criatura ferida que eles tinham capturado e usado; eles não tinham ideia de como eram pateticamente vulneráveis ao seu ataque.

Mas Rephaim não atacou. Ele esperou e observou.

Houve um chiado e Nicole se esfregou rapidamente em Dallas.

– Ah, isso aí, gato! Faça a sua mágica! – Sua voz foi ouvida na noite, enquanto Dallas ria e abria a porta com a fechadura e o alarme já inutilizados.

– Vamos lá – Dallas disse a Nicole, parecendo mais velho e mais duro do que Rephaim se lembrava. – O amanhecer está próximo e você tem de cuidar de uma coisa antes que o sol nasça.

Nicole esfregou a sua mão na frente da calça dele, enquanto os outros novatos vermelhos riam.

– Então, vamos descer naqueles túneis do porão para que eu possa continuar com isto aqui.

Ela entrou na escola e os outros novatos a seguiram. Dallas esperou do lado de fora até que todos entrassem e então foi atrás, fechando a porta. Um pouco depois, Rephaim ouviu outro chiado como o anterior e então tudo ficou quieto. E, no momento seguinte, quando o carro da ronda de segurança passou devagar por perto, tudo ainda estava quieto. O guarda também não olhou para cima para ver o enorme *Raven Mocker* agachado no topo da torre da escola.

Quando o carro da ronda foi embora, Rephaim saltou dentro da noite, sua mente acompanhando o zumbido do bater das suas asas.

Dallas estava liderando os novatos vermelhos desgarrados.

Ele estava controlando a magia moderna deste mundo e, de algum modo, isso dava a ele acesso aos edifícios.

A Will Rogers High School era o lugar onde eles estavam fazendo o seu ninho.

Stevie Rae gostaria de saber disso. Ela precisava saber disso. Ela ainda se sentia responsável por eles, mesmo que tivessem tentado matá-la. E Dallas, o que ela ainda sentia por ele?

Apenas pensar em vê-la nos braços de Dallas o deixou furioso. Mas ela tinha escolhido *ele* em vez de Dallas. Claramente. Completamente.

Não que isso fizesse alguma diferença agora.

Foi então que Rephaim percebeu que a direção na qual ele estava voando era muito para o sul para levá-lo de volta ao edifício Mayo, no centro da cidade. Em vez disso, ele estava planando sobre Tulsa, passando pelo fracamente iluminado Convento das Irmãs Beneditinas, cortando pela Utica Square e, silenciosamente, se aproximando do campus protegido pelo muro de pedra. Suas asas vacilaram.

Vampiros olhariam para cima.

Rephaim bateu as asas contra o ar da noite, subindo cada vez mais. Então, alto demais para ser facilmente visto, ele circundou o campus, mergulhando silenciosamente fora do muro leste em uma poça de sombra entre as luzes da rua. Dali, ele se moveu de sombra em sombra, usando a escuridão das suas penas para se misturar com a noite.

Ele ouviu o uivo sinistro antes de alcançar o muro. Era um som tão impregnado de desespero e sofrimento que penetrou até nos seus ossos. *O que está uivando desse jeito horrível?*

Ele soube a resposta quase tão rapidamente quanto havia formulado a pergunta. O cachorro. O cachorro de Stark. Durante uma das vezes em que falava sem parar, Stevie Rae havia contado a ele como um de seus amigos, o garoto chamado Jack, tinha mais ou menos virado o dono do cachorro de Stark, quando se transformou em um novato vermelho, e como o garoto e o cachorro haviam ficado próximos, e ela achava que isso era uma coisa boa para os dois, pois o cão era muito esperto e Jack era um doce de pessoa. Enquanto ele se lembrava das palavras de Stevie Rae, as peças se juntaram. Na hora em que ele alcançou os limites da escola e ouviu o choro que acompanhava o terrível uivo, Rephaim já sabia o que veria quando cuidadosamente e em silêncio escalou o muro e espiou a cena de devastação diante dele.

Ele olhou. Não podia evitar. Ele queria ver Stevie Rae, apenas isso. Afinal, não podia fazer mais nada além de olhar. Definitivamente, Rephaim não ia permitir que nenhum dos vampiros o visse.

Ele estava certo; o inocente cujo sangue havia quitado a dívida de Neferet com as Trevas era Jack, o amigo de Stevie Rae.

Embaixo da árvore rachada, pela qual Kalona havia escapado da sua prisão na terra, um garoto estava ajoelhado, soluçando "Jack!" sem parar. Ao lado havia um cachorro que uivava no meio do gramado manchado de sangue. O corpo não estava mais lá, mas a mancha de sangue estava ali. Rephaim pensou se mais alguém tinha sido capaz de perceber que havia muito menos sangue do que deveria. As Trevas tinham se alimentado profundamente do presente de Neferet.

Ao lado do garoto em prantos, o Mestre da Espada da escola, Dragon Lankford, estava em pé em silêncio, com a mão no ombro dele. Os três estavam sozinhos. Stevie Rae não estava lá. Rephaim estava tentando se convencer de que era melhor assim. Realmente, era uma coisa boa ela não estar lá, ela não ter visto, quando uma onda de sentimentos bateu com força dentro dele: tristeza, preocupação e, principalmente, dor. E então, carregando nos braços um grande gato cor de trigo, Stevie Rae se juntou apressadamente ao trio em luto. Era tão bom vê-la que Rephaim quase se esqueceu de respirar.

– Duquesa, você precisa parar com isso agora.

Sua inconfundível voz com sotaque passou sobre ele como uma chuva de primavera no deserto. Ele observou enquanto ela se agachava ao lado da grande cadela, colocando o gato entre as patas dela. O felino instantaneamente começou a se esfregar contra o cão, como se estivesse tentando enxugar a dor do animal. Rephaim piscou os olhos surpreso, quando o cachorro realmente se acalmou e começou a lamber o gato.

– É uma boa menina. Deixe Cameron ajudá-la – Stevie Rae levantou os olhos para o Mestre da Espada. Rephaim o viu concordar quase imperceptivelmente. Ela voltou sua atenção para o garoto choroso. Procurando no bolso da sua calça jeans, ela encontrou um chumaço de lenços de papel e o estendeu a ele. – Damien, querido, você também precisa parar com isso. Você vai acabar ficando doente.

Damien pegou os lenços e os esfregou rapidamente pelo seu rosto. Com uma voz trêmula, ele disse:

– E-eu não me importo.

Stevie Rae tocou a bochecha dele.

– Eu sei disso, mas o seu gato precisa de você, assim como Duquesa. Além do mais, meu bem, Jack não gostaria nada de ver você assim.

– Jack não vai me ver nunca mais.

Damien tinha parado de chorar, mas sua voz era terrível. Parecia que Rephaim podia ouvir o coração do garoto se quebrando em meio ao som das suas palavras.

– Eu não acredito naquilo nem por um segundo – Stevie Rae disse com firmeza. – E, se você realmente pensar um pouco, também não vai acreditar.

Damien olhou para ela com olhos assombrados.

– Eu não consigo pensar agora, Stevie Rae. Tudo o que eu posso fazer é sentir.

— Um pouco dessa tristeza vai passar — Dragon disse com uma voz que soou tão arrasada quanto a de Damien. — O suficiente para que você consiga pensar novamente.

— É verdade. Ouça Dragon. Quando você puder pensar de novo, vai encontrar um fio da Deusa dentro de você. Siga esse fio. Lembre-se de que existe um Mundo do Além que todos podemos compartilhar. Jack está lá agora. Um dia, você vai encontrá-lo lá novamente.

Damien desviou os olhos de Stevie Rae e voltou-se para o Mestre da Espada.

— Você conseguiu fazer isso? A perda de Anastasia ficou mais fácil de suportar?

— Nada torna a perda de Anastasia mais fácil. Neste momento, eu ainda estou procurando pelo fio que nos liga à nossa Deusa.

Rephaim sentiu um horrível solavanco de enjoo dentro de si, quando percebeu que *ele* tinha causado a dor que o Mestre da Espada estava sentindo. Ele havia matado a professora de feitiços e rituais, Anastasia Lankford. Ela era a companheira de Dragon. Ele tinha feito aquilo tão friamente, com uma total ausência de sentimentos, exceto, talvez, a irritação por ser detido pelo pouco tempo que havia levado para ele subjugá-la e destruí-la.

Eu a matei sem pensar em nada nem em ninguém, exceto na minha necessidade de seguir meu Pai, de obedecer às suas ordens. Eu sou um monstro.

Rephaim não conseguia parar de olhar para o Mestre da Espada. Ele carregava a sua dor como um manto ao redor dele. Era quase possível ver o buraco vazio que a ausência da companheira dele havia deixado na sua vida. Então, Rephaim, pela primeira vez na sua longa vida de séculos, sentiu remorso por suas ações.

Ele não achou que tivesse feito qualquer barulho, qualquer movimento, mas soube quando o olhar de Stevie Rae o encontrou. Devagar, ele desviou os olhos de Dragon e olhou para a vampira com a qual era Carimbado. Os olhos deles se encontraram; os olhos deles se prenderam. As emoções dela o engolfaram como se ela as tivesse enviado a ele de propósito. Primeiro, ele sentiu o choque dela ao vê-lo. Isso fez com que o seu rosto ficasse quente e o deixou quase constrangido. Depois, ele sentiu uma tristeza profunda, aguda, dolorosa. Ele tentou telegrafar o seu próprio sofrimento para ela, esperando que de algum modo ela pudesse entender o quanto ele sentia a falta dela e como estava triste por ter qualquer participação no luto que ela estava vivenciando. A raiva o atingiu com tanta força que Rephaim quase se soltou do muro de pedra. Ele balançou a cabeça de um lado para o outro, várias vezes, sem saber ao certo se era para negar a raiva dela e por qual razão.

– Quero que você e Duquesa venham comigo, Damien. Vocês precisam sair deste lugar. Coisas ruins têm acontecido aqui. Coisas ruins ainda estão espreitando por aí. Eu posso sentir. Vamos. Agora – ela falou para o garoto ajoelhado, mas o olhar dela não se desgrudou do olhar de Rephaim.

A resposta do Mestre da Espada foi veloz. Os olhos dele vasculharam a área e Rephaim congelou, desejando que as sombras e a noite o encobrissem.

– O que é? O que está aqui? – Dragon perguntou.

– Trevas – Stevie Rae ainda o estava encarando quando pronunciou aquela única palavra, como se estivesse cravando um punhal no seu coração. – Trevas corrompidas, que não podem encontrar redenção. – Então ela virou as costas para ele com desprezo. – Minhas entranhas me dizem que não é nada que valha a pena você levantar a sua espada e enfrentar, mas vamos sair daqui assim mesmo.

– De acordo – Dragon disse, apesar de Rephaim perceber relutância em sua voz.

Ele será uma força a ser levada em conta no futuro, Rephaim reconheceu para si mesmo. E Stevie Rae? A *sua* Stevie Rae. O que ela seria? *Será que ela poderia realmente me odiar? Será que ela poderia me rejeitar completamente?* Ele analisou os sentimentos dela, enquanto a observava pegando a mão de Damien e o ajudando a ficar em pé, e indo embora com ele, o cachorro, o gato e Dragon em direção aos dormitórios. Ele certamente sentira a sua raiva e o seu sofrimento, e entendia esses sentimentos. Mas ódio? Será que ela realmente o odiava? Ele não tinha certeza, mas Rephaim acreditava, no fundo do seu coração, que merecia o ódio dela. Não, ele não havia matado Jack, mas era aliado das forças que o mataram.

Eu sou o filho de meu Pai. É tudo o que eu sei ser. É a minha única escolha.

Depois que Stevie Rae se foi, Rephaim subiu em cima do muro. Ele tomou impulso correndo e saltou para o céu. Batendo suas asas enormes contra a noite, ele circundou o campus em alerta e foi em direção ao topo do edifício Mayo.

Eu mereço o ódio dela... Eu mereço o ódio dela... Eu mereço o ódio dela...

A ladainha martelava dentro da sua cabeça no mesmo ritmo que a batida das suas asas. O seu próprio desespero e pesar se juntaram ao eco da tristeza e da raiva de Stevie Rae. A umidade do céu frio da noite misturou-se às suas lágrimas, quando o rosto de Rephaim foi banhado pela luz da lua e pela perda.

13

Stevie Rae

– Ah, que merda! Você está me dizendo que ninguém ligou para Zoey? – disse Aphrodite.

Stevie Rae pegou Aphrodite pelo cotovelo e, com um aperto que talvez fosse mais firme do que o tecnicamente necessário, guiou-a para a porta do quarto de Damien. No vão da porta, ela parou e as duas garotas olharam de volta para a cama, onde Damien estava abraçado a Duquesa e seu gato, Cameron. Garoto, cachorro e gato tinham finalmente, apenas alguns minutos atrás, caído em um sono induzido pela tristeza e pela exaustão.

Em silêncio, Stevie Rae apontou o dedo para Aphrodite e em seguida para o *hall*. Aphrodite olhou com desprezo. Stevie Rae cruzou os braços e fincou os pés no chão.

– Para fora – ela falou sem emitir som, apenas movimentando os lábios. – Agora. – Então ela seguiu Aphrodite para fora do quarto e fechou a porta suavemente atrás delas. – E mantenha a sua maldita voz baixa aqui fora também – Stevie Rae sussurrou ferozmente.

– Tudo bem. Vou falar baixo. Jack está morto e ninguém ligou para Z.? – ela repetiu a pergunta, bem menos espalhafatosa.

– Não. Eu não tive exatamente muito tempo. Damien está histérico. Duquesa está histérica. A escola está em um maldito alvoroço. Sou a única droga de Grande Sacerdotisa que não está, supostamente, trancada no seu quarto rezando ou fazendo *qualquer coisa*, então eu andei ocupada lidando com a tempestade de merda lá fora e com o fato de que um garoto realmente legal acabou de morrer.

– Sim, eu entendo isso e também estou triste e tudo o mais, mas Zoey precisa vir para cá, e precisa vir agora. Se você estava muito ocupada para fazer isso, então devia ter deixado que um dos professores ligasse para ela. Quanto antes ela souber, mais rápido ela vai estar a caminho daqui.

Darius correu em direção a elas e pegou a mão de Aphrodite.

– Foi Neferet, certo? Aquela vaca matou Jack? – Aphrodite perguntou a ele.

– Não é possível – Darius e Stevie Rae responderam juntos.

Stevie Rae deu um rápido olhar irritado para Aphrodite, como quem quer dizer *Eu avisei*, enquanto Darius continuou a explicar:

– Neferet estava, de fato, na reunião do Conselho quando Jack caiu da escada. Não só Damien viu Jack cair, como também outra testemunha confirma a hora. Drew Partain estava atravessando o terreno da escola quando ouviu a música que Jack estava cantando. Ele disse que só ouviu um trecho da canção porque o sino do relógio do Templo de Nyx começou a badalar à meia-noite, ou pelo menos foi por isso que ele achou que não ouviu mais a voz de Jack.

– Mas foi realmente nessa hora que Jack morreu? – Stevie Rae falou com uma voz dura e monótona, pois só assim ela conseguia deixar de soar tão trêmula como se sentia.

– Sim, a hora está certa – Darius afirmou.

– E você tem certeza de que Neferet estava na reunião nesse momento? – Aphrodite perguntou.

– Eu escutei as badaladas do relógio enquanto ela estava falando – Stevie Rae respondeu.

– Eu ainda não acredito nem por um instante que ela não esteja por trás da morte dele – Aphrodite falou.

– Eu não estou discordando de você, Aphrodite. Neferet é mais suja do que pau de galinheiro, mas fatos são fatos. Ela estava na frente de todos nós quando Jack caiu daquela escada – disse Stevie Rae.

– Ok, sério, eca para as suas analogias caipiras. E sobre a coisa toda da espada? Como ela pode "acidentalmente" – ela fez um gesto de aspas no ar com os dedos – quase ter cortado a cabeça dele fora?

– Espadas precisam ficar posicionadas com o punho para baixo e a ponta para cima. Dragon tinha explicado isso a Jack. Quando o garoto caiu sobre a lâmina, o cabo foi afundado no chão, espetando-o. Tecnicamente, poderia ter sido um acidente – Darius explicou.

Aphrodite passou uma mão trêmula pelo seu rosto.

– Isso é horrível. Realmente horrível. Mas não foi um maldito acidente.

– Eu não acho que nenhum de nós acredita que Neferet é inocente na morte do garoto, mas uma coisa é o que nós acreditamos e outra é o que podemos provar. O Conselho Supremo já decidiu uma vez a favor de Neferet e, basicamente, contra nós. Se formos até lá com mais suposições e nenhuma prova dos seus malfeitos, só vamos nos desacreditar ainda mais perante o Conselho Supremo – Darius afirmou.

– Eu entendo, mas isso me deixa louca – Aphrodite falou.

– Isso deixa todos nós de saco cheio – Stevie Rae concordou. – A coisa é feia. Feia mesmo.

Reparando no incomum tom de voz duro de Stevie Rae, Aphrodite levantou uma sobrancelha para ela.

– É, e vamos usar um pouco desse nosso *saco cheio* para chutar aquela vaca do inferno para fora daqui, de uma vez por todas.

– Qual é a sua ideia? – Stevie Rae perguntou.

– Primeiro, trazer o traseiro em férias de Zoey de volta para cá. Neferet odeia Z. e vai fazer algo contra ela, como sempre faz. Só que desta vez todos nós vamos estar de olho, à espera, e vamos recolher provas que nem o Conselho Supremo que tanto adora Neferet vai ser capaz de ignorar. – Sem esperar uma resposta dos dois, Aphrodite tirou o seu iPhone da sua bolsinha metálica da Coach, digitou o seu código com força e falou: – Ligue para Zoey.

– Eu ia fazer isso – Stevie Rae falou.

Aphrodite revirou os olhos.

– Tanto faz. Você demorou *pra* cacete. Além disso, você é delicada demais. Z. precisa de uma dose de controle-as-suas-emoções-de-merda--e-faça-a-coisa-certa. Eu sou a garota certa para instigar isso nela. – Ela fez uma pausa, escutou e revirou os olhos de novo. – Caiu na caixa-postal, com a voz revoltante tipo Disney Channel dela dizendo *Oi, pessoal! Deixe um recado e tenha um dia incrível* – Aphrodite a imitou com uma voz extremamente feliz e irritante. Ela suspirou, esperando pelo bipe.

Então, Stevie Rae pegou o telefone da mão dela, falando rapidamente:

– Z., sou eu, não Aphrodite. Preciso que você me ligue no mesmo segundo que ouvir este recado. É importante. – Ela apertou o botão de desligar e se voltou para Aphrodite. – Ok, vamos deixar uma coisa bem clara. Apenas porque eu tento ser um ser humano decente, não quer dizer que eu seja delicada *demais*. Já é ruim o bastante o que aconteceu com Jack. Ficar sabendo disso por um recado é muito, muito ruim. Além disso, eu não acho que é uma boa ideia pressionar Zoey desse jeito, principalmente logo depois de ela ter a sua alma despedaçada.

Aphrodite arrancou o iPhone da mão de Stevie Rae.

– Veja bem. Nós não temos tempo para ficar andando nas pontas dos pés por causa dos sentimentos de Zoey. Ela precisa vestir as suas calcinhas de Grande Sacerdotisa e lidar com isso como gente grande.

– Não, veja bem você – Stevie Rae deu um passo para a frente, entrando no espaço pessoal de Aphrodite, fazendo Darius automaticamente se aproximar mais dela. – Z. não precisa vestir calcinhas de Grande Sacerdotisa. Ela é uma. Mas ela acabou de perder alguém que ela amava. Isso é algo que você obviamente não percebe. Cuidar dos seus sentimentos agora não é tratá-la como criança, mas ser amigo dela. De vez em quando, todo mundo só precisa de um pouco de proteção dos seus amigos. – Balançando a cabeça e olhando para Darius, disse: – Não, isso não significa que você precisa proteger Aphrodite de mim. Caramba, Darius, o que tem de errado com você?

Darius encontrou e sustentou o olhar dela.

– Por um momento, os seus olhos brilharam vermelhos.

Stevie Rae se certificou de que a sua expressão não tinha mudado.

– É, bem, eu não estou surpresa. Ver Neferet indo embora sem sofrer nenhuma consequência pelo que aconteceu com Jack tem sido muito difícil de suportar. Você se sentiria do mesmo jeito se estivesse lá e visse tudo acontecer.

– Imagino que sim, mas meus olhos não ficariam vermelhos – Darius respondeu.

– Morra e desmorra, e depois converse comigo sobre isso – Stevie Rae falou e então se voltou para Aphrodite: – Tem algumas coisas que eu queria fazer enquanto Damien está dormindo. Você e Darius vão ficar aqui cuidando dele? Nem por um segundo eu acredito que Neferet está realmente trancada no seu quarto rezando para Nyx pelo resto da noite, como ela quer que todo mundo pense.

– Sim, nós vamos ficar – Aphrodite respondeu.

– Se ele acordar, seja agradável – disse Stevie Rae.

– Não seja idiota. É claro que eu vou ser agradável.

– Ótimo. Eu vou voltar logo, mas, se vocês precisarem de um descanso, chamem as gêmeas e elas revezam com vocês.

– Que seja. Tchau.

– Tchau – Stevie Rae saiu apressada em direção ao *hall*, sentindo o olhar questionador de Darius a seguindo com uma intensidade que tinha um peso físico. *Eu preciso parar de deixar Darius fazer com que eu me sinta culpada*, ela disse a si mesma asperamente. *Não fiz nada de errado. E daí que meus olhos brilham vermelhos quando eu estou irritada? Isso não tem nada a ver com o fato de eu ter me Carimbado com Rephaim. Eu o deixei. Hoje eu o ignorei. Sim, eu preciso encontrá-lo e perguntar que diabos ele sabe sobre o que aconteceu com Jack, mas não porque eu quero. É porque eu tenho que fazer isso*. Ela falou aquela mentira familiar para si mesma em silêncio e estava tão distraída pelos seus pensamentos que quase deu um encontrão em Erik.

– Ei, opa, Stevie Rae. Damien está bem?

– Bem, o que você acha, Erik? O namorado que ele amava acabou de morrer de um jeito realmente horrível. Não, ele não está bem. Mas ele está dormindo. Finalmente.

– Sabe, você não precisa ser assim. Realmente estou preocupado com ele, e eu me importava com Jack também.

Stevie Rae deu uma boa olhada em Erik. Ele realmente estava com uma aparência péssima, o que era uma coisa rara para o bonitão Erik. E ele obviamente tinha chorado. Então, ela lembrou que ele havia sido companheiro de quarto de Jack e que realmente tinha sido um doce quando defendeu Jack daquele imbecil do Thor, que tentou persegui-lo por ele ser *gay*.

– Desculpe – ela disse, pegando no braço de Erik. – Eu só estou perturbada com tudo isso também. Não tenho razão nenhuma para ser estúpida com você. Ei, vou começar tudo de novo – ela suspirou e sorriu com tristeza. – Damien está dormindo agora, mas ele não está bem. Ele vai precisar de amigos como você quando acordar. Obrigada por perguntar e por estar aqui por ele.

Erik concordou e apertou a mão dela rapidamente.

– Eu é que agradeço. Sei que você não gosta muito de mim, com toda aquela coisa que rolou entre mim e Zoey, mas eu realmente sou amigo de Damien. Avise-me se houver qualquer coisa que eu possa fazer para ajudar. – Erik fez uma pausa, olhando em volta pelo *hall*, como que para se certificar de que eles estavam mesmo sozinhos, e então deu um passo para mais perto de Stevie Rae e falou em voz baixa: – Neferet teve algo a ver com isso, não teve?

Stevie Rae arregalou os olhos, surpresa.

– Por que você diz isso?

– Sei que ela não é o que finge ser. Eu já a vi ser ela mesma, e não é nada bonita.

– É, bem, você está certo. A verdadeira Neferet não é nada bonita. Mas, assim como eu, você viu que ela estava bem na nossa frente quando Jack morreu.

– Mas, ainda assim, você acredita que ela está por trás disso.

Não era uma pergunta, mas Stevie Rae concordou silenciosamente.

– Eu sabia. Esta Morada da Noite é péssima. Eu já ia mesmo aceitar o convite da Morada da Noite de Los Angeles.

Stevie Rae balançou a cabeça.

– Então é assim? É isso o que você faz quando sabe que algo do mal está acontecendo? Você foge.

– O que um vampiro pode fazer contra Neferet? O Conselho Supremo a empossou novamente e está do lado dela.

– *Um* vampiro não pode fazer muito; um bando de nós pode.

– Alguns garotos e um *vamp* aqui e outro ali? Contra uma poderosa Grande Sacerdotisa e o Conselho Supremo? É loucura.

– Não, loucura é desistir e deixar os caras do mal vencerem.

– Ei, eu tenho uma vida esperando por mim, uma vida boa, com uma carreira sensacional no teatro, fama, fortuna e tudo mais. Como você pode me acusar por não querer me misturar com essa confusão da Neferet?

– Sabe de uma coisa, Erik? Tudo o que eu vou dizer a você é isto: o mal vence quando os caras do bem não fazem nada – disse Stevie Rae.

– Bem, tecnicamente eu estou fazendo alguma coisa. Estou indo embora. Ei, você já pensou nisto: e se todos os caras do bem forem embora e o mal se cansar de ficar brincando sozinho e for para casa também?

– Eu achava que você fosse o cara mais legal que eu já tinha conhecido – ela disse com tristeza.

Os olhos azuis de Erik brilharam com humor e ele abriu o seu sorriso de cem watts para ela.

– E agora você *sabe* que eu sou?

– Não. Agora eu sei que você é um garoto fraco e egoísta, que conseguiu quase tudo o que sempre quis só por causa da sua aparência. E isso não é legal mesmo – ela balançou a cabeça para o olhar estupefato dele e começou a sair andando. Por cima do ombro, ela ainda disse: – Talvez algum dia encontre algo com o que você se importe o bastante para lutar por isso.

– Sim, e talvez algum dia você e Zoey descubram que não é papel de vocês salvar o mundo! – ele gritou para ela.

Stevie Rae não deu nem uma última olhada para ele. Erik era um coitado. A Morada da Noite de Tulsa ficaria melhor sem o seu traseiro fraco puxando todo mundo para baixo. As coisas iam ficar realmente duras, e isso significava que os durões precisavam persistir e que as mocinhas precisavam partir. Como diria John Wayne[24], estava na hora de juntar as tropas.

– E, droga, não é estranho que as minhas tropas incluam um *Raven Mocker* – Stevie Rae murmurou para si mesma, enquanto andava apressada em direção ao estacionamento e ao Fusca de Zoey. – E eu não vou exatamente me juntar a ele. Só vou conseguir informações com ele. De novo.

Intencionalmente, ela parou de pensar no que havia acontecido entre ela e Rephaim na última vez em que ela "só queria conseguir informações dele".

– Ei, Stevie Rae, eu e você temos que...

Sem interromper a sua caminhada apressada em direção ao carro, Stevie Rae levantou a mão e cortou Kramisha.

– Agora não. Eu não tenho tempo.

– Só estou dizendo que...

– Não! – Stevie Rae descarregou a sua frustração em Kramisha, que parou e a encarou. – Não importa o que você queira dizer para mim, isso pode esperar. Eu não gosto de soar maldosa com você, mas preciso fazer algumas coisas e só tenho exatamente duas horas e cinco minutos antes de o sol nascer para fazê-las.

Então ela deixou Kramisha comendo poeira, depois de correr os últimos poucos metros até o Fusca, dar a partida, engatar a marcha e praticamente sair do estacionamento dos estudantes cantando pneu.

Foram exatamente sete minutos até ela chegar ao jardim em frente ao Museu Gilcrease. Ela não entrou com o carro. O gelo da tempestade já tinha sido limpo e o portão elétrico estava funcionando novamente, então tudo estava bem fechado. Stevie Rae estacionou o Fusca atrás de uma grande árvore ao lado da rua. Automaticamente se encobrindo

---

24 John Wayne foi um famoso ator norte-americano, conhecido por seus papéis de *cowboy* do Velho Oeste e por seus filmes pró-guerra. Morreu em 1979. (N.T.)

com o poder que extraiu da terra, ela caminhou direto para a mansão em ruínas.

A porta não foi nenhum problema. Ninguém ainda havia se dado o trabalho de colocá-la de volta. Na verdade, depois que entrou na velha casa e se dirigiu à varanda, ela percebeu que quase nada tinha mudado desde a última vez em que havia estado ali.

– Rephaim? – ela chamou pelo nome dele.

Sua voz soou assustada e alta demais na noite fria e vazia.

A porta do armário em que ele havia feito o seu ninho estava aberta, mas ele não estava agachado lá dentro.

Ela saiu para a varanda no alto do museu. Ela também estava vazia. O lugar inteiro estava deserto. Mas ela soube que ele não estava ali desde o momento em que havia pisado no jardim. Se Rephaim estivesse ali, ela o sentiria, assim como tinha sentido mais cedo quando ele esteve na Morada da Noite a observando. A Carimbagem deles os conectava; enquanto existisse, inquebrável, ela os manteria ligados.

– Rephaim, onde você está agora? – ela perguntou para o céu silencioso.

Então os pensamentos de Stevie Rae se acalmaram e se reorganizaram, e ela soube a resposta. Ela sempre soubera. Tudo o que ela tinha de fazer era tirar seu orgulho, sua dor e sua raiva fora do caminho e a resposta estava lá, esperando. *A Carimbagem deles os conectava; enquanto existisse, inquebrável, ela os manteria ligados.* Ela não tinha que encontrá-lo. Rephaim a encontraria.

Stevie Rae se sentou no meio da varanda e encarou o norte. Ela inspirou profundamente e depois soltou o ar. Quando inspirou novamente, ela se concentrou em sugar todos os perfumes da terra que a rodeava. Ela podia sentir a umidade fria dos galhos das árvores desfolhados pelo inverno, o chão congelado e quebradiço, a riqueza do arenito de Oklahoma que cobria o terreno. Inspirando a força da terra junto com o ar, Stevie Rae disse:

– Encontre Rephaim. Diga a ele para vir até mim. Diga que eu preciso dele.

Então ela soltou o poder da terra junto com a sua respiração. Se os seus olhos estivessem abertos, Stevie Rae teria visto o brilho verde que pairou ao redor dela. Ela teria visto também que, enquanto aquele brilho corria para a noite obedecendo ao seu comando, ele era acompanhado por uma sombra escarlate.

14

Rephaim

Ele estava circulando o edifício Mayo, temendo pousar e encarar Kalona e Neferet, quando sentiu o chamado de Stevie Rae. Ele sabia que era ela instantaneamente. Ele reconheceu o toque da terra quando o poder se levantou do chão abaixo e se envolveu nas correntes de ar para encontrá-lo.

Ela chama por você...

Era todo o impulso de que Rephaim precisava. Não importava o quanto ela estivesse com raiva dele. Não importava o quanto ela o odiasse, ela o estava chamando. E, se ela chamava, ele responderia. No fundo do seu coração, ele sabia que não importava o que acontecesse, sempre responderia.

Ele se lembrava das últimas palavras de Stevie Rae para ele. *Quando você chegar à conclusão de que o seu coração importa tanto para você quanto importa para mim, venha me procurar. Não vai ser difícil. Apenas siga o seu coração...*

Rephaim calou a parte da sua mente que dizia que não devia estar com ela, que não podia se importar com ela. Eles estavam separados havia mais de uma semana. Ele havia sentido cada dia daquela semana como se fosse um éon. Como ele tinha pensado que poderia ficar completamente afastado dela? Cada célula do seu sangue implorava para estar com ela. Até encarar a sua raiva era melhor que nada. E ele precisava vê-la. Precisava encontrar um meio de avisá-la sobre Neferet. *E sobre meu Pai também.*

– Não! – ele berrou para o vento.

Ele não podia trair seu pai. *Mas eu não posso trair Stevie Rae também,* ele pensou freneticamente. *Vou encontrar um equilíbrio. Vou descobrir um jeito. Eu preciso descobrir.* Sem ter muita certeza do que ia fazer, Rephaim acalmou o seu turbilhão de pensamentos e se concentrou em seguir a faixa verde cintilante que o levava a Stevie Rae, como se fosse a corda de um salva-vidas.

Stevie Rae

Ela estava esperando por ele com uma concentração tão intensa que não teve problemas em sentir quando Rephaim foi atraído para perto do Museu Gilcrease. Quando ele desceu graciosamente do céu, ela estava em pé, olhando para cima e esperando por ele. Ela tinha a intenção de ser totalmente fria. Ele era o inimigo. Ela deveria se lembrar disso. Mas, no instante em que ele pousou, os olhares deles se prenderam e, sem fôlego, ele disse:

– Ouvi seu chamado. Eu vim.

Foi só isso. Apenas o som da voz familiar e maravilhosa. Stevie Rae se jogou para dentro dos seus braços e afundou o rosto nas penas do seu ombro.

– *Aiminhadeusa*, eu senti tanta saudade de você!

– Eu também senti saudade – ele disse, abraçando-a forte junto a ele.

Eles ficaram em pé assim, tremendo um nos braços do outro, pelo que pareceu um longo tempo para ela. Stevie Rae se inebriou com o perfume dele, aquela mistura incrível de sangue imortal e mortal que pulsava através do seu corpo, que os ligava por Carimbagem e que, portanto, pulsava pelo corpo dela.

E então, quase repentinamente, como se tivesse ocorrido a cada um ao mesmo tempo em que não podiam fazer o que estavam fazendo, Stevie Rae e Rephaim romperam o abraço e deram um passo para trás, afastando-se.

– E então, hã, você está bem? – ela perguntou.

Ele balançou a cabeça, confirmando.

– Estou. E você? Está segura? Não se machucou quando Jack foi assassinado hoje?

– Como você sabia que Jack tinha sido assassinado? – A voz dela foi severa.

– Senti sua tristeza. Fui até a Morada da Noite para ter certeza de que você estava bem. Foi aí que a vi com os seus amigos. E-eu ouvi o garoto chorando por Jack. – Ele ficou indeciso com as palavras, tentando escolhê-las cuidadosamente, honestamente. – Isso e a sua tristeza me disseram que ele estava morto.

– Você sabe alguma coisa sobre a morte dele?

– Talvez. Que tipo de garoto era Jack?

– Jack era bom e doce, podia ter sido o melhor de todos nós. O que você sabe, Rephaim?

– Sei por que ele morreu.

– Conte-me.

– Neferet tinha uma dívida de vida com as Trevas devido ao aprisionamento da alma imortal de meu Pai. A dívida tinha de ser paga com o sacrifício de alguém inocente, alguém que fosse incorruptível pelas Trevas.

– Assim era Jack; ela o matou. É frustrante como falta algo, pois parece que Neferet não fez isso! Ela estava falando na reunião do Conselho da escola, bem na minha frente, quando o acidente com Jack aconteceu.

– A Tsi Sgili alimentou as Trevas com ele. Ela não precisava estar presente. Precisava apenas tê-lo marcado como o seu sacrifício e então soltar os filamentos de Trevas para concluir o assassinato. Ela não precisou testemunhar a morte.

– Como eu posso provar que ela foi a responsável?

– Você não pode. O que está feito está feito. A dívida dela está paga.

– Droga! Estou tão louca da vida que eu poderia cuspir fogo! Neferet continua escapando de toda essa porcaria medonha. Ela continua vencendo. Eu não entendo por quê. Não é justo, Rephaim. Simplesmente não é justo – dizendo isso, Stevie Rae piscou com força, segurando lágrimas de frustração.

Por um momento, Rephaim tocou seu ombro e ela se permitiu inclinar na direção da sua mão, encontrando conforto no contato com ele. Então, ele se afastou dela e disse:

– Toda essa raiva. Toda essa frustração e tristeza. Eu senti tudo isso vindo de você hoje mais cedo e pensei... – ele hesitou, obviamente tentando decidir se continuava falando.

– O quê? – ela perguntou em voz baixa. – O que você pensou?

Os olhos deles se encontraram de novo.

– Eu pensei que era a mim que você odiava. Que era comigo que você estava tão furiosa. Eu também ouvi o que você disse. Você falou para o Mestre da Espada que Trevas corrompidas, que não podem encontrar redenção, estavam à espreita. Você estava olhando diretamente para mim quando disse isso.

Stevie Rae concordou.

– Sim, eu vi você e sabia que, se não falasse algo para tirar Dragon e Damien de lá, eles iam ver você também.

– Então, você não estava falando sobre mim?

Foi a vez de Stevie Rae hesitar. Ela suspirou.

– Eu estava profundamente irritada, assustada e perturbada. Eu não estava pensando nas minhas palavras. Só estava reagindo, pois estava descontrolada. – Ela fez uma pausa e então acrescentou: – Eu não quis dizer nada contra você, Rephaim, mas realmente preciso saber o que está rolando com Kalona e Neferet.

Rephaim se virou e andou devagar até a beirada da varanda. Ela o seguiu e ficou ao seu lado enquanto ambos encaravam a noite silenciosa.

– Está quase amanhecendo – disse Rephaim.

Stevie Rae encolheu os ombros.

– Eu tenho mais ou menos meia hora antes de o sol nascer. Só vai levar uns dez minutos para voltar para a escola.

– Você deveria voltar agora e não correr nenhum risco. O sol pode causar danos demais a você, mesmo com o meu sangue dentro do seu corpo.

– Eu sei. Vou embora logo. – Stevie Rae suspirou. – Então, você não vai me contar o que rola com o seu papai, não é?

Ele se virou para encará-la novamente.

– O que você pensaria de mim se soubesse que eu traí meu Pai?

– Ele não é um cara bom, Rephaim. Ele não merece a sua proteção.

– Mas ele *é* meu Pai – Rephaim afirmou.

Stevie Rae achou que Rephaim parecia exausto. Ela queria pegar a mão dele, dizer que tudo ia dar certo. Mas não podia. Como tudo ia dar certo com ele de um lado e ela do outro?

– Eu não posso lutar contra isso – finalmente ela falou. – Você vai ter de concluir por si mesmo o que Kalona é ou não é. Mas precisa entender que eu devo manter o meu pessoal seguro, e sei que ele está tramando junto com Neferet, não importa o que ela diga.

– Meu Pai está preso a ela! – Rephaim falou sem pensar.

– O que você quer dizer?

– Ele não matou Zoey, então ele não cumpriu o seu Juramento a Neferet, e agora a Tsi Sgili tem o domínio sobre a alma imortal dele.

– Ah, que ótimo! Então Kalona é como uma arma carregada que Neferet está segurando.

Rephaim balançou a cabeça.

– Ele deveria ser, mas meu Pai não é bom em servir aos outros. Ele fica irritado e desconfortável sob o comando dela. Acho que a analogia seria mais precisa se você dissesse que Neferet está carregando uma arma carregada e com defeito.

– Você tem de ser mais específico do que isso. Dê um exemplo, o que você quer dizer? – ela tentou controlar a excitação na sua voz, mas, pelo modo como os olhos dele se afastaram dos dela, Stevie Rae percebeu que não teria sucesso.

– Eu não vou traí-lo.

— Ok, tudo bem. Eu entendi. Mas isso significa que você não pode me ajudar?

Rephaim olhou para ela em silêncio por tanto tempo que ela pensou que não fosse responder. Ela já estava formulando outra pergunta na sua cabeça quando ele, enfim, falou:

— Eu quero e vou ajudá-la, desde que isso não signifique trair meu Pai.

— Isso parece muito com o primeiro acordo que nós fizemos, e até que não terminou tão mal, não é? – ela perguntou, sorrindo para ele.

— Não, não tão mal.

— E, na verdade, não estamos todos, basicamente, contra Neferet?

— Eu estou – ele disse com firmeza.

— E seu papai?

— Ele quer se livrar do controle dela.

— Bem, isso é basicamente a mesma coisa do que estar do nosso lado.

— Eu não posso ficar do seu lado, Stevie Rae. Você precisa se lembrar disso.

— Então, você lutaria contra mim? – ela esquadrinhou o olhar dele.

— Eu não poderia machucá-la.

— Bem, então...

— Não – ele a interrompeu. – Não ser capaz de feri-la é diferente de lutar por você.

— Você lutaria por mim. Você já lutou.

Rephaim pegou a mão dela e a apertou, como se pelo toque ele pudesse fazer com que ela o entendesse.

— Eu nunca lutei contra meu Pai por você.

— Rephaim, você se lembra daquele garoto que nós vimos no chafariz? – ela entrelaçou seus dedos aos dele.

Ele não falou nada. Apenas concordou.

— Você sabe que ele está dentro de você, não sabe?

Novamente, Rephaim concordou, desta vez mais devagar e com hesitação.

— Aquele garoto dentro de você é o filho da sua mãe. Não é o filho de Kalona. Não se esqueça dela. E não se esqueça daquele garoto e das coisas pelas quais ele lutaria. Ok?

Antes que Rephaim pudesse responder, o telefone de Stevie Rae tocou a canção *Only Prettier*, de Miranda Lambert. Ela soltou a mão de Rephaim e começou a procurar pelo telefone no seu bolso, dizendo:

– É o toque da Z.! Eu tenho que falar com ela. Zoey ainda não sabe sobre Jack.

Antes que ela conseguisse apertar o botão para atender, a mão de Rephaim agarrou a dela.

– Zoey precisa voltar para Tulsa. Esse é um jeito de todos nós conseguirmos lutar contra Neferet. A Tsi Sgili odeia Zoey, e a presença dela aqui vai distraí-la.

– Distraí-la de quê? – Stevie Rae perguntou um pouco antes de atender a ligação, falando rapidamente ao telefone: – Z., espere aí. Eu preciso lhe contar uma coisa importante, mas preciso de dois segundos.

A voz de Zoey soou como se ela estivesse falando do fundo de um poço.

– Sem problemas, mas me ligue de volta, ok? Estou falando em *roaming*.

– Ligo num piscar de olhos – Stevie Rae respondeu.

– Você sabe que é brega falar isso, né?

Stevie Rae sorriu para o telefone.

– Sei e tchau.

– Você quis dizer afe e tchau. Já falo com você.

Ela desligou e Stevie Rae olhou para Rephaim.

– Então, explique aquela história da Neferet.

– Meu Pai quer descobrir um jeito de cortar os laços que o prendem a Neferet. Para fazer isso, ele precisa distraí-la. A obsessão dela por Zoey é uma excelente distração, assim como o desejo dela de usar os novatos vermelhos desgarrados em sua guerra contra os humanos.

Stevie Rae levantou as sobrancelhas.

– Não está acontecendo nenhuma guerra entre vampiros e humanos.

– Se a vontade de Neferet se concretizar, vai haver.

– Bem, então nós vamos ter de fazer de tudo para que isso não aconteça. Parece que Z. realmente precisa voltar para casa.

— Eles também vão querer usar você – Rephaim deixou escapar.

— Hã? Eles quem? Eu? Para quê?

Rephaim desviou os olhos e disse bem rapidamente:

— Neferet e meu Pai. Eles não acreditam que você tenha escolhido o caminho da Deusa tão firmemente. Acham que você pode ser persuadida a passar para o lado das Trevas.

— Rephaim, não existe a mínima chance de isso acontecer. Eu não sou perfeita. Tenho meus problemas. Mas eu escolhi Nyx e a Luz quando reconquistei a minha humanidade. Eu nunca vou mudar minha escolha.

— Nunca duvidei disso, Stevie Rae, mas eles não a conhecem como eu conheço.

— E Neferet e Kalona não podem descobrir nunca sobre nós, certo?

— Seria muito ruim se eles descobrissem.

— Muito ruim para você ou para mim?

— Para nós dois.

Stevie Rae suspirou.

— Ok, então, vou tomar cuidado – ela tocou o braço dele. – Tenha cuidado você também.

Ele concordou.

— Você deve pegar o caminho de volta. Ligue para Zoey enquanto dirige. O amanhecer está muito próximo.

— Sim, sim, eu sei – ela disse, mas nenhum dos dois saiu do lugar.

— E eu preciso voltar – ele falou, como se tentasse convencer a si mesmo.

— Espere aí, você não fica mais aqui?

— Não. A tempestade de gelo passou, e há muitos humanos circulando pelo terreno do museu agora.

— Bem, então onde você está agora?

— Stevie Rae, eu não posso contar isso a você!

— Você está com o seu papai, certo? – Como ele não falou, ela continuou: – Ei, eu já sabia que era papo-furado total quando Neferet anunciou aquela coisa de cem chibatadas e um século de banimento para Kalona como punição.

– Ela realmente o fez ser açoitado. Os filamentos das Trevas o cortaram uma centena de vezes.

Stevie Rae sentiu um calafrio só de lembrar como tinha sido terrível apenas o toque de um daqueles filamentos.

– Bem, eu não desejaria isso para ninguém – ela encarou Rephaim nos olhos. – Mas a parte sobre ele ser banido do lado de Neferet por um século é conversa fiada, não é?

Rephaim concordou rápido com a cabeça, quase imperceptivelmente.

– E você não vai me contar onde fica agora porque é onde Kalona está também?

Ele fez outro aceno rápido com a cabeça, concordando.

Ela suspirou novamente.

– Então, se eu precisar vê-lo, terei de ficar espreitando prédios velhos e assustadores por aí ou algo do tipo?

– Não! Fique segura e em lugares públicos. Stevie Rae, se você precisar de mim, venha aqui e me chame como você fez esta noite. Prometa que não vai sair por aí tentando me encontrar – disse, sacudindo o braço dela levemente.

– Ok, tudo bem. Eu prometo. Mas essa preocupação é de mão dupla. Rephaim, sei que ele é seu papai, mas também está metido em coisas muito ruins. Só não quero que leve você para baixo junto com ele. Então tenha cuidado, certo?

– Eu vou ter – respondeu. – Stevie Rae, hoje eu vi os novatos vermelhos desgarrados. Eles estão fazendo ninho na Will Rogers High School. Dallas se juntou a eles.

– Rephaim, por favor, não conte isso a Kalona e Neferet.

– Por quê? Assim, você poderá mostrar a eles bondade e humanidade e eles terão outra oportunidade de matar você? – ele gritou para ela.

– Não! Só porque eu tento ser legal, não significa que eu seja idiota *ou* fraca. Caramba, o que você e Aphrodite têm? Eu não vou sair correndo para falar com eles sozinha. Droga, Rephaim, eu não vou tentar argumentar com eles de jeito nenhum. Já tentei e vi que não funciona. Qualquer coisa que eu faça, vai ser com Lenobia, Dragon e Z., pelo menos. Basicamente, eu só não quero que eles se juntem a Neferet e por isso não quero que ela saiba sobre eles.

— É tarde demais. Foi Neferet quem me colocou para seguir o rastro deles hoje. Stevie Rae, estou pedindo que fique afastada dos vermelhos desgarrados. Eles não significam nada para você, além de morte e destruição.

— Eu vou tomar cuidado. Já disse isso para você. Mas eu sou uma Grande Sacerdotisa e os novatos vermelhos são minha responsabilidade.

— Aqueles que escolheram as Trevas não são sua responsabilidade. E Dallas não é mais um novato. Você não é responsável por ele.

Stevie Rae deu um meio sorriso.

— Você está com ciúme de Dallas?

— Não seja ridícula. Só não quero vê-la machucada de novo. Pare de mudar de assunto.

— Ei, Dallas não é mais meu namorado — disse ela.

— Eu sei disso.

— Tem certeza?

— Sim. É claro. — Ele se sacudiu e suas asas se desfraldaram. Stevie Rae tomou fôlego enquanto olhava para ele. — Ligue para Zoey enquanto dirige de volta para a segurança da sua escola. Vou vê-la de novo em breve.

— Fique seguro, ok?

Ele se voltou para ela e envolveu o rosto dela com as mãos. Stevie Rae fechou os olhos e ficou ali, extraindo conforto e força do seu toque. Rápido demais aquele momento acabou. Logo ele já tinha partido. Ela abriu os olhos para observar as suas asas majestosas batendo contra o ar da noite e o voo cada vez mais alto, até ele desaparecer completamente na quase imperceptível claridade leste do céu.

Rephaim estava certo. O amanhecer estava perto demais para se acomodar. Stevie Rae pressionou o botão de rediscagem, enquanto corria apressada pela mansão deserta em direção ao Fusca.

— Ei, Z. Sou eu. Tenho algumas coisas muito duras para contar, então se prepare...

15

Zoey

– Z.? Você ainda está aí? Você está bem? Diga alguma coisa.

A preocupação na voz de Stevie Rae fez com que eu limpasse o nariz e enxugasse as lágrimas do meu rosto com a manga da minha blusa, e eu meio que me recompus.

– Eu estou aqui. M-mas não estou bem – disse com um pequeno soluço.

– Eu sei, eu sei. É terrível.

– E não há nenhuma chance de ser um engano? Jack está realmente morto?

Eu sabia, no fundo do coração, que era ridículo cruzar os dedos e fechar os olhos quando eu perguntei, mas tive que fazer aquela tentativa como uma garotinha boba. *Por favor, por favor, não deixe que seja verdade...*

– Ele está mesmo morto – Stevie Rae disse em meio às próprias lágrimas. – Não há engano nenhum, Z.

– É difícil acreditar e simplesmente não é justo! – A sensação de indignação foi melhor do que me acabar de chorar em lágrimas completamente inúteis. – Jack era o cara mais doce do mundo. Ele não merecia o que aconteceu com ele.

– Não – Stevie Rae falou com voz trêmula. – Ele não merecia. E-eu quero acreditar que Nyx esteja com ele, cuidando muito bem dele. Você esteve lá, no Mundo do Além. É verdade que é um lugar maravilhoso?

A pergunta dela deixou meu coração apertado.

– Sei que nós nunca falamos sobre isso, mas você não esteve lá *antes*, sabe, quando você...

– Não! – disse como se quisesse cortar minhas palavras. – Não me lembro de muita coisa daquela época, mas tenho certeza de que eu não estava em nenhum lugar agradável. E não vi Nyx.

As palavras brotaram assim que comecei a falar, e eu soube na minha alma que Nyx estava falando através de mim.

– Stevie Rae, quando você morreu Nyx estava com você. Você é filha dela e precisa se lembrar sempre disso. Eu não sei por que você e os outros garotos morreram e desmorreram, mas posso dizer que tenho certeza absoluta de que Nyx nunca a abandonou. Você apenas pegou um caminho diferente do que Jack pegou. Ele está no Mundo do Além com a Deusa, e está mais feliz do que jamais foi em toda a sua vida. É difícil para nós, que ficamos para trás, entendermos, mas eu vi isso com Heath. Por qualquer que seja a razão, era a hora de Heath morrer, e o lugar dele é lá, com Nyx. Assim como o lugar de Jack também é lá agora. Eu sei, no fundo do meu coração, que os dois estão completamente em paz.

– Você jura?

– É claro que sim. Mas nós temos de ser fortes, ajudar uns aos outros aqui e acreditar que vamos vê-los de novo algum dia.

– Se você diz isso, então eu acredito, Z. – ela falou com uma voz um pouco melhor. – Você realmente precisa voltar para casa. Não sou só eu que preciso ouvir o seu discurso de Grande Sacerdotisa dizendo que tudo vai ficar bem.

– Damien está muito mal, hein?

– Sim, eu estou preocupada com ele, com as gêmeas e com o resto dos garotos. Droga, Z., estou preocupada até com Dragon. É como se o mundo inteiro estivesse afundando em tristeza.

Eu não sabia o que dizer. Não, isso não é verdade. Eu sabia muito bem o que queria dizer: eu queria gritar: *se o mundo inteiro está afundando em tristeza, por que eu desejaria voltar para ele?* Mas eu sabia que isso seria fraco e errado em vários níveis. Em vez disso, eu falei de um jeito pouco convincente:

– Nós vamos superar isso. Realmente vamos.

– Sim, nós vamos! – ela disse com firmeza. – Ok, olha só, eu e você juntas vamos conseguir descobrir um jeito de expor a maldade de Neferet para o Conselho Supremo, de uma vez por todas.

– Eu ainda não consigo acreditar que o Conselho Supremo comprou todo aquele papo-furado dela – eu falei.

– Nem eu. Imagino que, basicamente, a coisa se resumiu à palavra de uma Grande Sacerdotisa contra a de um garoto humano morto. Heath perdeu.

– Neferet não é mais uma Grande Sacerdotisa! Caramba, isso me deixa louca! E agora não é apenas Heath, mas também Jack. Ela vai pagar pelo que fez, Stevie Rae. Pode ter certeza de que eu vou fazê-la pagar.

– Ela precisa ser detida.

– É, precisa.

Eu sabia que estávamos certas, que nós tínhamos de lutar para tirar Neferet do poder, mas só de pensar nisso eu já me sentia destruída. Até eu mesma percebi a exaustão na minha voz. Eu estava esgotada até a alma, realmente indisposta e cansada de lutar contra a maldade de Neferet. Parecia que, a cada passo para a frente que eu dava, de algum modo eu era empurrada dois passos para trás, não importava o que acontecesse.

– Ei, você não está sozinha nisso.

– Obrigada, Stevie Rae. Sei que não estou. E, de qualquer modo, isso não diz respeito a mim. Na verdade, diz respeito a fazer o que é certo por Heath, Jack, Anastasia e quem quer que Neferet e a sua horda maligna resolvam abater em seguida.

– Sim, você diz isso, mas o mal anda cobrando um tributo muito caro de você ultimamente.

– É verdade, mas ainda estou de pé. Um monte de gente não está mais – enxuguei meu rosto com a manga de novo, desejando que eu tivesse um lenço de papel. – Por falar em mal, morte e coisa e tal, você tem visto Kalona? Duvido muito que Neferet o tenha chicoteado e banido. Ele deve estar metido em tudo isso com ela. O que significa que, se ela está em Tulsa, ele também está.

— Bem, os rumores dizem que ela realmente fez com que ele fosse açoitado — Stevie Rae afirmou.

Eu bufei.

— Isso faz sentido. Ele supostamente é o Consorte dela, então ela fez com que ele apanhasse. Uau. Eu meio que já sabia que ele gostava de dor, mas até eu estou surpresa que tenha concordado com isso.

— Bem, hum, dizem que ele não concordou exatamente.

— Ah, por favor. Neferet é assustadora, mas não pode mandar em um imortal.

— Pois parece que ela pode mandar nesse. Ela tem tipo um domínio sobre ele, pois Kalona falhou, hum, naquela missão covarde de aniquilar você.

Eu pude ouvir o humor que Stevie Rae estava tentando acrescentar à sua voz e tentei dar uma risadinha para ela, mas acho que nós duas sabíamos que o engraçado não superava o horrível.

— Bem, você sabe, ser chefiado por Neferet é algo de que Kalona não vai gostar. E já estava na hora de ele ganhar uma boa dose de não gostar de alguma coisa — eu disse.

— É verdade. Eu acho que provavelmente Kalona está aqui em algum lugar, espreitando por aí na sombra nojenta dela, quero dizer, no meio das coxas dela — Stevie Rae falou.

— Eca! — Isso me fez rir de verdade, e a risada de Stevie Rae se juntou à minha.

Por um momento, nós éramos melhores amigas de novo, rachando de rir por causa da proliferação de vagabundas no mundo. Tristemente, logo as partes menos divertidas da nossa realidade voltaram para o meio da conversa, e a nossa risada minguou bem mais rápido do que de costume. Eu suspirei e disse:

— Então, durante todos esses rumores e tal, não rolou de você realmente ver Kalona, não é?

— Não, mas estou mantendo meus olhos bem abertos.

– Ótimo, porque pegar aquele idiota com Neferet, depois de ela ter dito para o Conselho Supremo que o baniria por cem anos, seria definitivamente um passo em direção à prova de que ela não é o que todo mundo pensa – eu falei. – Ah, enquanto você mantém os seus olhos abertos, lembre-se de olhar para cima. Onde quer que Kalona esteja, aqueles garotos-pássaros estúpidos vão fatalmente aparecer também. Sem chance de eu acreditar que todos desapareceram de repente.

– Ok. Sim. Entendi.

– E Stark tinha me contado que um *Raven Mocker* realmente havia sido visto em Tulsa, verdade? – fiz uma pausa, tentando me lembrar do que ele dissera.

– Sim, um foi visto uma vez, mas nunca mais desde então.

A voz de Stevie Rae pareceu estranha, toda tensa, como se ela estivesse com problemas para falar. Droga, quem poderia culpá-la? Eu tinha basicamente a deixado lá segurando o rojão na minha Morada da Noite. Só de pensar no que ela tinha enfrentado com Jack e Damien, fiquei com enjoo.

– Ei, tenha cuidado, ok? Eu não ia suportar se alguma coisa acontecesse com você – falei.

– Não se preocupe. Vou tomar cuidado.

– Ótimo. Então, o sol vai se pôr daqui a pouco mais que duas horas. Assim que Stark levantar, nós vamos juntar nossas coisas e pegar o primeiro avião para casa – eu me ouvi dizer, apesar de isso fazer o meu estômago se revirar.

– Ai, Z., fico tão feliz! Além de precisar de você aqui de volta, eu sinto tanto a sua falta!

Sorri para o telefone.

– Eu também sinto muita saudade de você. E vai ser bom estar em casa – menti.

– Então me mande uma mensagem quando souber que horas vocês vão chegar. Se eu não estiver no meu caixão, vou estar lá para encontrá-los.

– Stevie Rae, você não dorme em um caixão – eu disse.

– Eu poderia, pois fico realmente morta para o mundo quando o sol está alto.

– Pois é, Stark também.

– Ei, como vai o seu garoto? Ele está se sentindo melhor?

– Ele vai bem. – Fiz uma pausa e acrescentei: – *Muito* bem, na verdade.

Como sempre, o radar de melhor amiga de Stevie Rae captou as entrelinhas.

– Ah, nananina. Vocês não *fizeram* aquilo, fizeram?

– E se eu dissesse que nós fizemos? – Senti minhas bochechas esquentando.

– Então eu daria aquele *irra!* típico de Oklahoma.

– Bem, pode gritar *irra!* então.

– Detalhes. Eu quero os detalhes sórdidos – ela falou e depois deu um bocejo enorme.

– Você vai saber os detalhes – eu respondi. – Já está quase amanhecendo aí?

– Na verdade, acabou de amanhecer. Vou apagar logo, Z.

– Sem problemas. Vá dormir um pouco. Logo eu vou ver você, Stevie Rae.

– Tchauzinho e até mais – ela disse junto com outro bocejo.

Eu desliguei o telefone e olhei para examinar Stark, que dormia feito um cadáver na nossa cama de dossel. Não havia dúvida de que eu estava totalmente apaixonada por Stark, mas naquela hora eu gostaria muito, muito mesmo, de balançar o seu ombro para ele acordar como um cara normal. Mas eu sabia que seria inútil tentar fazê-lo acordar cedo. Hoje, o sol estava brilhando de um jeito fora do comum em Skye, ou seja, superluminoso e sem nem uma sombra de nuvens. Sem chance de Stark conseguir se comunicar decentemente comigo por – dei uma olhadinha no relógio – mais duas horas e meia. Bem, pelo menos isso me dava tempo para fazer as malas e também para encontrar a rainha e lhe dar a notícia: que eu ia sair deste lugar tão bom, que parecia tanto com um lar para mim; deste lugar que Sgiach tinha decidido trazer de volta para o mundo real de novo, pelo menos de algum modo, por causa do que eu tinha trazido de volta para a vida dela. E agora eu ia levantar voo e deixar tudo isso para trás porque...

Meu cérebro alcançou o caos da minha mente tagarela e tudo voltou para o seu lugar em um estalo.

– Porque este não é o meu lar – suspirei. – Meu lar é em Tulsa. Lá é o meu lugar – eu sorri tristemente para o meu Guardião adormecido. – Lá é o *nosso* lugar. – Senti que isso era o certo, mesmo que eu soubesse tudo o que estava me esperando naquele lugar e tudo o que eu estava perdendo ao ir embora daqui. – É hora de voltar para casa – eu disse com determinação.

– Diga algo. Qualquer coisa. Por favor.

Eu tinha acabado de colocar para fora as minhas entranhas diante de Sgiach e Seoras. Naturalmente, contar a história da morte horrível de Jack tinha me feito fungar e chorar feito louca. De novo. E então eu tinha tagarelado sobre precisar voltar para casa e ser uma Grande Sacerdotisa de verdade, embora eu não tivesse certeza absoluta sobre o que isso realmente significava, enquanto os dois me observavam em silêncio com uma expressão que parecia sábia e indecifrável ao mesmo tempo.

– A morte de um amigo é sempre difícil de suportar. É duplamente difícil se ela chega cedo demais, se é um jovem que morre – Sgiach afirmou. – Sinto muito pela sua perda.

– Obrigada – respondi. – Ainda não parece real.

– *Aye*, bem, vai parecer, moçoila – Seoras disse gentilmente. – Mas você deve se lembrar de que uma rainha coloca o sofrimento de lado em nome do dever. Você não pode pensar claramente se a sua cabeça estiver cheia de tristeza.

– Eu não acho que sou madura o suficiente para tudo isso – falei.

– Ninguém é, minha menina – disse Sgiach. – Eu gostaria de pedir que você reflita sobre algo antes de nos deixar. Quando me perguntou se poderia permanecer aqui em Skye, eu disse que você deveria ficar aqui até que a sua consciência a obrigasse a partir. É a sua consciência que está falando com você agora ou é a tramoia de outros que...

– Ok, pode parar – eu a interrompi. – Neferet provavelmente acredita que está me manipulando para que eu volte, mas a verdade é que eu tenho que voltar para Tulsa porque lá é o meu lar. – Eu encontrei os olhos de Sgiach enquanto continuava a falar, esperando que ela me entendesse. – Eu amo aqui. Por diferentes razões, parece certo estar aqui, tão certo que para mim seria fácil ficar. Mas, como você disse, o caminho da Deusa não é fácil; fazer o certo não é fácil. Se eu ficasse aqui e ignorasse o meu lar, não estaria apenas ignorando a minha consciência, estaria virando as costas para ela.

Sgiach concordou, parecendo satisfeita.

– Então, a causa do seu retorno vem de um lugar de poder, não de manipulação, apesar de Neferet não saber disso. Ela vai pensar que bastou uma simples morte para que você fizesse a vontade dela.

– A morte de Jack não é uma coisa simples – eu falei com irritação.

– Não, isso não é simples para você, mas uma criatura das Trevas mata rapidamente, com facilidade, sem pensar em nada além do seu próprio proveito – Seoras explicou.

– E, por esse motivo, Neferet não vai entender que você voltou para Tulsa porque foi a sua escolha seguir o caminho da Luz e de Nyx. Ela vai subestimá-la por causa disso – Sgiach completou.

– Obrigada. Vou me lembrar disso. – Eu encarei o olhar forte e claro de Sgiach. – Se você, Seoras e qualquer outro dos Guardiões quiserem vir comigo, você sabe. Com vocês ao meu lado, não há chance de Neferet conseguir vencer.

A resposta de Sgiach foi instantânea.

– Se eu deixar a minha ilha, as consequências vão agitar o Conselho Supremo. Nós temos coexistido pacificamente com ele há séculos, pois escolhi me abster das políticas e restrições da sociedade dos vampiros. Se eu me juntar ao mundo moderno, o Conselho Supremo não vai mais poder continuar fingindo que eu não existo.

– E se isso for uma coisa boa? Quero dizer, para mim parece que já está na hora de o Conselho Supremo levar uma sacudida, e a sociedade dos vampiros também. As vampiras do Conselho acreditam em Neferet e a deixaram sair impune depois de ela matar gente inocente – minha voz saiu forte e cortante, e por um momento pensei que eu tinha soado quase como uma rainha de verdade.

– Essa não é a nossa batalha, moçoila – disse Seoras.

– Por que não? Por que lutar contra o mal não é a batalha de vocês também? – eu argumentei com o Guardião de Sgiach.

– O que a faz pensar que nós não estamos lutando contra o mal aqui? – foi Sgiach quem me respondeu. – Você foi tocada pela velha magia desde que chegou aqui. Diga-me, honestamente, antes disso você já tinha sentido qualquer coisa parecida lá fora no seu mundo?

– Não, eu não tinha – balancei a cabeça devagar.

– Lutar para manter os modos antigos vivos é o que nós estamos fazendo – Seoras falou. – E isso não pode ser feito em Tulsa.

– Como você pode ter tanta certeza? – perguntei.

– Porque não sobrou nenhuma magia antiga lá! – Sgiach disse, quase gritando de frustração. Ela se virou e caminhou em direção à enorme janela que emoldurava a imagem do sol se pondo na água azul-acinzentada que rodeava Skye. As suas costas estavam rígidas de tensão e a sua voz, densa de tristeza. – Lá fora no seu mundo, a mística e maravilhosa magia antiga, em que o touro negro era venerado junto com a Deusa, o equilíbrio entre o masculino e o feminino era respeitado e até as pedras e árvores tinham almas e nomes, foi destruída pela civilização, pela intolerância e pelo esquecimento. As pessoas hoje em dia, vampiros e humanos igualmente, acreditam que a terra é apenas uma coisa morta em cima da qual vivem, e que de algum modo é errado, maligno e primitivo escutar as almas das vozes do mundo. Assim, a essência e a nobreza de todo um modo de vida secaram e definharam até a morte...

– E encontraram o seu santuário aqui – Seoras continuou quando a voz de Sgiach se enfraqueceu.

Ele foi para o lado dela. Ela estava de costas, mas ele estava de frente para mim. Levemente, Seoras tocou o ombro dela e deixou os seus dedos deslizarem pelo braço dela, para então pegar a mão da sua rainha. Eu pude ver o corpo dela reagir ao seu toque. Era como se, por ele, ela encontrasse o seu centro. Antes que ela se virasse para mim, eu a vi apertar e então soltar a mão dele e, quando nossos olhos se encontraram, ela estava novamente nobre, forte e calma.

– Nós somos o último bastião dos modos antigos. Tem sido a minha responsabilidade por séculos proteger a magia ancestral. A terra aqui ainda é sagrada. Venerando o touro negro e respeitando a sua contraparte, o touro branco, o velho equilíbrio é mantido em um pequeno lugar no mundo que se lembra.

– Que se lembra?

– *Aye*, que se lembra de uma época em que honra significava mais do que interesses próprios e que lealdade não era uma opção ou uma explicação tardia – disse Seoras solenemente.

– Mas eu vejo um pouco disso em Tulsa. Há honra e lealdade lá também, e muitas pessoas do povo da minha avó, os cherokees, ainda respeitam a terra.

– Em alguma medida isso deve ser verdade, mas pense no bosque, em como você se sentiu dentro dele. Pense em como esta terra fala com você – Sgiach argumentou. – Sei que você escuta. Eu vejo isso em você. Já sentiu alguma coisa realmente como essa fora da minha ilha?

– Sim – eu disse antes de pensar. – O bosque no Mundo do Além se parece muito com o bosque no outro lado da rua do castelo. – Então eu percebi o que estava dizendo, e de repente o que Sgiach tinha falado fez sentido. – É isso, não é? Você literalmente tem um pedaço da magia de Nyx aqui.

– De certo modo. O que eu realmente tenho é ainda mais antigo do que a Deusa. Veja bem, Zoey, Nyx não está perdida para o mundo. Ainda. Mas o equilíbrio masculino dela já se perdeu, e eu temo que por causa disso o equilíbrio entre o bem e o mal, entre a Luz e as Trevas, tenha se perdido também.

– *Aye*, nós *sabemos* que já se perdeu – Seoras a corrigiu gentilmente.

– Kalona. Ele é parte dessa coisa de desequilíbrio – eu falei. – É verdade que ele era guerreiro de Nyx. De algum modo, isso saiu do lugar junto com um monte de outras coisas, quando ele surgiu no nosso mundo, pois Kalona não pertence a ele.

Saber disso não fez com que eu me sentisse triste ou ficasse mal por ele, mas me fez começar a entender o ar de desespero que eu senti tantas vezes em volta dele. E isso era conhecimento. Junto com o conhecimento, vinha o poder.

– Então, você entende por que é importante que eu não saia da minha ilha – Sgiach afirmou.

– Entendo – disse com relutância. – Mas ainda acho que você pode estar errada sobre não existir mais nenhuma magia ancestral no mundo exterior. O touro negro realmente se materializou em Tulsa, lembra?

– *Aye*, mas só depois que o touro branco apareceu – Seoras respondeu.

– Zoey, eu gostaria muito de acreditar que o mundo exterior não destruiu totalmente a magia do antigo, e por causa disso eu quero dar algo a você.

Sgiach esticou os braços e soltou um longo cordão de prata que pendia no seu pescoço junto a um monte de outros colares cintilantes. Ela ergueu a delicada corrente por sobre a sua cabeça e a segurou no nível dos meus olhos. Pendurada no cordão de prata, havia uma pedra perfeitamente redonda cor de leite, que era polida e lisa e que lembrava uma pastilha Life Saver sabor de coco. As tochas que os guerreiros haviam começado a acender reluziram contra a superfície da pedra, fazendo-a brilhar, e eu a reconheci.

– É um pedaço do mármore de Skye – disse.

– Sim, é um pedaço especial do mármore de Skye chamado pedra da vidência. Foi encontrada há mais de cinco séculos por um guerreiro em sua busca xamânica, quando ele percorria a Cordilheira Cuillin aqui nesta ilha – Sgiach explicou.

– Um guerreiro em uma busca xamânica? Isso não acontece com muita frequência – observei.

Sgiach sorriu e seu olhar se desviou do pingente de mármore em direção a Seoras.

– Mais ou menos uma vez a cada quinhentos anos isso acontece.

– *Aye*, é mais ou menos isso – Seoras concordou, sorrindo de volta para ela com tanta intimidade que eu senti que deveria olhar para o outro lado.

– Na minha opinião, uma vez a cada quinhentos anos é mais do que suficiente para um pobre guerreiro fazer essa coisa de xamã.

Meu estômago deu uma reviravolta boba de prazer quando ouvi a voz dele, e eu desviei os olhos da rainha e de seu Guardião para ver Stark em pé nas sombras, abaixo do vão da porta arcada, encurvado e olhando com os olhos meio fechados para o que restava da luz que desaparecia na ampla janela. Ele estava usando uma calça jeans e uma camiseta e se parecia tanto com o velho Stark que bateu uma pontada de saudade de casa – a primeira que senti de verdade desde que tinha voltado para o meu corpo. *Estou indo para casa.* Esse pensamento fez com que eu sorrisse enquanto corria em direção a Stark. Sgiach fez um gesto com a sua mão. As pesadas cortinas se fecharam sobre o resto da luz do sol, permitindo que Stark saísse das sombras e me tomasse nos seus braços.

– Ei, eu não imaginava que você ia acordar por, pelo menos, mais uma hora – disse, enquanto o abraçava forte.

– Você estava perturbada, e isso me acordou – ele sussurrou no meu ouvido. – Além disso, eu estava tendo uns sonhos bem estranhos.

Eu me afastei para poder olhá-lo nos olhos.

– Jack está morto.

Stark começou a balançar a cabeça em negação. Então ele parou, tocou a minha bochecha e soltou um longo suspiro.

– Foi isso o que eu senti. A sua tristeza. Z., sinto muito. Caramba, o que aconteceu?

– Oficialmente, um acidente. Na verdade, foi Neferet, mas ninguém pode provar isso – eu disse.

– Quando voltamos para Tulsa?

Eu sorri em agradecimento para ele, quando Sgiach respondeu:

– Hoje à noite. Nós podemos conseguir que vocês partam assim que fizerem suas malas e estiverem prontos.

– Então, o que há com essa pedra? – Stark perguntou, pegando a minha mão.

Sgiach a levantou novamente. Eu estava pensando em como a pedra era bonita quando ela girou levemente na corrente e meu olhar foi atraído para o círculo perfeito no seu centro. O mundo se estreitou e desapareceu à minha volta, quando todo o meu ser se concentrou no buraco na pedra. Por um instante, eu vislumbrei o aposento através do orifício.

E o aposento sumiu!

Lutando contra uma onda de vertigem nauseante, eu olhei através da pedra da vidência para o que parecia um mundo submarino. Figuras flutuavam e esvoaçavam para lá e para cá, todas em um tom de turquesa, topázio, cristal e safira. Eu achei ter visto asas, barbatanas e uma longa cascata de cabelos esvoaçantes. *Sereias? Ou será que são kikos marinhos[25]? Eu fiquei completamente louca*, foi o último pensamento que tive antes de perder a batalha contra a tontura e terminar deitada de costas no chão.

– Zoey! Olhe para mim! Diga alguma coisa!

Stark, parecendo totalmente assustado, estava inclinado sobre mim. Ele tinha me pegado pelos ombros e estava me sacudindo feito louco.

– Ei, pare – disse com voz fraca, tentando sem sucesso afastá-lo.

– Apenas deixe-a respirar. Ela vai ficar bem em um segundo – a voz ultracalma de Sgiach surgiu.

---

25 Kikos marinhos (ou *sea monkeys*, em inglês) são minúsculos crustáceos que podem ser cultivados em casa e se tornaram uma febre comercial entre as crianças no Brasil por volta dos anos 1970. Nos Estados Unidos, são vendidos desde os anos 1960. Seu nome científico é *Artemia salina*. (N.T.)

– Ela desmaiou. Isso não é normal. – Ele ainda estava segurando meus ombros, mas tinha parado de atordoar meu cérebro.

– Eu estou consciente e estou bem aqui – falei. – Ajude-me a sentar.

As sobrancelhas franzidas de Stark disseram que ele preferia não fazer isso, mas fez o que eu pedi.

– Beba isto – Sgiach segurou uma taça de vinho embaixo do meu nariz, e pude perceber pelo cheiro que o vinho estava misturado com bastante sangue. Eu segurei a taça e bebi com vontade enquanto ela dizia: – E é normal para uma Grande Sacerdotisa desmaiar na primeira vez que ela usa o poder de uma pedra da vidência, especialmente se está despreparada para isso.

Sentindo-me muito melhor depois do vinho sangrento (nojento, mas delicioso), eu levantei minhas sobrancelhas para ela e fiquei em pé.

– Você não podia ter me preparado para isso?

– *Aye*, mas uma pedra da vidência só funciona para algumas Grandes Sacerdotisas e, se não funcionasse para você, feriria os seus sentimentos, não? – Seoras perguntou.

Eu esfreguei minhas costas.

– Acho que eu preferiria me arriscar a ferir os meus sentimentos a ferir o meu traseiro. Ok, que diabos eu vi?

– Com o que se parecia? – Sgiach perguntou.

– Um estranho aquário submarino através daquele pequeno buraco – disse, apontando na direção da pedra, mas tomei cuidado para não olhar para ela.

Sgiach sorriu.

– Sim, e onde você viu seres como esses antes?

Eu pisquei os olhos ao compreender.

– O bosque! Eles eram duendes da água!

– De fato – Sgiach concordou.

– Então é como um buscador mágico? – Stark perguntou, olhando de soslaio para a pedra.

– Sim, quando é usado por uma Grande Sacerdotisa com o tipo certo de poder – Sgiach ergueu a corrente e a colocou ao redor do meu pescoço. A pedra da vidência se acomodou entre os meus seios, quente como se estivesse viva.

– Isto realmente encontra a magia? – coloquei minha mão com reverência sobre a pedra.

– Só um tipo – Sgiach respondeu.

– Magia da água? – perguntei, confusa.

– Não é o elemento que importa. É a magia propriamente dita – Seoras falou.

Antes que eu pudesse falar o óbvio *hã?* que estava estampado no meu rosto, Sgiach explicou:

– Uma pedra da vidência está em sintonia apenas com a mais antiga das magias: o tipo que eu protejo na minha ilha. Eu a estou presenteando com uma pedra da vidência para que você possa, de fato, reconhecer a Antiga Magia, se ainda existir no mundo exterior.

– Se ela encontrar alguma magia desse tipo, o que deve fazer? – Stark perguntou, ainda dando olhares desconfiados para a pedra.

– Regozijar-se ou correr, dependendo do que ela descobrir – Sgiach disse com um sorriso oblíquo.

– Lembre-se, moçoila, que foi a antiga magia que enviou o seu guerreiro para o Mundo do Além e que o tornou o seu Guardião – Seoras afirmou. – Ela não foi diluída pela civilização.

Eu fechei a minha mão em volta da pedra da vidência, lembrando-me de Seoras de pé em transe diante de Stark, retalhando-o sem parar para que o sangue dele corresse pelos antigos sulcos ornamentais na pedra que eles chamavam *Seol ne Gigh*, o Assento do Espírito. De repente, percebi que eu estava tremendo.

Nesse momento, a mão quente e forte de Stark cobriu a minha e eu levantei os olhos e vi o seu olhar firme.

– Não se preocupe. Eu vou estar com você e, seja para se alegrar ou para correr, nós vamos estar juntos. Eu sempre estarei protegendo você, Z.

Pelo menos naquele momento, eu me senti segura.

16

Stevie Rae

– Ela está mesmo voltando para casa?

Damien falou com uma voz tão baixa e trêmula que Stevie Rae teve de se inclinar sobre a cama para ouvi-lo. Seus olhos estavam apáticos e mais do que vazios, e ela não sabia dizer se era porque o coquetel de remédios e sangue, que os *vamps* na enfermaria haviam dado a ele, estava mesmo funcionando ou se ele ainda estava em choque.

– Você está brincando? Z. saiu de lá no primeiro avião. Ela vai estar em casa em mais ou menos três horas. Se você quiser, pode ir comigo até o aeroporto para buscar ela e Stark.

Stevie Rae estava sentada na beira da cama de Damien, então era fácil para ela acariciar a cabeça de Duquesa, já que a cadela estava encostada bem juntinho a ele. Ele não deu nenhuma resposta, apenas olhou fixo e sem expressão para a parede na frente dele, então ela fez mais um afago em Duquesa. A labradora mexeu o rabo devagar uma vez, duas vezes.

– Você é uma cachorra incrível e ponto – Stevie Rae disse à labradora amarela.

Duquesa abriu os olhos e se voltou para Stevie Rae com um olhar comovente, mas não balançou o rabo de novo e não fez aquele seu barulho normal de cachorro feliz bufando. Stevie Rae franziu a testa. Ela parecia mais magra?

— Damien, querido, Duquesa comeu alguma coisa recentemente?

Ele piscou para ela, parecendo confuso, olhou para o cachorro enroscado nele e então seus olhos começaram de fato a clarear, mas, antes que ele pudesse dizer qualquer coisa, a voz de Neferet veio por trás de Stevie Rae, embora ela não tivesse ouvido de jeito nenhum a vampira entrando no quarto.

— Stevie Rae, Damien está em um estado emocional muito frágil agora. Ele não deveria ter de se preocupar com essas trivialidades, como alimentar um cachorro ou agir como um mordomo qualquer e ir até o aeroporto buscar uma novata.

Neferet passou rápido por ela. Cheia de preocupação maternal, ela se inclinou sobre Damien. Stevie Rae automaticamente se levantou e se afastou vários passos para trás. Ela podia jurar que alguma coisa saiu das sombras que se aninhavam em volta da bainha do longo vestido de seda de Neferet, começando a deslizar em direção a ela.

Com uma reação parecida, Duquesa saiu do colo de Damien e se enrolou melancolicamente na ponta da cama, juntando-se ao gato dele, que ainda estava adormecido. Mas ela manteve o tempo todo o seu olhar treinado em Damien, sem piscar.

— Desde quando buscar um amigo no aeroporto é trabalho de mordomo? E, pode acreditar, eu sei qual é o trabalho de um mordomo.

Stevie Rae deu uma rápida olhada para a porta, onde Aphrodite parecia ter acabado de se materializar.

Eu não estou acreditando. Estou tão fora de mim que não posso ouvir mais nada?, Stevie Rae pensou.

— Aphrodite, eu tenho algo a dizer a você que se aplica a todos neste quarto — Neferet disse, soando como uma realeza totalmente no comando.

Aphrodite colocou uma mão sobre o seu quadril estreito e falou:

— Ah, é? O quê?

— Eu decidi que o funeral de Jack deve ser como o de um vampiro completamente Transformado. A pira funerária vai ser acesa hoje à noite, assim que Zoey chegar à Morada da Noite.

– Você está esperando por Zoey? Por quê? – Stevie Rae perguntou.

– Porque ela era uma boa amiga de Jack, é claro. Mas o mais importante é que, por causa da confusão que reinou aqui enquanto eu estava sob a influência de Kalona, Zoey serviu como Grande Sacerdotisa de Jack. Esse período desastroso, felizmente, ficou para trás, mas é justo que Zoey acenda a pira de Jack.

Stevie Rae pensou em como era terrível que os lindos olhos cor de esmeralda de Neferet pudessem parecer tão perfeitamente sinceros, mesmo quando ela estava tecendo uma teia de falsidade e mentiras. Queria tanto gritar para a Tsi Sgili que ela sabia o seu segredo, que Kalona estava aqui e que ela o estava controlando, não o contrário. Ela nunca havia estado sob a influência dele. Neferet sabia desde o começo exatamente quem e o que Kalona era, bem como o que ela estava fazendo agora era tirar o corpo fora.

Mas o próprio segredo terrível de Stevie Rae segurou as palavras na sua garganta. Ela ouviu Aphrodite inspirar profundamente, como se estivesse se preparando para começar um grande bate-boca. Porém, naquele momento Damien atraiu a atenção de todo mundo quando segurou a cabeça com as mãos e começou a chorar convulsivamente, dizendo com a voz entrecortada:

– E-eu não c-consigo entender como ele pode ter partido.

Stevie Rae tirou Neferet do caminho e puxou Damien para os seus braços. Ela ficou feliz ao ver Aphrodite ir determinada para o outro lado da cama e colocar sua mão sobre os ombros trêmulos de Damien. As duas garotas se voltaram para Neferet com olhos franzidos de desconfiança e desgosto.

O rosto de Neferet permaneceu triste, mas impassível, como se ela soubesse do sofrimento de Damien, mas deixasse que isso passasse por ela, sem absorver para dentro de si.

– Damien, eu vou deixá-lo com o conforto das suas amigas. O avião de Zoey vai aterrissar no Aeroporto Internacional de Tulsa às 21h58. Eu programei a pira funerária para exatamente meia-noite, já que essa é uma hora auspiciosa. Eu espero ver todos vocês lá.

Neferet saiu do quarto, fechando a porta com um clique quase inaudível.

– Maldita vaca mentirosa – Aphrodite disse em voz baixa. – Por que ela está bancando a legal?

– Ela com certeza está tramando alguma coisa – Stevie Rae disse, enquanto Damien chorava no seu ombro.

– Eu não consigo – disse Damien.

De repente, ele se afastou das duas. Balançava a cabeça de um lado para o outro sem parar. O choro convulsivo tinha cessado, mas as lágrimas continuavam a escorrer pelas suas bochechas. Duquesa tinha se arrastado até ele e deitado no seu colo, com o focinho levantado para perto do seu queixo. Cameron se encostou bem ao lado dele. Damien colocou um braço em volta da grande cadela amarela e o outro em volta do seu gato.

– Eu não consigo me despedir de Jack e lidar com todo esse drama de Neferet. – Ele olhou para Stevie Rae e Aphrodite. – Eu entendo por que a alma de Zoey se despedaçou.

– Não, nada disso – Aphrodite falou, inclinando-se e colocando um dedo no rosto de Damien. – Eu *não* vou lidar com todo esse estresse de novo. O fato de Jack estar morto é bem ruim. Bem ruim mesmo. Mas você precisa dar um jeito de ficar inteiro.

– Por nós – Stevie Rae acrescentou em um tom muito mais suave, dando um olhar de *seja legal!* para Aphrodite. – Você precisa ficar inteiro pelos seus amigos. Nós quase perdemos Zoey. Já perdemos Jack e Heath. Não podemos perder você também.

– Eu não consigo enfrentá-la mais – disse Damien. – Meu coração foi destruído.

– Ele ainda está lá – Stevie Rae falou suavemente. – Ele só está ferido.

– Vai se curar – Aphrodite acrescentou, sem ser insensível.

Os olhos de Damien estavam brilhando com as lágrimas, quando ele olhou para ela.

– Como você sabe? O seu coração nunca foi ferido. – Ele voltou o seu olhar para Stevie Rae. – Nem o seu – enquanto Damien continuava

a falar, as lágrimas escorriam cada vez mais rápido pelas suas bochechas.
– Não deixem isso acontecer. Dói demais.

Stevie Rae engoliu em seco. Ela não podia contar a ele, não podia contar a ninguém, mas, quanto mais ela se importava com Rephaim, mais o coração dela se feria a cada dia.

– Zoey vai conseguir superar, e ela perdeu Heath – disse Aphrodite. – Se ela consegue, você também consegue, Damien.

– E ela está mesmo vindo para casa? – Damien repetiu a pergunta com a qual tinha começado a conversa.

– Sim – Aphrodite e Stevie Rae responderam juntas.

– Ok. Ótimo. Sim. Eu vou me sentir melhor quando Zoey estiver aqui – Damien falou, ainda abraçando Duquesa, com Cameron bem junto à lateral do seu corpo.

– Ei, parece que Duquesa e Cammy gostariam de um jantar – disse Aphrodite. Stevie Rae ficou surpresa ao vê-la estender o braço e tentar acariciar a cabeça da grande cadela. – Não estou vendo nenhuma comida de cachorro aqui, e tudo o que Cammy tem é aquela coisa seca imprestável. Com toda a franqueza, Malévola nem olharia para qualquer coisa que não parecesse peixe fresco. E se Darius me ajudar a trazer um pouco de comida para eles? A menos que você queira ficar sozinho. Se preferir, posso levar Duquesa e Cammy comigo e alimentá-los para você.

Damien arregalou os olhos.

– Não! Não os leve. Quero que fiquem aqui comigo.

– Ok, sem problemas. Darius pode pegar comida de cachorro para a Duquesa – Stevie Rae elevou a voz, imaginando que droga Aphrodite estava pensando. Damien não podia ficar sem esses dois animais de jeito nenhum.

– A comida e as coisas de Duquesa estão no quarto de Jack – Damien disse, terminando a frase com um pouco de choro.

– Você gostaria que a gente trouxesse as coisas dela aqui para você? – Stevie Rae perguntou, segurando a mão de Damien.

– Sim – ele sussurrou. Então o corpo dele estremeceu e o rosto ficou ainda mais branco que já estava. – E não deixem que joguem fora as coisas de Jack! Eu preciso ver tudo! Eu tenho que passar por isso!

— Já estou um passo à frente de você nisso. Eu não ia deixar que aqueles *vamps* colocassem as garras deles nas coleções descoladas de Jack de jeito nenhum. Eu deleguei às gêmeas a responsabilidade de encaixotar as coisas e tirar tudo de lá sem ninguém ver – Aphrodite falou, toda orgulhosa.

Damien, claramente esquecendo por apenas um instante que o seu mundo estava repleto de tragédia, quase sorriu.

— *Você* fez com que as gêmeas fizessem algo?

— Exato – Aphrodite respondeu.

— O que isso custou a você? – Stevie Rae perguntou.

Aphrodite fez cara feia.

— Duas blusas da nova coleção da Hale Bob[26].

— Mas eu acho que eles ainda não lançaram a coleção de primavera – Damien observou.

— A: que *gay* você saber isso, e B: as coleções sempre chegam mais cedo se você é podre de rico e sua mãe "conhece" alguém – ela respondeu, fazendo um gesto de aspas no ar com os dedos.

— Quem é Hale Bob? – Stevie Rae perguntou.

— Ah, *pelamor* – disse Aphrodite. – Apenas venha comigo. Você pode me ajudar a carregar os acessórios de cachorro.

— E com isso você quer dizer que eu vou carregá-los, certo?

— Certo – Aphrodite se inclinou e, como se fizesse isso todo dia, beijou Damien no topo da cabeça. – Eu já volto com as tralhas de cachorro e gato. Ah, você quer que eu traga Malévola? Ela...

— Não! – Damien e Stevie Rae responderam juntos com um tom idêntico de horror.

Aphrodite levantou o queixo, indignada.

— É tão típico que ninguém, além de mim, entenda aquela criatura magnífica.

— Até já – Stevie Rae disse para Damien, beijando-o na bochecha.

---

[26] Hale Bob é uma marca de roupas femininas, famosa por vestir estrelas do cinema, da música e da moda com seus tecidos estampados e coloridos. Foi criada pelo estilista Daniel Bohbot, que abriu a primeira loja em Los Angeles. (N.T.)

Já no *hall*, Stevie Rae franziu a testa para Aphrodite.

– Sério, nem você poderia ter pensado que tirar aqueles animais dele seria uma boa ideia.

Aphrodite revirou os olhos e jogou o cabelo para trás.

– É claro que não, imbecil. Eu sabia que isso o deixaria horrorizado e começaria a sacudi-lo para fora daquele estado superdeprimido em que ele estava, e deu certo. Darius e eu vamos trazer comida para o zoológico de cachorro e gato lá no quarto dele e, por coincidência, vamos dar uma parada no refeitório e pegar o nosso jantar para viagem. Aí trazemos o suficiente para ele também. E Damien, que é uma dama, não vai nos chutar para fora ou nos fazer comer tudo sozinhos. *Et voilà!* Damien tem alguma coisa no seu estômago antes de precisar passar por todo aquele horror da pira funerária.

– Neferet está armando alguma coisa ruim, *realmente* ruim – Stevie Rae falou.

– Pode contar com isso – Aphrodite concordou.

– Bem, pelo menos vai acontecer na frente de todo mundo, então, ela não pode, tipo, matar Zoey.

Aphrodite levantou sua sobrancelha desdenhosamente para Stevie Rae.

– Na frente de todo mundo, Neferet libertou Kalona, matou Shekinah e tentou mandar Stark, que não pode errar a droga do alvo, disparar uma flecha em você e em Z. Sério, caipira, acorda.

– Bem, havia circunstâncias atenuantes comigo, e Neferet não mandou Stark atirar em Z. na frente da escola inteira, apenas na nossa frente e de um bando de freiras. É claro que agora ela está dizendo que Kalona a influenciou para fazer as duas coisas. Além disso, ainda é a nossa palavra contra a dela. Ninguém escuta adolescentes ou freiras sobre esses assuntos.

– Você duvida só por um instante que Neferet pode fazer qualquer coisa hoje à noite, e mesmo assim parecer tão inocente quanto um bebê? – Aphrodite fez uma pausa para fazer uma careta. – Deusa, eu não suporto bebês. Eca, toda aquela coisa de vomitar, comer, fazer cocô, etc. Além disso, eles puxam os seus...

– É sério? – Stevie Rae interrompeu o discurso dela. – Eu não estava falando sobre partes íntimas e bebês com você.

– Eu só estava usando uma analogia, idiota. Basicamente, nós vamos estar dentro de alguma merda em apenas algumas horas. Então, deixe Z. preparada enquanto eu tento dar uma levantada em Damien para que ele não se dissolva em uma poça de lágrimas, catarro e angústia hoje à noite.

– Sabe, você não pode fingir ser "Eu não ligo para Damien" comigo depois que eu vi você *beijá-lo no topo da cabeça.*

– O que eu vou negar pelo resto da minha longa e encantadora vida – disse Aphrodite.

– Aphrodite, você algum dia vai deixar de ser obcecada por si mesma?

Stevie Rae e Aphrodite pararam de repente, quando Kramisha saiu das sombras na varanda do dormitório das garotas.

– Eu vou ter de fazer exame de vista. Não consigo ver droga nenhuma até que a coisa esteja bem na minha frente – Stevie Rae afirmou.

– Não é você – Aphrodite falou com uma voz inexpressiva. – É Kramisha. Ela é negra. As sombras são negras, portanto, essa é a razão de não a termos visto.

Kramisha se levantou e olhou para Aphrodite com ar de superior.

– Não, você simplesmente não...

– Ah, por favor, pode parar – Aphrodite passou por ela como uma brisa em direção à porta do dormitório. – Preconceito, opressão, o homem, blábláblá, bocejo, blá. Eu sou a maior minoria aqui, portanto, nem tente jogar isso em mim.

Kramisha piscou duas vezes e pareceu tão atordoada quanto Stevie Rae.

– Ai, Aphrodite – disse Stevie Rae. – Você parece uma Barbie. Como pode ser uma minoria, caramba?

Aphrodite apontou para a própria testa, a qual estava completamente vazia e sem Marca.

– *Humana* em uma escola cheia de novatos e *vamps* é igual a mi--no-ria. – Ela abriu a porta e entrou rapidamente no prédio.

– Essa garota não é humana – Kramisha falou. – Eu ia dizer que ela parece mais um cachorro louco, mas não quero ofender nenhum cachorro.

Stevie Rae soltou um suspiro de resignação.

– Eu sei. Você está certa. Ela realmente não é legal, mesmo quando está sendo legal. Para ela. Se isso faz algum sentido.

– Não faz, mas no geral você não tem feito muito sentido ultimamente, Stevie Rae – disse Kramisha.

– Quer saber de uma coisa? Eu não preciso disso agora *e* não sei o que você quer dizer *e* neste segundo eu não me importo. Até mais, Kramisha.

Stevie Rae começou a passar por ela, mas Kramisha deu um passo firme e ficou no seu caminho. Ela alisou a parte de trás da sua peruca loira de cabelos curtos e falou:

– Você não tem motivo para usar esse tom de voz detestável comigo.

– Meu tom de voz não é detestável, mas chateado e cansado.

– Não. Foi detestável e você sabe disso. Você não devia mentir tanto. Não é muito boa nisso.

– Ótimo. Eu não vou mentir tanto – Stevie Rae limpou a garganta, deu uma pequena chacoalhada como um gato que foi pego por uma chuva de primavera, colocou no rosto um enorme e falso sorriso e começou de novo, em um tom de voz superanimado: – E aí, amiga, que bom ver você, mas agora preciso ir!

Kramisha levantou as sobrancelhas.

– Ok, primeiro, não diga "amiga". Você parece a garota daquele filme antigo, *As patricinhas de Beverly Hills*. Aquele que a loira e Stacey Dash transformaram em algo popular. Isso não é bom. Segundo, você não pode fugir agora porque eu preciso dar isso...

– Kramisha! – balançando a cabeça, Stevie Rae se afastou da folha de papel roxa que Kramisha tinha tentado entregar para ela. – Eu sou uma pessoa só! Eu não posso lidar com mais nada agora além da tempestade de merda que já me pegou; desculpe o meu francês. Mas vai precisar guardar os seus poemas de previsão do futuro para você mesma. Pelo menos até Z. chegar aqui e se instalar. E me ajudar a ter certeza de que Damien não vai se atirar do topo do arranha-céu mais próximo.

Kramisha franziu os olhos para ela.

— Pena que você não seja só uma pessoa.

— Que droga você quer dizer? É claro que eu sou uma pessoa só. Afe, bem que eu queria ser mais de uma. Aí, eu poderia ficar de olho em Damien, tomar cuidado para Dragon não ficar totalmente ensandecido, buscar Zoey no maldito aeroporto a tempo *e* descobrir o que está rolando com ela, pegar alguma porcaria para comer e começar a lidar com o fato de que Neferet está armando algo de grandes e incontroláveis proporções para hoje à noite no funeral de Jack. Ah, e talvez uma de mim pudesse tomar um longo banho de espuma na banheira, ouvindo o meu Kenny Chesney e lendo o final de *A Night to Remember*[27].

— *A Night to Remember*? Você quer dizer aquele livro sobre a história do Titanic que eu li ano passado para a aula de literatura?

— Sim. Eu tinha acabado de começar a lê-lo quando morri e desmorri, então nunca consegui terminá-lo. Eu meio que gostei dele.

— Ei, eu posso ajudá-la nisso. O NAVIO AFUNDA. ELES MORREM. Fim. Agora nós podemos falar de coisas mais importantes? – ela levantou o pedaço de papel roxo de novo.

— Sim, sua detestável, eu sei o que acontece, mas isso não significa que não seja uma boa história. – Stevie Rae colocou um cacho loiro de cabelo rebelde atrás da orelha. – Você diz que eu não sei mentir bem? Ok, então aí vai a verdade. Minha mãe diria que meu maldito prato já está muito cheio para caber só uma colherada a mais de estresse, então vamos deixar essa coisa de poema de lado por enquanto.

Surpreendendo totalmente Stevie Rae, Kramisha deu um passo, entrando no espaço pessoal dela, e a segurou pelos ombros. Olhando direto nos olhos dela, Kramisha disse:

---

[27] *A Night to Remember* (Uma noite para recordar, em tradução livre) é um livro de Walter Lord, publicado em 1955, que conta a história do naufrágio do Titanic. Foi publicado por uma editora portuguesa com o título de *A tragédia do Titanic*. (N.T.)

– Você não é só uma pessoa. Você é uma Grande Sacerdotisa. Uma Grande Sacerdotisa *vermelha*. A única que existe. Isso significa que você tem de lidar com estresse. Um monte de estresse. Principalmente agora, enquanto Neferet está criando toda essa confusão maluca.

– Eu sei disso, mas...

Kramisha apertou seus ombros com força e a cortou, dizendo:

– Jack está morto. Ninguém sabe quem vai ser o próximo.

A Poetisa Laureada piscou algumas vezes, franzindo a sua fina sobrancelha castanha, inclinou-se para a frente e deu uma enorme e barulhenta farejada no ar perto do rosto de Stevie Rae.

Stevie Rae se livrou do seu aperto forte e deu alguns passos para trás.

– Você está me cheirando?

– Sim. Você está com um cheiro estranho. Eu já tinha percebido antes. Quando estava no hospital.

– E daí?

Kramisha a olhou atentamente.

– Daí que isso me lembra de alguma coisa.

– Da sua mãe? – Stevie Rae disse com uma indiferença forçada.

– Não se atreva. E, enquanto eu estou pensando nisso, onde você está indo?

– Eu deveria estar ajudando Aphrodite a pegar as coisas para alimentar o gato do Damien e Duquesa. Depois, eu preciso buscar Zoey no aeroporto e informá-la que Neferet decidiu deixá-la acender a pira funerária de Jack. Hoje à noite.

– Sim, todos nós ouvimos falar. Isso não parece certo para mim.

– Zoey acender a pira funerária de Jack?

– Não, Neferet deixá-la fazer isso. – Kramisha coçou a cabeça e a sua peruca loira se moveu de um lado para o outro. – Então, tenho de dizer isto: deixe Aphrodite cuidar das coisas de Damien agora. Você precisa ir para lá... – Ela fez uma pausa e acenou vagamente, com uma mão com unhas longas e douradas, para as árvores que circundavam o campus da Morada da Noite. – Precisa fazer aquela coisa de comunhão com o verde brilhante da terra que você faz. De novo.

— Kramisha, eu não tenho tempo para fazer isso.

— Eu ainda não acabei. Você precisa recarregar as forças antes que o inferno comece a correr solto por aqui. Veja bem, eu não tenho certeza de que Zoey vai estar preparada para o que pode acontecer hoje à noite.

Em vez de tirar Kramisha e o seu jeito mandão da sua frente, Stevie Rae hesitou e pensou no que ela estava dizendo.

— Você pode ter razão — ela disse devagar.

— Ela não quer voltar. Você sabe disso, certo? — Kramisha falou.

Stevie Rae levantou os ombros.

— Bem, no lugar dela você ia querer? Ela passou por muita coisa.

— Acho que não, e é por isso que estou dizendo isso a você, porque realmente entendo. Mas Zoey não é a única de nós que passou por muita coisa ultimamente. Alguns ainda estão passando por um monte de coisas. Todos nós temos de aprender a cuidar dos nossos assuntos e lidar com isso.

— Ei, ela está voltando, ela *está* lidando — Stevie Rae afirmou.

— Eu não estou falando só sobre Zoey — dizendo isso, Kramisha dobrou ao meio o pedaço de papel roxo e o entregou a Stevie Rae, que o pegou com relutância. Quando ela suspirou e começou a desdobrá-lo, Kramisha balançou a cabeça. — Você não precisa ler isso na minha frente. — Stevie Rae olhou para a Poetisa Laureada com um ponto de interrogação no rosto. — Olha só, agora eu vou falar como uma Poetisa Laureada para a sua Grande Sacerdotisa, então você precisa prestar atenção. Pegue esse poema e vá para perto das árvores. Leia isso lá. Pense muito bem sobre ele. Seja o que for que esteja rolando com você, agora precisa fazer uma mudança. Este é o terceiro aviso sério que eu lhe dou. Pare de ignorar a verdade, Stevie Rae, porque o que você faz não afeta só a você mesma. Está me entendendo?

Stevie Rae respirou fundo.

— Estou entendendo.

— Ótimo. Agora vá — Kramisha se virou para entrar no dormitório.

— Ei, você pode explicar para Aphrodite que eu precisei fazer uma coisa, então eu não vou ajudá-la?

Kramisha olhou por cima do ombro para Stevie Rae.

– *Tá*, mas você me deve um jantar no Red Lobster[28].

– Ok, tudo bem. Eu gosto de lá – Stevie Rae concordou.

– E vou poder pedir o que eu quiser.

– É claro que vai – Stevie Rae resmungou, suspirou de novo e saiu andando em direção às árvores.

---

28 Red Lobster (Lagosta Vermelha, em inglês) é uma rede norte-americana de restaurantes especializados em frutos do mar. (N.T.)

17

Stevie Rae

Stevie Rae não estava totalmente certa sobre o que o poema significava, mas tinha certeza de que Kramisha tinha razão – ela precisava parar de ignorar a verdade e mudar algo. A parte difícil é que ela não tinha certeza de que ainda podia encontrar a verdade, menos ainda de que sabia como mudar as coisas. Ela olhou para o poema. A sua visão noturna era tão boa que nem teve de sair das sombras abaixo dos velhos carvalhos, que emolduravam a lateral do campus que dava para a Utica Street e a rua secundária que levava à entrada da escola.

– Haicai é sempre tão confuso – ela resmungou enquanto relia o poema de três linhas novamente.

Você deve dizer ao seu coração
Que o manto de segredos sufoca
Liberdade: a escolha é dele.

Era sobre Rephaim. E ela. De novo. Stevie Rae estatelou o seu traseiro na base da grande árvore e descansou as costas contra o seu tronco áspero, tirando conforto da sensação de força que o carvalho transpirava. *Eu devo dizer algo ao meu coração, mas o quê? E eu sei que guardar esse segredo está me sufocando, mas não há ninguém para quem eu possa contar sobre Rephaim. A liberdade é escolha dele? Que inferno, é claro que é, mas o papaizinho dele o segura com uma rédea tão curta que ele não consegue ver isso.*

Stevie Rae pensou em como era irônico que um imortal ancestral e seu filho meio pássaro e meio imortal tivessem o que era, basicamente, uma versão clássica da mesma relação abusiva entre pais e filhos, que zilhões de outros garotos que ela conhecia tinham com os seus pais idiotas. Kalona o tratava como escravo e o fazia acreditar em coisas tão ferradas sobre si mesmo há tanto tempo que Rephaim nem podia perceber como isso era errado.

E era tão ruim que ela estivesse na situação em que estava com Rephaim: Carimbada e ligada a ele por uma dívida que ela tinha contraído com o touro negro da Luz.

– Bem, não exatamente só por causa de uma dívida – Stevie Rae sussurrou para si mesma. Ela havia se sentido atraída por ele bem antes disso. – E-eu gosto dele – ela tropeçou nas palavras, apesar de a noite estar silenciosa e de só as árvores estarem presentes para escutá-la. – Eu queria saber se é por causa da nossa Carimbagem, ou porque realmente há algo ou *alguém* dentro dele de que valha a pena gostar.

Ela ficou sentada ali, olhando para as teias de aranha nos galhos acima da sua cabeça, desfolhados pelo inverno. E então, já que ela estava contando tudo para as árvores, acrescentou:

– A verdade é que eu não deveria vê-lo nunca mais.

Só de imaginar Dragon descobrindo que ela havia salvado e se Carimbado com a criatura que tinha matado Anastasia a fez ter vontade de vomitar.

– Talvez a parte do poema que fala de liberdade signifique que, se eu deixar de vê-lo, Rephaim vai escolher ir embora. Talvez a nossa Carimbagem desapareça, se nós ficarmos afastados. – Apenas pensar nisso a fez querer vomitar também. – Eu realmente queria que alguém me dissesse o que fazer – ela disse melancolicamente, apoiando o queixo nas mãos.

Como se fosse uma resposta, a brisa da noite trouxe para ela o som de alguém chorando. Franzindo a testa, Stevie Rae ficou em pé, levantou a cabeça e começou a escutar. Sim, alguém definitivamente estava se acabando de chorar. Na verdade, ela não queria seguir o som. A verdade é que ultimamente ela já havia tido uma cota de choradeira mais do que suficiente por uns tempos, mas o choro era tão sofrido, tão profundamente triste, que ela não podia simplesmente ignorá-lo – isso não seria certo. Então, Stevie Rae deixou o choro guiá-la na direção da pequena rua que terminava no grande portão de ferro negro, que era a entrada principal da escola.

No começo, ela não entendeu o que estava vendo. Sim, ela podia perceber que a pessoa chorando era uma mulher, que estava do lado de fora do portão da Morada da Noite. Quando Stevie Rae chegou mais perto, percebeu que a mulher estava ajoelhada na frente do portão, bem do lado direito dele. Ela havia encostado o que parecia ser uma grande coroa de flores dessas de velório, feita de cravos de plástico cor-de-rosa e coisas verdes, contra o pilar de pedra. Na frente, a mulher tinha acendido uma vela verde. Ainda chorando, ela tirou uma foto da sua bolsa. Foi quando a mulher levou a foto aos lábios para beijá-la que Stevie Rae viu o seu rosto.

– Mamãe!

Ela mal sussurrou a palavra, mas sua mãe levantou a cabeça e seus olhos instantaneamente encontraram Stevie Rae.

– Stevie Rae? Meu bebê?

Ao ouvir o som da voz de sua mãe, o nó que estava se formando no estômago de Stevie Rae de repente se dissolveu e ela correu para o portão. Sem pensar em mais nada além de chegar perto dela, Stevie Rae escalou o muro de pedra facilmente, aterrissando do outro lado.

– Stevie Rae? – ela repetiu, desta vez com um sussurro interrogativo.

Achando impossível falar, Stevie Rae apenas concordou com a cabeça, fazendo com que as lágrimas que haviam começado a se acumular nos seus olhos desabassem e espirrassem para fora do seu rosto.

– Ah, meu bebê, estou tão feliz por poder vê-la de novo mais uma vez. – Sua mãe enxugou seu rosto com o lenço de pano antiquado que ela agarrava em uma mão, fazendo um óbvio esforço para parar de chorar. – Meu amor, você está feliz onde quer que você esteja? – Sem pausa para uma resposta, ela continuou falando, encarando o rosto de Stevie Rae como se tentasse memorizá-lo. – Eu sinto tanto a sua falta. Eu queria ter vindo antes para deixar essa coroa, a vela e esta linda foto sua do nono ano, mas não dava para chegar aqui por causa da tempestade. Depois, quando as estradas foram abertas, eu simplesmente não conseguia vir, porque vir aqui e deixar tudo isso para você seria como colocar um ponto-final. Como se você estivesse realmente *morta* – ela falou a palavra apenas com o movimento da boca, incapaz de pronunciá-la.

– Ah, mamãe! Eu também senti tanta saudade de você! – Stevie Rae se atirou nos braços dela, afundou seu rosto no casaco azul macio da sua mãe e, sentindo o cheiro de casa, chorou convulsivamente.

– Ei, ei, meu amor. Tudo vai ficar bem. Você vai ver – falou, acariciando as costas de Stevie Rae e a abraçando forte.

Finalmente, depois do que pareceram horas, Stevie Rae foi capaz de olhar para a sua mãe. Virginia "Ginny" Johnson sorriu através das lágrimas e beijou a sua filha, primeiro na testa e depois suavemente nos lábios. Então, ela enfiou a mão no bolso do seu casaco e puxou outro lenço, este cuidadosamente dobrado.

– Que bom que eu trouxe mais de um.

– Obrigada, mamãe. Você sempre vem preparada – Stevie Rae abriu um largo sorriso, enxugou seu rosto e assoou o nariz. – Não tem aqueles seus *cookies* de chocolate com você aí, tem?

Sua mãe franziu a sobrancelha.

– Meu amor, como você pode comer?

– Bem, com a minha boca, como eu sempre comi.

– Querida – ela disse, parecendo cada vez mais confusa. – Eu não me importo que você *esteja se comunicando através do mundo espiritual* – Mama Johnson disse a última parte com um tom de voz fantasmagórico e uma tentativa de gestos místicos com as mãos. – Eu só estou realmente feliz que consegui ver minha filha de novo, mas tenho de admitir que levou um segundo para eu me acostumar com a ideia de você ser um fantasma, especialmente um que chora lágrimas de verdade e come. Simplesmente, não faz muito sentido.

– Mamãe, eu não sou um fantasma.

– Você é algum tipo de aparição? Vou falar de novo, querida, isso não importa para mim. Eu ainda amo você. Eu vou vir aqui visitá-la muitas e muitas vezes, se é aqui que você quer aparecer. Só estou perguntando, pois assim eu posso entender.

– Mamãe, eu não estou morta. Bem, não estou mais.

– Meu amor, você teve uma experiência paranormal?

– Mamãe, você não faz ideia.

– E você não está mais morta? Mesmo? – Mama Johnson perguntou.

– Não, e eu realmente não sei por quê. Parece que eu morri mesmo, mas daí eu voltei e agora eu tenho isto – Stevie Rae apontou para as marcas de tatuagens vermelhas de videiras e folhas que emolduravam o seu rosto. – Aparentemente, eu sou a primeira Grande Sacerdotisa Vampira Vermelha da história.

Mama Johnson tinha parado de chorar, mas com a explicação de Stevie Rae lágrimas encheram os olhos dela e correram novamente.

– Não está mais morta... – ele sussurrava entre os soluços. – Não está mais morta...

Stevie Rae se jogou nos braços de sua mãe de novo e a apertou forte.

– Sinto muito que eu não fui contar para você. Eu queria fazer isso. Queria muito, muito mesmo. Só que, bem, eu não era eu mesma logo que desmorri. E depois o inferno começou a correr solto na escola. Eu não podia ir embora e não podia simplesmente ligar para você. Quero dizer, como você liga para a sua mãe e diz: "Ei, não desligue. Sou eu mesma e não estou mais morta". Acho que eu só não sabia o que fazer. Sinto muito – ela repetiu, fechando os olhos e abraçando sua mãe com todas as suas forças.

– Não, não, tudo bem. Está tudo bem. Só o que importa é que você está aqui e que está bem. – A mãe de Stevie Rae afastou-se um pouco para poder examiná-la atentamente enquanto enxugava suas lágrimas. – Está tudo bem com você, não está, querida?

– Eu estou bem, mamãe.

Mama Johnson estendeu o braço e segurou o queixo de Stevie Rae, fazendo sua filha encontrar o seu olhar. Ela balançou a cabeça e, com aquele tom de voz firme e familiar, disse:

– Não é certo mentir para a sua mamãe.

Stevie Rae não sabia o que dizer. Ela encarou a sua mãe enquanto a represa de segredos, mentiras e desejos começava a se romper dentro dela.

Mama Johnson pegou as duas mãos da sua filha e olhou dentro dos seus olhos.

– Eu estou aqui. Eu amo você. Conte-me, meu amor – disse com carinho.

– É ruim – Stevie Rae começou. – É muito ruim mesmo.

A voz de sua mãe estava cheia de amor e afeto.

– Querida, nada é tão ruim como você estar morta.

Foi isso o que fez Stevie Rae se decidir: o amor incondicional de sua mãe. Ela respirou profundamente e, quando soltou o ar, deixou as palavras saírem junto:

– Eu me Carimbei com um monstro, mamãe. Uma criatura que é metade humana e metade pássaro. Ele já fez coisas más. Muito más mesmo. Ele até já matou pessoas.

A expressão de Mama Johnson não se alterou, mas ela apertou com mais força as mãos de Stevie Rae.

– Essa criatura está aqui? Em Tulsa?

Stevie Rae concordou com a cabeça.

– Mas ele está se escondendo. Ninguém na Morada da Noite sabe sobre nós dois.

– Nem mesmo Zoey?

– Não, principalmente Zoey. Ela surtaria. Droga, mamãe, qualquer um que soubesse iria surtar. Eu sei que vou acabar sendo descoberta. Isso deve acontecer, e eu não sei o que fazer. Isso é tão terrível. Todo mundo vai me odiar. Ninguém vai entender.

– Nem *todo mundo* vai odiar você, meu amor. Eu não odeio você.

Stevie Rae suspirou e então sorriu.

– Mas você é minha mãe. É o seu papel me amar.

– É o papel dos amigos amar você também, se eles são amigos de verdade – Mama Johnson fez uma pausa e então perguntou devagar: – Querida, essa criatura está se aproveitando de você? Quero dizer, eu não sei muito sobre essas coisas de vampiros, mas todo mundo sabe que se Carimbar com um vampiro é um assunto sério. Ele de algum modo a obrigou a fazer isso com ele? Se foi isso o que aconteceu, nós podemos ir até a escola. Eles vão ter de entender e devem ter um jeito de ajudá-la a se livrar dele.

– Não, mamãe. Eu me Carimbei com Rephaim porque ele salvou a minha vida.

– Ele trouxe você de volta dos mortos?

Stevie Rae balançou a cabeça.

– Não, eu não sei bem como eu desmorri, mas tem alguma coisa a ver com Neferet.

– Então, eu devo agradecer a ela, meu amor. Talvez eu...

– Não, mamãe! Você precisa ficar longe da escola e longe de Neferet. Seja o que for que ela tenha feito, não fez porque é uma boa pessoa. Ela finge ser, mas é o contrário.

– E essa criatura que você chama de Rephaim?

– Ele está do lado das Trevas há muito tempo. O pai dele é realmente do mal e confundiu a cabeça dele.

– Mas ele salvou a sua vida? – Mama Johnson perguntou.

– Duas vezes, mamãe, e ele me salvaria de novo. Eu sei que ele me salvaria.

– Querida, pense bem antes de me responder duas perguntas.

– Ok, mamãe.

– Primeiro, você vê o bem dentro dele?

– Sim – Stevie Rae respondeu sem hesitar. – Eu realmente vejo.

– Segundo, ele seria capaz de machucá-la? Você está segura com ele?

– Mamãe, ele encarou um monstro mais terrível do que eu posso descrever para me salvar e, quando fez isso, o monstro se voltou contra ele e o machucou. Muito mesmo. Ele fez isso para que eu não me ferisse. Eu honestamente acho que ele preferiria morrer a me machucar.

— Então, aí vai a verdade do meu coração para o seu: eu não consigo nem imaginar como ele pode ser uma mistura de homem e pássaro, mas vou deixar essa loucura de lado porque ele a salvou e você está ligada a ele. O que quero dizer, meu amor, é que, na hora em que ele precisar escolher entre as coisas ruins do passado dele e um futuro diferente com você, se ele for forte o bastante, vai escolher você.

— Mas os meus amigos não vão aceitá-lo e, pior ainda, os vampiros vão tentar matá-lo.

— Meu amor, se o seu Rephaim fez as coisas más que você disse que fez, e eu acredito em você, e ele vai precisar enfrentar algumas consequências. Isso cabe a ele, não a você. Lembre-se sempre disto: as únicas ações que você pode controlar são as suas próprias. Você faz o que é o certo, querida. Você sempre foi boa nisso. Proteja a si mesma. Defenda aquilo em que você acredita. E isso é tudo o que você pode fazer. E, se Rephaim ficar ao seu lado, pode se surpreender com o que vai acontecer.

Stevie Rae sentiu seus olhos se encherem de lágrimas de novo.

— Rephaim disse que eu tinha de ir ver você. Ele nunca conheceu a mãe dele. Ela foi estuprada pelo pai dele e morreu quando ele nasceu. Mas Rephaim me disse, não faz muito tempo, que eu tinha de encontrar um jeito de ir ver você.

— Querida, um monstro não diria isso.

— Ele não é humano, mamãe – Stevie Rae estava agarrando as mãos de sua mãe com tanta força que os seus dedos já estavam adormecidos, mas ela não podia soltá-las. Ela não queria soltá-las nunca mais.

— Stevie Rae, você não é humana também, não é mais, e isso não faz a mínima diferença para mim. Esse garoto Rephaim salvou a sua vida. Duas vezes. Então, eu realmente não me importo se ele é parte rinoceronte e tem um chifre saindo da testa. Ele salvou a minha menina; diga a ele na próxima vez que o encontrar que eu mandei um grande abraço para ele por isso.

Uma risadinha escapou da boca de Stevie Rae ao imaginar a sua mãe abraçando Rephaim.

– Vou dizer.

O rosto de Mama Johnson se endureceu quando ela fez a sua expressão de séria.

– Você sabe, quanto mais cedo você contar a verdade sobre ele para todo mundo, melhor. Certo?

– Eu sei. Vou tentar. É que tem um monte de coisas rolando agora e não é uma boa hora para despejar isso em cima de todo mundo.

– Sempre é boa hora para contar a verdade – Mama Johnson afirmou.

– Ai, mamãe, eu não sei como consegui me meter nessa confusão.

– É claro que você sabe, meu amor. Eu nem estava lá e posso dizer que alguma coisa nessa criatura a tocou lá no fundo, e isso pode acabar significando a redenção dele.

– Só se ele for forte o bastante – disse Stevie Rae. – E eu não sei se ele é. Pelo que sei, ele nunca enfrentou o pai antes.

– O pai dele aprovaria vocês dois juntos?

Stevie Rae deu risada.

– De jeito nenhum.

– Mas ele salvou a sua vida duas vezes e se Carimbou com você. Querida, para mim isso quer dizer que agora ele está enfrentando o pai, pelo menos por enquanto.

– Não, ele fez tudo isso quando o pai estava, bem, vamos dizer que ele estava fora do país. Agora ele voltou, e Rephaim está fazendo de novo tudo o que ele quer.

– Sério? Como você sabe disso?

– Ele me disse hoje quando... – Stevie Rae parou de falar e arregalou os olhos.

Sua mãe sorriu e balançou a cabeça afirmativamente.

– Viu?

– *Aiminhadeusa*, você pode estar certa!

– É claro que eu estou certa. Sou sua mãe.

– Eu te amo, mamãe – disse Stevie Rae.

– E eu também te amo, meu bebê.

18

Rephaim

– Eu não posso acreditar que você vai fazer isso – Kalona disse, andando de um lado para o outro pela varanda, na cobertura do edifício Mayo.

– Vou fazer isso porque é necessário, é a hora e a coisa certa a fazer! – A voz de Neferet foi crescendo de modo cadenciado, como se ela estivesse explodindo de dentro para fora.

– A coisa *certa* a fazer! Como se você fosse uma criatura da Luz? – Rephaim não conseguiu segurar as palavras nem fazer com que a sua voz não soasse incrédula.

Neferet se voltou contra ele. Ela levantou a sua mão. Rephaim podia ver filamentos de poder vibrando no ar em volta dela, sendo absorvidos e formigando debaixo da pele dela. A visão fez o estômago dele se contrair, quando se lembrou do terrível toque daqueles filamentos de Trevas. Automaticamente, ele deu um passo para trás.

– Você está me questionando, criatura-pássaro? – Neferet parecia estar se preparando para arremessar as Trevas nele.

– Rephaim não a questiona, assim como eu também não. – O seu pai chegou mais perto de Neferet, colocando-se entre a Tsi Sgili e ele. Então, ele continuou a falar com a voz calma da autoridade: – Nós estamos simplesmente surpresos.

– É o que Zoey e seus aliados menos esperam que eu faça. Então, mesmo que isso me deixe enojada, eu vou me rebaixar. Temporariamente. Fazendo isso, eu deixo Zoey impotente. Se mesmo assim ela espalhar intrigas contra mim, vai revelar a criança petulante que ela realmente é.

– Eu pensei que você preferisse destruí-la a humilhá-la – disse Rephaim.

Neferet olhou com desprezo para ele e falou como se fosse um completo idiota.

– É óbvio que tenho capacidade para matá-la hoje à noite, mas, independentemente de como eu orquestrasse isso, ficaria comprometida. Até aquelas velhas caducas do Conselho Supremo se sentiriam obrigadas a vir aqui me vigiar e interferir nos meus planos. Não, eu não estou pronta para isso e, até estar, quero Zoey Redbird de boca fechada e colocada no seu lugar. Ela é uma mera novata e vai ser tratada assim de agora em diante. E, enquanto eu estiver cuidando de Zoey, vou também reexaminar o seu pequeno grupo de amigos, especialmente aquela que se chama de a primeira Grande Sacerdotisa vermelha. – Neferet riu com escárnio. – Stevie Rae? Uma Grande Sacerdotisa? Eu pretendo revelar o que ela realmente é.

– E o que ela é? – Rephaim precisou perguntar, procurando manter a voz equilibrada e com a expressão mais vazia que ele conseguia fazer.

– Ela é uma vampira que conheceu e abraçou as Trevas.

– Mas no final ela escolheu a Luz – Rephaim respondeu e, quando os olhos de Neferet se estreitaram, ele percebeu que havia falado rápido demais.

– Porém, o fato de as Trevas a terem tocado faz com que ela tenha se modificado para sempre – Kalona afirmou.

Neferet sorriu docemente para Kalona.

– Você está totalmente certo, meu Consorte.

– O conhecimento sobre o toque das Trevas não poderia ter um efeito fortalecedor na Vermelha? – Rephaim não conseguia parar de perguntar.

– É claro que sim. A Vermelha é uma vampira poderosa, apesar de jovem e inexperiente, e exatamente por isso ela pode ter um excelente uso para nós – Kalona respondeu.

– Eu acredito que há muito mais sobre Stevie Rae do que o que ela tem mostrado para os seus amiguinhos. Eu a vi quando ela estava nas Trevas. Ela se deleitou nelas – disse Neferet. – Nós precisamos observá-la e ver o que há por baixo daquela aparência *inocente e radiante* – Neferet pronunciou as palavras sarcasticamente.

– Se *asssssssssim* deseja – Rephaim concordou e ficou aborrecido com o fato de a raiva que Neferet despertava nele tê-lo feito sibilar como um animal.

Neferet o encarou.

– Eu sinto algo diferente em você.

Rephaim se forçou a continuar sustentando o seu olhar de modo imperturbável.

– Durante a ausência de meu Pai, eu estive mais perto da morte e das Trevas do que jamais estive em toda a minha longa vida. Se você sente algo diferente em mim, talvez seja por isso.

– Talvez – Neferet falou devagar. – E talvez não. Por que será que eu suspeito que você não ficou totalmente feliz de seu pai e eu termos voltado para Tulsa?

Rephaim se manteve totalmente imóvel, para que a Tsi Sgili não visse o ódio e a raiva que estavam inundando o seu sangue.

– Eu sou o filho favorito de meu Pai. Como sempre, eu fico ao lado dele. Os dias em que ele esteve ausente foram os mais sombrios da minha vida.

– Sério? Que terrível para você – Neferet disse sarcasticamente. Então, ela se virou com indiferença e encarou Kalona. – As palavras do seu filho favorito me lembram de uma coisa... Onde está o resto das criaturas que você chama de filhos? Com certeza um punhado de novatos e freiras não ia conseguir matar todos eles.

Kalona cerrou o maxilar e seus olhos cor de âmbar se inflamaram. Percebendo que o seu pai estava lutando para controlar sua raiva, Rephaim respondeu rapidamente:

– Eu tenho irmãos que sobreviveram. Eu os vi fugindo, quando você e meu Pai foram banidos.

Neferet franziu os olhos.

– Eu não estou mais *banida*.

Não está mais, Rephaim pensou, sustentando o olhar dela sem nem piscar, *mas um punhado de novatos e freiras conseguiu fazer isso uma vez*.

Novamente, Kalona atraiu a atenção dela.

– Os outros não são como Rephaim. Eles precisam de ajuda para se esconder na cidade sem ser detectados. Eles devem ter encontrado lugares seguros para se aninhar longe da civilização.

Quando ele falou, a sua raiva apenas borbulhou abaixo da superfície das suas palavras e não transbordou em ebulição. Rephaim pensou em como Neferet tinha ficado cega. Ela realmente acreditava ser tão poderosa que poderia atormentar sem cessar um imortal ancestral, sem pagar pelas consequências da vingança dele?

– Bem, nós estamos de volta. Eles deveriam estar aqui. Eles são aberrações da natureza, mas realmente podem ser úteis. Durante as horas da luz do dia, podem ficar aqui, bem longe dos meus aposentos de dormir, é claro – disse e fez um aceno em direção à suíte suntuosa da cobertura. – À noite, eles podem espreitar por aí e aguardar as minhas ordens.

– Você quer dizer as *minhas* ordens – Kalona não tinha elevado o tom de voz, mas o poder que ressoou através dela deixou os pelos do braço de Rephaim arrepiados. – Meus filhos só obedecem a mim. Eles estão ligados a mim pelo sangue, pela magia e pelo tempo. Eu os controlo sozinho.

– Então eu suponho que você possa controlá-los para que fiquem aqui?

– Sim.

– Bem, convoque-os ou faça com que Rephaim os traga ou os arrebanhe de qualquer outro modo. Eu não posso tomar conta de tudo.

– Se assim deseja – Kalona disse, ecoando a afirmação anterior de Rephaim.

– Agora eu vou me rebaixar diante de uma escola cheia de seres inferiores, porque você não impediu Zoey Redbird de retornar a este mundo. – Os olhos dela pareciam gelo verde. – E é por isso que *você* agora obedece apenas a *mim*. Esteja aqui quando eu voltar.

Neferet saiu da varanda. Seu longo manto quase ficou preso na porta que ela bateu ao sair, mas no último momento ele se ondulou e deslizou rapidamente para perto do corpo da Tsi Sgili, enrolando-se nos tornozelos dela como uma poça pegajosa de piche.

Rephaim encarou o seu pai, o imortal ancestral que ele servia fielmente há séculos.

– Como você pode permitir que ela fale com você desse jeito? Que ela o trate assim? Ela chamou meus irmãos de aberrações da natureza, mas é ela o verdadeiro monstro!

Rephaim sabia que não deveria falar com o seu pai assim, mas ele não conseguia evitar. Era insuportável ver o orgulhoso e poderoso Kalona ser tratado como um criado.

Quando Kalona se aproximou, Rephaim se preparou para o que com certeza estava por vir. Ele já tinha visto o seu pai descarregar a raiva antes – ele sabia o que esperar. Kalona desfraldou suas grandes asas e seu vulto cresceu sobre seu filho, mas a explosão que Rephaim aguardava não aconteceu. Em vez disso, quando ele encontrou o olhar de seu pai, viu desespero e não raiva.

Parecendo um deus caído, Kalona disse:

– Você também, não. Eu esperava o desrespeito e a deslealdade dela; ela traiu uma Deusa para me libertar. Mas você, eu nunca imaginei que você fosse se voltar contra mim.

– Pai! Eu não me voltei contra você! – Rephaim disse, afastando de sua mente todos os pensamentos sobre Stevie Rae. – Eu simplesmente não suporto o modo como ela o trata.

– É por isso que eu preciso encontrar um jeito de quebrar aquele maldito Juramento. – Kalona emitiu um som de frustração e caminhou sobre o corrimão do parapeito de pedra, encarando a noite. – Se ao menos Nyx tivesse ficado de fora da batalha com Stark. Então ele teria continuado morto. E eu tenho certeza de que Zoey nunca teria encontrado forças para voltar a este mundo e para o corpo dela, não com dois dos seus amantes mortos.

Rephaim seguiu o seu pai até o parapeito.

– Morto? Você matou Stark no Mundo do Além?

Kalona bufou.

– É claro que eu matei aquele garoto. Eu e ele lutamos. Ele nunca poderia ter me derrotado, apesar de ter realmente se tornado um Guardião e de empunhar a *claymore* do grande Guardião.

– Nyx fez Stark ressuscitar? – Rephaim perguntou, incrédulo. – Mas a Deusa não interfere nas escolhas humanas. Foi uma *escolha* de Stark defender Zoey contra você.

– Nyx não fez Stark ressuscitar. Eu fiz.

Rephaim piscou os olhos, chocado.

– Você?

Kalona concordou e continuou encarando o céu da noite, sem encontrar o olhar de seu filho, enquanto falava com uma voz cansada, como se tivesse de fazer força para cada palavra sair da sua garganta.

– Eu matei Stark. Achava que Zoey ia fugir e permanecer no Mundo do Além junto com as almas do seu guerreiro e do seu companheiro. Ou talvez que o espírito dela fosse se despedaçar para sempre e ela ficaria vagando como *Caoinic Shi'*, um ser que jamais descansa. – Kalona fez uma pausa e então acrescentou: – Apesar de eu não desejar esse final para ela. Não a odeio como eu odeio Neferet.

Rephaim achou que parecia mais que seu pai estava falando alto para si mesmo do que conversando com ele. Então, quando Kalona ficou em silêncio, ele também permaneceu em silêncio pacientemente, sem querer interrompê-lo, esperando que ele continuasse.

– Zoey é mais forte do que eu imaginava – Kalona continuou falando para a noite. – Em vez de fugir ou de se despedaçar, ela atacou – o imortal alado riu ao se lembrar. – Ela me atravessou com a minha própria lança e ordenou que eu devolvesse a vida de Stark, para compensar a dívida de vida que eu tinha por ter matado aquele garoto dela. Eu me recusei, é claro.

Sem conseguir ficar em silêncio, Rephaim deixou escapar:

– Mas dívidas de vida são coisas poderosas, pai.

– É verdade, mas eu sou um imortal poderoso. Consequências que regem os mortais não se aplicam a mim.

Os pensamentos de Rephaim, como um vento frio, sopraram na sua mente: *Talvez ele esteja errado. Talvez o que está acontecendo ao meu Pai seja parte das consequências de ele se considerar poderoso demais para ter que pagar.* Mas Rephaim sabia muito bem que não deveria corrigir Kalona, então ele simplesmente continuou:

– Você se recusou a obedecer Zoey, e o que aconteceu?

– Nyx – Kalona disse amargamente. – Eu podia me recusar a obedecer a uma Grande Sacerdotisa infantil. Eu não podia me recusar a obedecer à Deusa. Eu soprei uma centelha da minha imortalidade dentro de Stark. Ele sobreviveu. Zoey voltou para o seu corpo e conseguiu resgatar o seu guerreiro do Mundo do Além também. E eu estou sob o controle de uma Tsi Sgili que eu acredito estar totalmente louca. – Kalona olhou para Rephaim. – Se eu não me libertar desta escravidão, ela pode me levar à loucura também. Ela tem uma conexão com as Trevas que não senti em séculos. É tão poderosa quanto sedutora e perigosa.

– Você deveria matar Zoey – Rephaim disse as palavras devagar, com hesitação, odiando a si mesmo por cada sílaba, pois sabia a dor que a morte de Zoey provocaria em Stevie Rae.

– Eu já refleti sobre isso, é claro – quando Kalona fez uma pausa, Rephaim prendeu a respiração. – E cheguei à conclusão de que, se eu matasse Zoey Redbird, seria uma afronta aberta a Nyx. Eu não sirvo a Deusa há muitos séculos. Eu tenho feito coisas que ela veria como... – Kalona fez outra pausa, desta vez lutando com as palavras – imperdoáveis. Mas eu nunca tirei a vida de nenhuma Sacerdotisa a serviço dela.

– Você teme Nyx? – Rephaim perguntou.

– Só um tolo não teme uma Deusa. Até Neferet evita a fúria de Nyx ao não matar Zoey, apesar de Tsi Sgili não admitir isso para si mesma.

– Neferet está tão presunçosa em meio às Trevas que não pensa mais racionalmente – Rephaim observou.

– É verdade, mas só porque ela está irracional não significa que não seja inteligente. Por exemplo, eu acredito que ela pode estar certa sobre a Vermelha. Ela pode ser útil para nós ou até ser desviada do caminho que ela escolheu – Kalona deu de ombros. – Ou pode continuar ao lado de Zoey e ser destruída quando Neferet se voltar contra ela.

– Pai, eu não acredito que Stevie Rae simplesmente está ao lado de Zoey. Acho que ela está ao lado de Nyx também. Não seria lógico supor que a primeira Grande Sacerdotisa vermelha de Nyx seja especial para a Deusa, e, portanto, deveria permanecer intocada como Zoey?

– Eu vejo sentido nas suas palavras, meu filho – Kalona concordou com a cabeça formalmente. – Se ela não se desviar do caminho da Deusa, eu não vou ferir a Vermelha. Em vez de mim, é Neferet quem vai atrair a ira de Nyx, se ela destruir Stevie Rae.

Rephaim manteve um firme controle sobre a sua voz e a sua expressão.

– É uma decisão sábia, meu Pai.

– É claro que há outros meios de atrapalhar uma Grande Sacerdotisa sem a matar.

– O que você pretende fazer para atrapalhar a Vermelha? – Rephaim perguntou.

– Eu não planejo fazer nada contra a Vermelha até Neferet conseguir coagi-la a se desviar do seu caminho. Depois disso, vou controlar os poderes dela ou deixar que Neferet a destrua. – Kalona se desviou da pergunta. – Eu estava pensando em Zoey. Se ela puder ser persuadida a se voltar contra Neferet publicamente, a Tsi Sgili vai ficar completamente distraída. Então, eu e você podemos nos concentrar em quebrar o meu vínculo com ela.

– Mas, como Neferet disse, depois de hoje à noite, se Zoey se colocar contra Neferet, vai ser repreendida e desacreditada. Zoey é inteligente o bastante para saber disso. Ela não vai bater de frente com Neferet publicamente.

Kalona sorriu.

– Ah, mas e se o seu guerreiro, o seu Guardião, a pessoa neste planeta em quem ela mais confia, começar a sussurrar no seu ouvido que ela não deve permitir que Neferet escape das consequências dos seus feitos malignos? Que ela precisa desempenhar o seu papel como Grande Sacerdotisa, não importa o que aconteça, e enfrentar Neferet?

— Stark não faria isso.

O sorriso de Kalona se alargou.

— O meu espírito pode entrar no corpo de Stark.

Rephaim quase perdeu a respiração.

— Como?

Ainda sorrindo, Kalona encolheu seus ombros largos.

— Não sei. Eu nunca tinha experimentado isso antes.

— Então, isso é mais do que entrar no Reino dos Sonhos e encontrar com um espírito que está dormindo?

— Muito mais. Stark estava completamente acordado, e segui uma conexão que eu acreditava que me levaria até A-ya no Reino dos Sonhos, se Zoey estivesse dormindo. A conexão me levou até Stark, para dentro de Stark. Acho que ele sentiu alguma coisa, mas acredito que não saiba que era eu. — Kalona inclinou a cabeça, pensativamente. — Talvez a minha capacidade de misturar o meu espírito com o dele seja resultado da centelha de imortalidade que eu soprei dentro dele.

... *Imortalidade que eu soprei dentro dele.* As palavras de seu pai giraram feito um redemoinho dentro da mente de Rephaim. Alguma coisa estava lá — algo que os dois estavam deixando escapar.

— Você nunca compartilhou a sua imortalidade com outro ser antes?

O sorriso de Kalona desapareceu.

— É claro que não. A minha imortalidade não é um poder que eu desejaria compartilhar com alguém por vontade própria.

E, de repente, o que estava escapando pelas beiradas dos pensamentos de Rephaim explodiu em um clarão de entendimento. Não era de espantar que Kalona parecesse diferente desde que tinha voltado do Mundo do Além. Tudo fazia sentido agora.

— Pai! Quais foram as palavras exatas do Juramento que você fez a Neferet?

Kalona franziu a testa para o seu filho, mas repetiu o Juramento:

– Se eu falhar em minha missão selada por Juramento de destruir Zoey Redbird, Grande Sacerdotisa Novata de Nyx, Neferet terá o domínio sobre o meu espírito enquanto eu for imortal.

A excitação percorreu o corpo de Rephaim.

– E como você sabe que Neferet realmente tem domínio sobre o seu espírito?

– Eu não destruí Zoey; ela deve ter domínio sobre mim.

– Não, Pai. Se você compartilhou a sua imortalidade com Stark, não é mais completamente imortal, assim como Stark não é mais completamente mortal. As condições do Juramento não existem mais, nem nunca existiram. Você não está preso a Neferet de verdade.

– Eu não estou preso a Neferet de verdade? – A expressão de Kalona passou do descrédito para o choque e depois finalmente para a alegria.

– Eu acredito que você não está – Rephaim respondeu.

– Só há um jeito de ter certeza – disse Kalona.

Rephaim concordou.

– Você precisa desobedecê-la abertamente.

– Isso, meu filho, vai ser um prazer.

Enquanto observava seu pai abrir os braços e gritar alegremente para o céu, Rephaim pensava que nesta noite tudo mudaria e que, não importava o que acontecesse, ele precisava descobrir um jeito de deixar Stevie Rae a salvo.

19

Zoey

– Você parece realmente cansado – disse e acariciei o rosto de Stark como se eu pudesse eliminar as olheiras escuras dos seus olhos. – Achei que você tinha dormido na maior parte do voo.

Stark beijou a palma da minha mão e fez o que parecia ser uma tentativa daquele seu sorriso metidinho, que falhou miseravelmente.

– Eu estou legal. É só o *jet lag*[29].

– Como você já pode estar com *jet lag* se ainda nem abriram a porta do avião? – Eu apontei meu queixo na direção do vampiro comissário de voo que estava ocupado fazendo aquelas coisas que eles fazem antes de abrir a porta de um avião, após a aterrissagem. Houve um som forte de ventania e a luz do cinto de segurança fez um barulho irritante de *tlim-tlim*.

– Olha lá, a porta já está aberta. Agora eu posso ter *jet lag* – Stark disse enquanto desafivelava o seu cinto de segurança.

Sabendo que ele estava cheio de porcarias na cabeça, eu segurei o seu pulso e fiz com que ele permanecesse sentado.

– Você sabe que eu percebo quando alguma coisa está errada.

Stark suspirou.

---

[29] *Jet lag* é a sensação de desconforto após longas viagens de avião, provocada pela diferença de fuso horário. Os sintomas mais comuns são cansaço, insônia, falta de atenção e irritabilidade, entre outros. (N.T.)

— Eu só andei tendo sonhos ruins de novo, só isso. E quando eu acordo não consigo nem me lembrar deles de verdade. De algum modo, isso parece a pior parte. Provavelmente, é um efeito colateral por eu ter estado no Mundo do Além.

— Ótimo. Você tem TEPT. Eu sabia. Ei, acho que me lembro de ter lido em algum dos jornais internos da Morada da Noite que Dragon é um dos conselheiros da escola. Talvez você devesse procurá-lo e...

— Não! — Stark me interrompeu e depois beijou o meu nariz quando eu franzi a testa para ele. — Pare de se preocupar. Eu estou bem. Não preciso conversar com Dragon sobre meus pesadelos. Além disso, eu não sei que droga é esse tal de TEPT, mas soa bastante como DST[30], então parece algo meio suspeito.

Não consegui evitar e comecei a rir.

— Algo meio suspeito? Parece Seoras falando.

— *Aye*, mulher, então você deveria me obedecer! Tire o seu traseiro da sua cadeira.

Fiz um olhar zangado para ele e balancei a cabeça.

— Não-me-chame-de-mulher. Além disso, é assustador como você consegue imitar tão bem esse sotaque. — Mas ele tinha razão sobre sair daquele avião idiota, então eu fiquei em pé e esperei que ele pegasse a minha bagagem de mão. Quando nós estávamos na rampa de saída do avião, eu acrescentei: — Ah, e TEPT significa transtorno de estresse pós-traumático.

— Como você sabe disso?

— Procurei os seus sintomas no Google e encontrei isso.

— Você fez o quê? — ele falou tão alto que uma mulher vestindo um suéter enfeitado com apliques olhou feio para nós.

— Sssh! — Eu entrelacei o meu braço ao dele para que pudéssemos conversar sem ninguém olhando com cara de bobo. — Olha só, você tem agido de um jeito estranho: sempre cansado, distraído, amuado

---

30 DST é a sigla para doença sexualmente transmissível. (N.T.)

e esquecendo coisas. Eu dei uma busca Google. Apareceu TEPT. Você provavelmente precisa se consultar com alguém.

Ele deu aquele seu olhar que queria dizer você-é-uma-mulher-louca.

– Z., eu amo você. Eu vou protegê-la e estar ao seu lado pelo resto da minha vida. Mas você precisa parar de pesquisar essas coisas sobre saúde no Google. Especialmente coisas relacionadas à minha saúde.

– Eu só gosto de estar bem informada.

– Você gosta de se apavorar pesquisando coisas bizarras sobre saúde no Google.

– E daí?

Ele abriu o sorriso para mim e desta vez realmente pareceu metidinho e fofo.

– E daí que você admite isso.

– Não necessariamente – eu respondi, dando uma cotovelada nele.

E não consegui dizer mais nada porque naquele momento eu fui envolvida no que parecia ser um minitornado de Oklahoma.

– Zoey! *Aiminhadeusa*, é tão bom ver você! Eu quase fiquei louca de tanta saudade! Você está bem? É terrível o que aconteceu com Jack, não é? – Stevie Rae estava me abraçando, chorando e falando, tudo ao mesmo tempo.

– Ah, Stevie Rae, eu também senti tanta saudade! – E então eu estava chorando junto com ela, e nós apenas ficamos lá nos abraçando forte, como se o toque pudesse de algum modo fazer tudo o que era louco e errado no nosso mundo ficar melhor.

Por cima do ombro de Stevie Rae, eu vi Stark parado, sorrindo para nós. Ele estava pegando a pequena embalagem de viagem de Kleenex, que ele guardava no bolso da sua calça jeans desde que tinha voltado do Mundo do Além, e eu pensei que talvez, apenas talvez, o toque e o amor pudessem fazer *quase* tudo ficar melhor no nosso mundo.

– Vamos lá – disse para Stevie Rae, quando pegamos os lenços que Stark nos ofereceu. Nós três atravessamos de braços dados a gigante porta giratória que nos cuspiu para fora, em uma fria noite de Tulsa. – Vamos para casa e no caminho você pode me contar sobre a pilha gigante e fedida de porcaria que está esperando por mim.

– Olha o linguajar, *u-we-tsi-a-ge-ya*.

– Vovó! – Eu me soltei de Stevie Rae e Stark e corri para os braços dela. Eu a abracei com força, deixando o amor e o perfume calmante de lavanda dela me envolverem. – Ah, vovó, eu estou tão feliz por você estar aqui!

– *U-we-tsi-a-ge-ya*, filha, deixe-me olhar para o seu rosto. – Vovó me segurou à distância dos seus braços, com as mãos nos meus ombros, enquanto ela examinava o meu rosto. – É verdade; você está bem e inteira de novo – disse, fechou os olhos e apertou meus ombros, murmurando: – Obrigada à Grande Mãe por isso.

E então nós estávamos nos abraçando e rindo ao mesmo tempo.

– Como você sabia que eu estaria aqui? – eu perguntei quando finalmente consegui parar de abraçá-la.

– Foi aquele seu sexto sentido superlegal, igual ao do Homem-Aranha? – Stevie Rae falou, enquanto dava um passo para abraçar e cumprimentar vovó.

– Não – ela disse, desviando a sua atenção de Stevie Rae e se voltando para Stark. – Algo muito mais mundano... – Ela sorriu de modo angelical. – Ou eu deveria dizer *alguém* muito mais mundano? Se bem que eu acho que *mundano* não é uma palavra adequada para se referir a este valente guerreiro.

– Stark? Você ligou para a minha vó?

Ele disparou o seu sorriso metidinho para mim e disse:

– Bem, eu gosto de ter uma desculpa para ligar para outra linda mulher chamada Redbird.

– Venha cá, seu rapazinho encantador – vovó disse.

Eu balancei a cabeça enquanto Stark abraçava vovó cuidadosamente, como se ele tivesse medo de ela quebrar ou não. *Ele ligou para a minha vó e lhe disse quando o nosso avião ia chegar.* Os olhos de Stark encontraram os meus por cima dos ombros da minha avó. *Obrigada,* falei em silêncio para ele, apenas mexendo os lábios. O sorriso dele se abriu ainda mais.

Então, vovó estava ali ao meu lado de novo, segurando minha mão.

– Ei, por que Stevie Rae e eu não vamos pegar o carro enquanto você e a sua avó conversam?

Eu mal tive tempo de concordar com a cabeça e os dois se foram, deixando eu e vovó em um banco que estava convenientemente ali perto. Nós ficamos sentadas por um segundo sem falar nada, apenas olhando uma para a outra, de mãos dadas. Eu não percebi que estava chorando até vovó delicadamente enxugar as lágrimas do meu rosto.

– Eu sabia que você ia voltar para nós – disse.

– Eu sinto muito por ter deixado você preocupada. Desculpe por eu não...

– Ssh – vovó me silenciou. – Não é preciso se desculpar. Você fez o seu melhor, e o seu melhor é sempre bom o bastante para mim.

– Eu fui fraca, vovó. Eu ainda sou fraca – falei honestamente.

– Não, *u-we-tsi-a-ge-ya*, você é jovem, só isso. – Ela tocou o meu rosto com delicadeza. – Sinto muito pelo seu Heath. Vou sentir saudade daquele jovenzinho.

– Eu também vou – respondi, piscando com força para não começar a chorar novamente.

– Mas eu sinto que vocês dois vão se encontrar de novo. Talvez nesta vida, talvez na próxima.

Eu concordei.

– Foi o que Heath disse também, antes de seguir para o próximo reino do Mundo do Além.

O sorriso de vovó era sereno.

– O Mundo do Além... Eu sei que foi diante de circunstâncias muito sofridas, mas você recebeu uma grande dádiva por ter tido a permissão de ir para lá e voltar.

As palavras dela me fizeram pensar – pensar de verdade. Quando voltei para o mundo real, no começo, eu tinha ficado cansada, triste e confusa, até que finalmente com Stark eu me senti contente e apaixonada.

— Mas eu não fiquei agradecida — falei as palavras em voz alta quando percebi o que sentia. — Eu não tinha entendido a dádiva que recebi. — Senti vontade de dar um tapa na minha própria cabeça. — Sou uma péssima Grande Sacerdotisa, vovó.

Vovó deu uma gargalhada.

— Ah, Zoey Passarinha, se isso fosse verdade, você não se questionaria ou se repreenderia pelos seus erros.

Eu bufei.

— Eu acho que Grandes Sacerdotisas não devem cometer erros.

— É claro que elas cometem. De que outro modo elas aprenderiam e cresceriam?

Eu ia começar a dizer que já tinha cometido tantos erros que deveria ter crescido um zilhão de metros de altura, mas sabia que não era isso o que vovó queria dizer. Então, suspirei e falei:

— Eu tenho um bocado de falhas.

— É uma mulher sábia quem reconhece isso. — A tristeza fez o sorriso dela murchar. — Essa é uma diferença essencial entre você e sua mãe.

— Minha mãe — suspirei de novo. — Andei pensando nela ultimamente.

— Eu também. Linda esteve na minha mente durante os últimos dias.

Levantei minhas sobrancelhas para vovó. Geralmente, quando alguém estava "na mente" dela, significava que alguma coisa estava rolando com aquela pessoa.

— Você tem notícias dela?

— Não, mas acredito que em breve vou ter. Mande pensamentos positivos para ela, *u-we-tsi-a-ge-ya*.

— Vou mandar — eu disse.

Então o meu Fusca roncou ali perto, parecendo familiar e fofo com a sua pintura azul lustrosa e seus cromados reluzentes.

— É melhor voltar para a sua escola, Zoey Passarinha. Você vai ser necessária lá hoje à noite — vovó falou com o seu jeito prático de avó.

Nós ficamos em pé e nos abraçamos de novo. Tive de fazer um esforço para soltá-la.

– Você vai ficar em Tulsa hoje à noite, vovó?

– Ah, não, meu bem. Tenho muito a fazer. Vai haver um grande *powwow*[31] em Tahlequah amanhã e eu fiz adoráveis sachês de lavanda – disse, sorrindo para mim. – Eu bordei *redbirds*[32] neles.

Eu abri um sorriso para ela e a abracei mais uma vez.

– Guarde um para mim, ok?

– É claro – ela respondeu. – Eu te amo, *u-we-tsi-a-ge-ya*.

– Eu também te amo – eu falei.

E então eu observei Stark saltar do Fusca e pegar o braço de vovó, ajudando-a a atravessar a movimentada rua entre o terminal de chegada do aeroporto e o estacionamento. Ele correu de volta para mim, desviando dos carros. Quando abriu a porta do carro para mim, fiz uma pausa, coloquei a minha mão no peito dele e puxei a camiseta até que ele se inclinasse para que eu pudesse beijá-lo.

– Você é o melhor guerreiro do mundo – sussurrei contra os seus lábios.

– *Aye* – ele disse, com os olhos faiscando.

Quando eu me espremi no banco traseiro do meu Fusca, encontrei os olhos de Stevie Rae no espelho retrovisor.

– Obrigada por me deixar um pouco a sós com a minha vó.

– Sem problema, Z. Eu adoro a sua vó.

– É, eu também – falei suavemente. Então endireitei os ombros e, sentindo-me totalmente capaz, continuei: – Ok. Então, conte-me sobre a porcaria em que eu devo me preparar para pisar, assim que entrar na escola.

– Segure firme no seu cavalo porque é realmente uma confusão daquelas – Stevie Rae afirmou, enquanto dava sinal com o pisca-pisca e afastava o carro do meio-fio.

– Você nem gosta de cavalos – eu disse.

---

31 *Powwow* é uma cerimônia dos índios norte-americanos conduzida por um xamã mulher. (N.T.)
32 *Redbird* é um pássaro comum nos Estados Unidos e no México. Os machos da espécie têm a plumagem vermelha. Em português, é conhecido como cardeal. Seu nome científico é *Cardinalis cardinalis*. (N.T.)

— Exatamente — a resposta dela não fazia nenhum sentido, mas me fez rir.

Pois é, confusões e porcarias à parte, eu estava realmente feliz por estar em casa.

— Eu ainda não posso acreditar que o Conselho Supremo pôde ser tão ingênuo — disse pela milionésima vez enquanto Stevie Rae me ajudava a decidir que roupa eu ia usar para *acender a pira funerária de Jack*.

Estremeci.

Sem bater na porta, Aphrodite entrou no quarto feito uma brisa. Ela deu uma olhada no suéter preto, de mangas compridas e gola alta, e na calça jeans preta que eu estava segurando e disse:

— Ah, que merda. Você não pode usar isso. Você vai acender a pira funerária de um *gay*. Você pode imaginar como Jack ia ficar horrorizado se ele visse você usando isso, sem falar em Damien? Parece um visual rejeitado de Anita Blaker[33] do começo dos anos 1990.

— Quem é Anita Blaker? — Stevie Rae perguntou.

— Uma matadora de vampiros descrita em um livro por uma humana que tem um senso de moda totalmente trágico.

Aphrodite estava usando um vestido cor de safira colado no corpo, que era um pouco brilhante, mas não muito, de modo que parecia um daqueles vestidos de formatura rejeitados da David's Bridal[34]. Na verdade, ela estava maravilhosa e elegante como sempre. Provavelmente porque Victoria, sua compradora pessoal na Miss Jackson's, aquela loja superchique na Utica Square, tinha separado o maldito vestido para ela assim que chegou *e* tinha mandado a cobrança para o cartão de crédito *platinum* da mãe dela. *Suspiro*. Isso meio que fez a minha cabeça doer.

---

33 Anita Blaker é a protagonista da série de romances *Anita Blaker: Vampire Hunter* (caçadora de vampiros), escrita por Laurell K. Hamilton. (N.T.)

34 David's Bridal é uma grande rede norte-americana de lojas de roupas para casamentos, festas e formaturas. (N.T.)

Enfim, ela marchou em direção ao meu *closet*, abriu a porta e, depois de olhar com desdém para o meu guarda-roupa, pegou o vestido que ela tinha me dado na noite do meu primeiro ritual das Filhas das Trevas. Ele era preto, de mangas compridas e me favorecia, ao contrário do suéter e do jeans. Era enfeitado ao redor da gola baixa e redonda, nas mangas fluidas e na bainha com pequenas contas de vidro vermelhas, que brilhavam quando eu me movimentava e que combinavam perfeitamente com a lua tripla de líder de Filha das Trevas que pendia do meu pescoço. Eu encontrei os olhos dela.

– Esse vestido não me traz lembranças muito boas – observei.

– É, bem, mas ele fica legal em você. É adequado. E o mais importante, Jack amaria. Além disso, segundo a minha mãe, lembranças mudam assim como as pessoas mudam, principalmente se há álcool envolvido.

– Olha só, Aphrodite, não me diga que você vai beber hoje à noite. Isso não é adequado – Stevie Rae afirmou.

– Não, caipira. Ou pelo menos não até o final da noite. – Ela jogou o vestido para mim. – Agora vista isso e se apresse. As gêmeas e Darius já estão trazendo Damien para cá, assim todos nós podemos ir até a pira juntos; uma mostra da solidariedade da horda de *nerds* e tudo o mais, o que eu acho que foi uma boa decisão – ela acrescentou rapidamente, quando Stevie Rae sugou o ar e abriu a boca para interrompê-la: – Ah, e oi. É bom ver você e o seu namorado hipocondríaco de volta ao mundo real.

– Tudo bem. Vou vestir isto. – Fui rápido para o nosso banheiro e então tirei só a minha cabeça para fora e encontrei os olhos azuis frios de Aphrodite. – Ah, e Stark é meu Guardião e guerreiro em primeiro lugar, e meu namorado em segundo. *E* ele é tudo, menos hipocondríaco. Você sabe disso. Você viu o que aconteceu com ele.

– Ui! – Aphrodite zombou em voz baixa.

Eu ignorei o som grosseiro, mas mantive a porta aberta para poder falar com elas enquanto eu me vestia. Quando vi a pedra da vidência, fiz uma pausa e decidi deixá-la ficar pendurada por baixo da parte de cima do vestido – sem chance eu querer ficar respondendo perguntas sobre Skye e Sgiach hoje à noite. Penteei o cabelo rapidamente e disse:

– Ei, vocês acham que Neferet vai me deixar acender a pira porque ela espera que eu estrague tudo?

Droga, *eu* já esperava estragar tudo, por que ela não esperaria?

– Bem, eu acho que os planos dela são muito mais nefandos do que deixá-la se atrapalhar com algumas palavras por causa do seu choro, porque você realmente se importava com Jack – Stevie Rae afirmou.

– "Nef" o quê? – Shaunee perguntou depois de também entrar direto no meu quarto sem nem ao menos dar oi.

– "Ando" quem? – Erin ecoou. – O que ela está fazendo, gêmea? Tentando pegar as sobras do vocabulário de Damien?

– Parece isso mesmo, certeza – Shaunee concordou.

– Eu gosto de palavras, e vocês duas vão chupar limão – Stevie Rae respondeu.

Aphrodite começou a rir e depois disfarçou com uma tosse, quando eu saí do banheiro e olhei zangada para todas elas.

– Nós estamos nos preparando para ir a um funeral. Acho que deveríamos mostrar um pouco mais de respeito ao Jack, sendo ele nosso amigo e tudo mais.

As gêmeas instantaneamente pareceram arrependidas. As duas se aproximaram de mim e cada uma me deu um abraço, murmurando "ois" e "estou feliz por você estar de volta".

– Z. tem razão sobre ficarmos mais sérias, e não só porque é o funeral de Jack e isso é mesmo terrível. Todos nós sabemos que não é possível que Neferet, de repente, tenha decidido fazer a coisa certa e respeitar Zoey e os seus poderes – disse Stevie Rae.

– Nós precisamos estar em alerta – concordei. – Fiquem perto de mim. Estejam prontas. Se eu tiver de traçar um círculo protetor, imagino que não vou ter muito tempo para fazer isso.

– Por que você não traça um círculo para começar? – Aphrodite perguntou.

– Eu ia fazer isso, mas dei uma pesquisada sobre funerais de vampiros e a Grande Sacerdotisa normalmente não traça um círculo. É o papel dela, hã, bem, quero dizer, o *meu* papel hoje à noite me colocar como uma testemunha respeitosa da perda de um vampiro amigo, além de ajudar a enviar o espírito do vampiro para o Mundo do Além de Nyx. Não há nenhum traçado de círculo envolvido nisso, apenas preces para Nyx e coisas assim.

– Você vai fazer bem isso, Z., já que você acabou de voltar do Mundo do Além – Stevie Rae lembrou.

– Eu só espero deixar Jack orgulhoso de mim. – Senti as lágrimas começarem a apontar nos meus olhos e pisquei com força, fazendo-as retrocederem. A última coisa que qualquer um dos meus amigos precisava era que eu ficasse chorando e fungando hoje à noite. – Então, ninguém tem nenhuma ideia do que Neferet está armando? – perguntei a elas.

Houve um monte de cabeças balançando em negativa, e Aphrodite disse:

– Tudo o que eu consigo imaginar é que, de algum modo, Neferet vai tentar humilhar você, mas eu não vejo como ela pode conseguir isso se ficar calma, forte e concentrada no motivo pelo qual todos nós estaremos juntos hoje à noite.

– Por Jack – Shaunee afirmou.

– Para nos despedir dele – Erin completou com a voz um pouco trêmula.

– Bem, isso é legal e tal – Stevie Rae falou, e todas nós olhamos para ela. – Mas eu acho que funerais, não importa como eles sejam, são feitos principalmente para as pessoas que ficam, como Damien.

– Isso é realmente importante, Stevie Rae – disse e sorri agradecida para ela. – Vou me lembrar disso.

Stevie Rae limpou a garganta e acrescentou, com voz mais clara:

– Eu sei, pois vi minha mãe hoje, e ela estava meio que preparando um minifuneral para mim. Era o jeito dela de tentar fazer uma despedida.

Eu tive um momento de choque intenso, enquanto as gêmeas explodiram em "*Aiminhadeusa*, que terrível!".

– Ela veio aqui? – Aphrodite perguntou.

Fiquei surpresa em como a voz dela soou gentil.

Stevie Rae concordou.

– Ela estava do lado de fora do portão principal, deixando para mim uma coroa de flores, mas o que ela realmente estava fazendo é o que Damien vai tentar fazer hoje à noite: dizer adeus.

– Você falou com ela, não falou? – perguntei. – Quero dizer, ela sabe que você não está mais morta, certo?

Stevie Rae sorriu, embora os seus olhos permanecessem supertristes.

– Sim, mas fiquei péssima por não ter ido procurá-la antes. Foi terrível vê-la chorar tanto.

Eu me aproximei da minha melhor amiga e a abracei.

– Bem, pelo menos agora ela sabe.

– E pelo menos você tem uma mãe que se importa o bastante para chorar por você – Aphrodite falou.

Eu olhei para Aphrodite com total compreensão.

– Sim, é verdade.

– Vocês duas, por favor, as mães de vocês chorariam se algo acontecesse – Stevie Rae falou.

– A minha choraria em público porque é isso o que se espera dela e porque ela estaria tão medicada que poderia conseguir derramar uma lágrima por qualquer motivo – Aphrodite disse de modo imperturbável.

– Bem, eu acho que a minha também choraria, mas seria tudo na linha de *como ela pôde fazer isso comigo* e *agora ela vai direto para o inferno e isso é culpa dela*. – Fiz uma pausa e então acrescentei: – Minha vó diria que é uma pena que minha mãe não entende que há mais do que uma única resposta certa sobre a eternidade. – Sorri para as minhas amigas. – Eu sei disso porque estive lá e é maravilhoso. Realmente maravilhoso.

– Jack está lá, não está? Seguro no Mundo do Além com a Deusa?

Todas nós nos viramos para ver Damien em pé no vão da porta que as gêmeas tinham deixado aberta. Darius estava de um lado dele e Stark estava do outro. Damien parecia completamente péssimo, apesar de estar vestido imaculadamente em um Armani. Ele estava tão pálido que parecia que dava para ver através da sua pele, e as sombras debaixo dos seus olhos pareciam hematomas. Eu me aproximei dele e o envolvi com meus braços. Ele parecia magro e frágil, totalmente diferente dele mesmo.

– Sim. Ele está com Nyx. Eu dou a minha palavra sobre isso, como uma das Grandes Sacerdotisas dela. – Eu o abracei e sussurrei: – Eu sinto tanto, Damien.

Damien me abraçou de volta e então, com esforço, deu um passo para trás. Ele não estava chorando. Em vez disso, ele parecia exausto, vazio, sem esperança.

– Eu estou pronto para ir e realmente estou contente por você estar aqui.

– Eu também estou. Queria ter chegado antes. – Senti lágrimas ameaçarem cair de novo. – Talvez eu pudesse ter...

– Não, você não poderia – Aphrodite disse, dando um passo para ficar ao meu lado.

Novamente, a voz dela foi suavizada pela compreensão e ela pareceu ter muito mais idade do que dezenove anos. Ela continuou:

– Você não poderia evitar a morte de Heath. Você não poderia ter evitado a morte de Jack também.

Meus olhos encontraram os de Stark rapidamente, e vi neles o reflexo do que eu estava pensando: que tinha conseguido evitar a morte dele. Mesmo que isso significasse ele ter pesadelos e não estar cem por cento, pelo menos ele estava *vivo*.

– É sério, Z., pare com isso – Aphrodite continuou. – E isso vale para todos vocês, não comecem o jogo de se culpar. A única responsável por Jack estar morto é Neferet. Nós sabemos disso, mesmo que ninguém mais saiba.

– Eu não posso lidar com isso agora – Damien disse, e por um segundo eu achei que ele podia realmente desmaiar. – Nós vamos ter de enfrentar Neferet hoje à noite?

– Não – respondi. – Não estou planejando nada assim.

– Mas nós não podemos controlar o que ela vai fazer – Aphrodite lembrou.

– Stark e eu vamos estar por perto. Vocês fiquem atentos e permaneçam perto de Zoey e de Damien. Não vamos começar nada, mas, se Neferet tentar atingir qualquer um de nós, estaremos preparados – Darius afirmou.

– Eu a vi diante do Conselho. Não acredito que ela vá fazer algo tão óbvio quanto atacar Zoey – Stevie Rae opinou.

– O que quer que ela faça, nós estaremos preparados – Stark ecoou as palavras de Darius.

– Eu não vou estar preparado – disse Damien. – Acho que nunca mais vou estar preparado para lutar com ninguém de novo.

Peguei as mãos de Damien.

– Bem, hoje à noite você não precisa estar preparado. Se houver uma batalha para ser lutada, os seus amigos vão fazer isso. Agora vamos ver Jack.

Damien respirou fundo, de modo trêmulo, concordou com a cabeça, e então saímos do meu quarto. Ainda segurando a mão de Damien, liderei o grupo escada abaixo e pela sala de estar, que estava completamente vazia. Eu mentalmente enviei uma pequena prece para a Deusa: *Por favor, faça com que todos já estejam lá fora. Por favor, faça com que Damien saiba o quanto Jack era amado.*

Nós andamos pelo caminho que levava até a parte da frente da escola. Eu sabia onde estávamos indo. Eu lembrava muito bem que a pira de Anastasia tinha sido colocada no centro dos jardins da escola, bem na frente do Templo de Nyx.

Enquanto nós andávamos juntos pelo caminho em silêncio, um pequeno som chamou a minha atenção e eu olhei para um banco que ficava abaixo de uma árvore-de-judas, perto da frente da escola. Erik estava sentado ali sozinho. Ele segurava o rosto com as mãos, e o som que eu tinha ouvido era choro.

20

Zoey

Eu quase continuei andando, mas então me lembrei de que, antes de passar pela Transformação, Erik tinha sido companheiro de quarto de Jack. E por causa disso eu também lembrei que, naquele momento, não importava o que tinha acontecido entre nós. Eu estava desempenhando o papel de Grande Sacerdotisa esta noite por Jack. E eu sabia sem sombra de dúvida que Jack não ia querer que eu deixasse Erik sentado ali sozinho chorando.

Além disso, subitamente passou pela minha mente a imagem da noite em que Erik havia me encontrado chorando, depois do meu primeiro e desastroso ritual das Filhas das Trevas. Naquela noite, ele tinha sido doce e atencioso e me feito sentir que talvez eu pudesse realmente lidar com a loucura que acontecia nesta escola.

Eu devia a ele um favor em troca.

Apertei a mão de Damien e fiz com que ele e todo o meu grupo dessem uma parada.

– Meu bem – disse para Damien –, quero que você vá com Stark e todo mundo até a pira. Há uma coisa que eu preciso fazer bem rápido. Além disso, segundo tudo que eu pude encontrar para ler sobre funerais de vampiros, você, como o Consorte de Jack, precisa passar um tempo meditando antes de a pira ser acesa.

Pelo menos era isso o que eu esperava que Damien precisasse fazer.

Como se ela tivesse se materializado em resposta às minhas palavras, uma vampira saiu das sombras, vindo da direção da pira funerária.

– Você está absolutamente correta, Zoey Redbird – disse.

Eu e todos os meus amigos olhamos para ela com cara de ponto de interrogação.

– Oh, eu devo me apresentar. – Ela estendeu o antebraço fazendo a tradicional saudação dos vampiros. – Eu sou Beverly. – Fez uma pausa, limpou a garganta e então continuou: – Sou a professora Missal. A nova instrutora de Feitiços e Rituais.

– Ah, hã, prazer em conhecê-la. – Eu retribuí a saudação segurando o antebraço dela. Sim, ela tinha uma tatuagem de vampira completa, um padrão bonito que me lembrava notas musicais, mas juro que ela parecia mais jovem que Stevie Rae. – Hum, professora Missal, você poderia levar Damien e o resto dos garotos para a pira? Há algo que eu preciso fazer aqui.

– É claro. Tudo vai estar pronto para você. – Ela se virou para Damien e pediu gentilmente: – Por favor, siga-me.

Damien disse um "ok" fraco, mas o seu olhar parecia muito apático. Ainda assim, ele começou a seguir a nova professora. Stark vacilou. Os olhos dele se desviaram para as sombras e para o banco onde Erik estava sentado. Então, eles se voltaram para mim.

– Por favor – falei. – Eu preciso falar com ele. Confie em mim, ok?

O rosto dele relaxou.

– Sem problemas, *mo bann ri*. – Antes de começar a seguir Damien, ele acrescentou em voz baixa, com o seu excelente sotaque escocês: – Esperando por você eu estarei quando você terminar.

– Obrigada – tentei dizer a ele com os meus olhos o quanto eu amava e agradecia sua lealdade e confiança.

Ele sorriu e foi embora com o resto do grupo. Bem, menos Aphrodite. E Darius, que pairava por perto como se fosse a sombra dela.

– O que foi? – perguntei.

– Como podemos deixar você sozinha? – Aphrodite revirou os olhos. – Sério. Você é sem noção? Neferet conseguiu cortar a cabeça de

Jack sem nem ao menos estar presente. Darius e eu não vamos deixá-la sozinha para confortar o imbecil do Erik.

Eu olhei para Darius, mas ele balançou a cabeça e disse:

– Desculpe, Zoey, mas Aphrodite tem razão.

– Vocês poderiam pelo menos ficar aqui, longe do alcance da voz? – perguntei exasperada.

– Como se a gente quisesse ouvir a merda do choro de bebê do Erik? Sem problemas. Apenas vá logo. Ninguém merece ficar esperando por causa de um mala sem alça – Aphrodite respondeu.

Nem me dei o trabalho de suspirar quando saí andando, fazendo um atalho em direção a Erik. Ok, sério. O cara nem sabia que eu estava ali. Eu estava parada em pé na frente dele. Ele segurava o rosto com as mãos e estava chorando. Chorando de verdade. Sabendo que ele era um excelente ator, limpei a garganta e me preparei para ser semissarcástica, ou pelo menos agressiva e indiferente.

Mas, quando ele levantou o olhar para mim, tudo mudou. Os olhos dele estavam inchados e vermelhos. Lágrimas ensopavam as suas bochechas. Tinha até muco escorrendo do seu nariz. Ele piscou algumas vezes, como se estivesse com dificuldade para focar em mim.

– Oh, hã, Zoey – Erik disse e fez um esforço para se recompor. Ele se endireitou no banco e limpou o nariz com a manga da sua camisa. – Hum, ei. Você está de volta.

– Sim, eu cheguei há pouco tempo. Estou indo acender a pira de Jack. Você quer vir comigo?

Um choro convulsivo irrompeu lá do fundo dele. Erik abaixou a cabeça e começou a soluçar.

Foi totalmente horrível.

Eu simplesmente não sabia o que fazer.

E juro que ouvi Aphrodite bufando ao longe.

– Ei – eu me sentei ao lado dele e acariciei o seu ombro desajeitadamente. – Eu sei que é terrível. Vocês eram realmente bons amigos.

Erik concordou com a cabeça. Eu pude ver que ele estava fazendo um esforço para se controlar, então, fiquei sentada ali tagarelando enquanto ele fungava e enxugava o rosto com a manga da sua camisa (eca!).

— É muito ruim mesmo. Jack era legal, doce e jovem demais para que uma coisa assim acontecesse com ele. Todos nós vamos sentir muita saudade dele — eu falei.

— Neferet fez isso — ele falou em voz baixa, e eu o vi dar uma olhada em volta, como se estivesse com medo de ser ouvido. — Eu não sei como. Não sei nem a droga do motivo, mas ela fez isso.

— Pois é — concordei.

Nossos olhares se encontraram.

— Vocês pretendem fazer alguma coisa em relação a isso? — ele perguntou.

Meu olhar não hesitou nem um pouquinho.

— Absolutamente tudo o que estiver ao meu alcance.

Ele quase sorriu.

— Bem, isso é o bastante para mim. — Ele enxugou o rosto de novo e passou uma mão pelos cabelos. — Eu estava de partida.

— Hã? — eu disse brilhantemente.

— Sim, indo embora. Trocando a Morada da Noite de Tulsa pela de Los Angeles. Eles me querem lá, em Hollywood. Eu deveria ser o próximo Brad Pitt.

— Deveria? — perguntei, totalmente confusa. — O que está impedindo você?

Devagar, Erik levantou a mão direita e a manteve erguida, com a palma para fora voltada para mim. Eu pisquei várias vezes, sem realmente entender o que estava vendo.

— Sim, é isso mesmo que você está pensando — ele falou.

— É o Labirinto de Nyx.

É claro que eu reconhecia a tatuagem cor de safira que preenchia a mão dele, mas era como se a minha mente não conseguisse acompanhar meus olhos. E eu não estava compreendendo até a voz de Aphrodite soar atrás de mim.

— Ah, que merda! Erik é um Rastreador!

Os olhos de Erik se desviaram de mim e se voltaram para Aphrodite.

– Está feliz agora? Vá em frente e ria. Você sabe que isso significa que eu não posso sair da Morada da Noite de Tulsa por quatro anos, que tenho que ficar aqui e seguir uma maldita *essência* e ser o idiota que vai estar lá quando cada garoto pelos próximos *quatro anos* for Marcado e descobrir que pode morrer ou não, mas que com certeza terá de mudar a sua vida para sempre.

Houve um momento de silêncio e então Aphrodite falou:

– É isso que está incomodando você? Que você é o novo Rastreador e isso é um trabalho difícil, ou na verdade o que está incomodando você é que tem de adiar por quatro anos os seus planos de ir para Hollywood e, nesse tempo, com certeza já vai existir "o próximo Brad Pitt"?

Eu me levantei e me virei para encará-la.

– Ele era companheiro de quarto de Jack! Você se lembra de como é perder um companheiro de quarto? – Vi a expressão dela se alterar e se suavizar, mas eu apenas balancei a cabeça. – Não. Você e Darius vão embora agora. Eu vou depois de vocês. – Enquanto Aphrodite ainda hesitava, eu falei diretamente para o guerreiro dela: – Como a sua Grande Sacerdotisa, eu ordeno que você vá. Quero ficar sozinha com Erik. Leve Aphrodite e me encontre na pira de Jack.

Darius não hesitou por nem um segundo. Ele se curvou solenemente para mim, então pegou Aphrodite pelo cotovelo e literalmente a tirou dali. Eu suspirei profundamente e me sentei de novo no banco ao lado de Erik.

– Desculpe por isso. Aphrodite tem boas intenções, mas, como diria Stevie Rae, às vezes ela não é muito agradável.

Erik bufou.

– Você não precisa me dizer isso. Eu e ela namoramos, lembra?

– Eu me lembro – falei em voz baixa. E então acrescentei: – Eu e você namoramos também.

– Sim – ele concordou. – Eu pensei que amava você.

– Eu também pensei que amava você.

Ele olhou para mim.

– Estávamos errados?

Olhei de volta para ele. Realmente olhei para ele. Deusa, ele era gostoso de um jeito muito Super-Homem/Clark Kent. Alto, moreno, de olhos azuis e musculoso. Mas havia mais do que isso. Sim, ele era controlador e arrogante, mas em algum lugar dentro dele eu sabia que havia um cara realmente do bem. Eu só não era a garota certa para aquele cara.

— Sim, estávamos errados, mas tudo bem. Recentemente, eu fui lembrada de que é normal não ser perfeita, especialmente se você aprende com os seus erros. Então, que tal se a gente aprender com os nossos? Acho que nós podemos ser bons amigos de qualquer jeito.

Os lábios maravilhosos dele se abriram num sorriso.

— Acho que você pode estar certa.

— Além disso — eu acrescentei, cutucando-o com o meu ombro –, eu não tenho muitos amigos bonitos e héteros.

— Eu sou hétero, quero dizer, sou um cara *realmente* heterossexual que também é, como você disse, bonito.

— Sim, você é — concordei. Então eu estendi a minha mão. – Amigos?

— Amigos — Erik segurou a minha mão e, com um sorriso sedutor, se ajoelhou graciosamente ao lado do banco. – Minha dama, vamos ser amigos sempre.

— Beleza — disse, meio que sem fôlego, porque, bem, não importava o quanto eu amasse Stark, Erik era realmente gostoso e um ator superbom.

Ele se curvou e beijou minha mão. Não de um jeito nojento do tipo *estou-tentando-levar-você-para-cama*, mas realmente como um cavalheiro à moda antiga. Ainda ajoelhado, ele olhou para mim e disse:

— Você precisa dizer algo hoje à noite que nos dê esperança e ajude Damien, porque exatamente neste momento muitos de nós estão por aí vagando e pensando *que droga aconteceu?*, e Damien realmente não está lidando bem com a situação.

Senti um aperto no coração.

— Eu sei.

— Ótimo. Aconteça o que acontecer, eu confio em você, Zoey.

Eu suspirei. De novo.

Ele sorriu e ficou em pé, puxando-me junto com ele.

– Então, por favor, deixe-me escoltá-la para esse funeral.

Eu peguei o braço de Erik e caminhei em direção a um futuro que eu não poderia nem imaginar.

Foi uma visão impressionante, triste e incrível. Ao contrário da última vez em que uma pira funerária tinha sido acesa para um vampiro na Morada da Noite, a escola inteira estava lá. Novatos e vampiros faziam um círculo enorme ao redor de uma estrutura parecida com um banco, que tinha sido erguida no centro exato dos jardins da escola. Eu ainda podia ver o gramado queimado que testemunhava que, não muito tempo atrás, o corpo de Anastasia Lankford havia sido consumido pelo fogo da Deusa, exatamente nesse mesmo lugar. A única diferença era que as pessoas da escola não tinham vindo para assistir e mostrar respeito por ela naquela ocasião. Muitos estavam sob o controle de Kalona, ou simplesmente apavorados. Hoje era diferente. O controle de Kalona havia terminado e Jack estava recebendo uma despedida digna de um guerreiro.

Meus olhos encontraram Dragon Lankford, antes mesmo de eu ver a pira funerária. Ele estava em pé atrás de Jack na sombra do carvalho mais próximo. Mas as sombras não encobriam a sua dor. Eu podia ver lágrimas escorrendo silenciosamente pelo seu rosto bem delineado. *Que a Deusa ajude Dragon*, foi a minha primeira prece da noite. *Ele é um homem tão bom. Ajude-o a encontrar a paz.*

Então, eu olhei para Jack.

O que eu vi me fez engasgar e sorrir entre as lágrimas. Como era a tradição em funerais de vampiros, ele tinha sido enrolado da cabeça aos pés na mortalha tradicional dos vampiros, mas a de Jack era roxa. Muito lustrosa. Muito brilhante. Muito roxa.

– Ela fez isso mesmo – a voz contida de Erik veio do meu lado. – Eu sabia que roxo era a cor favorita dele, então, fui até a The Dolphin[35]

---

[35] The Dolphin é uma loja de roupas de cama, mesa e banho em Tulsa. (N.T.)

na Utica Square e comprei lençóis roxos. Vários lençóis. Depois, pedi para a Sapphire da enfermaria envolver Jack com eles, apesar de eu não acreditar que ela faria mesmo isso.

Eu me virei para Erik, fiquei na ponta dos pés e beijei a sua bochecha.

– Obrigada. Jack ia simplesmente amar ter feito isso. Você foi um bom amigo para ele, Erik.

Ele concordou e sorriu, mas não disse nada, e eu vi que ele estava chorando de novo. Antes que me juntasse a ele e começasse a chorar tanto que não ia mais parecer a Grande Sacerdotisa de ninguém, desviei os olhos dele e vi Damien. Ele estava ajoelhado na ponta da pira de Jack. Duquesa estava sentada ao lado dele e o seu gato gordo, Cammy, estava enrolado pesarosamente entre os seus joelhos. Stark estava em pé próximo de Duquesa, e eu pude ver que ele a estava acariciando, enquanto murmurava algo para ela e Damien ao mesmo tempo. Stevie Rae estava perto de Stark, parecendo totalmente infeliz e chorando sem parar. Aphrodite estava em pé do outro lado de Damien, com Darius bem atrás dela. As gêmeas estavam à sua esquerda. E, de cada lado do grupo dos meus melhores amigos, a escola inteira formava um círculo silencioso e respeitoso em volta da pira. Muitos novatos e vampiros, incluindo Lenobia e a maioria dos outros professores, seguravam velas roxas. Parecia que ninguém além de Stark estava falando, mas eu podia ouvir muitos choros.

Neferet não estava em lugar nenhum à vista.

– Você consegue fazer isso – Erik sussurrou.

– Como? – eu mal consegui falar a palavra.

– Como você sempre faz: com a ajuda de Nyx – ele respondeu.

– Por favor, Nyx, ajude-me. Eu não consigo fazer isso sozinha – sussurrei alto. E então a professora Missal estava lá, conduzindo-me para a frente. Movendo-me com o que eu esperava que fossem os passos confiantes de uma Grande Sacerdotisa *real* e adulta, caminhei diretamente para Damien.

Stark foi o primeiro a me ver. Quando os olhos dele encontraram os meus, não vi nenhum sinal de ciúme ou raiva, apesar de eu saber que

Erik estava andando bem atrás de mim. Meu guerreiro, meu Guardião e meu namorado deu passagem e se curvou formalmente para mim.

– *Merry meet*, Grande Sacerdotisa – a voz dele soou pelos jardins da escola.

Todo mundo se virou para mim e pareceu que a Morada da Noite como um todo se curvou, reconhecendo-me como a sua Grande Sacerdotisa.

Isso provocou em mim uma sensação que eu nunca tinha experimentado antes. Professores, vampiros com centenas de anos e os mais jovens dos novatos estavam todos olhando para mim, acreditando em mim, confiando em mim. Era tão assustador quanto impressionante.

Nunca se esqueça dessa sensação, a voz da Deusa ressoou na minha mente. *Uma verdadeira Grande Sacerdotisa é modesta e orgulhosa, ao mesmo tempo, e nunca se esquece da responsabilidade que ser uma líder acarreta.*

Eu parei diante de Damien e me curvei para ele, com o meu punho cerrado junto ao meu coração.

– *Merry meet*, Damien.

Sem me importar que eu estava me desviando da etiqueta dos funerais de vampiros descrita nos textos que havia lido no avião, peguei as mãos de Damien e o puxei, para que ele ficasse em pé. Envolvi meus braços ao redor dele e repeti:

– *Merry meet*, Damien.

Ele soluçou uma vez. O corpo dele ficou duro e ele se moveu devagar, como se estivesse com medo de se quebrar em um zilhão de pedaços, mas me abraçou de volta realmente com força. Antes de me afastar dele, fechei meus olhos e me centrei, sussurrando:

– Ar, venha para o seu Damien. Preencha-o com leveza e esperança e o ajude a atravessar esta noite.

O ar respondeu instantaneamente. Ele levantou o meu cabelo e se envolveu ao redor de Damien e de mim. Eu o ouvi inspirar o ar e, quando ele expirou, um pouco daquela terrível tensão saiu do seu corpo. Dei um passo para trás e encarei seus olhos tristes.

— Eu te amo, Damien.

— Eu também te amo, Zoey. Vá em frente — disse e acenou com a cabeça em direção ao corpo de Jack envolto pela mortalha roxa. — Faça o que você deve fazer. Eu sei que Jack não está mais aí de qualquer jeito. — Ele fez uma pausa para reprimir o choro e então acrescentou: — Mas ele ia ficar contente por ser você.

Em vez de começar a chorar e cair no chão em uma poça de lágrimas, como tinha vontade, eu me virei para encarar a pira e a Morada da Noite. Inspirei duas vezes profundamente, soltei o ar e, na terceira vez, sussurrei:

— Espírito, venha para mim. Faça a minha voz soar alto o bastante para que todos possam ouvir.

O elemento com o qual eu tinha mais afinidade me preencheu e me fortaleceu. Quando comecei a falar, minha voz era como um farol da Deusa, ecoando com perfeição e alma pelos jardins da escola.

— Jack não está aqui. Nas nossas mentes, todos nós entendemos isso. Damien acabou de dizer isso para mim, mas nesta noite eu quero que todos vocês *saibam* disso. — Eu pude sentir os olhos de todo mundo em mim e falei devagar e claramente as palavras que eram tocadas pela Deusa, enquanto elas vinham à minha mente. — Eu estive no Mundo do Além e posso assegurar a vocês que ele é tão bonito, incrível e *real* quanto os seus corações querem acreditar. Jack está lá. Ele não sente nenhuma dor. Ele não está triste, preocupado ou com medo. Ele está com Nyx, em suas campinas e bosques. — Fiz uma pausa e sorri por entre o brilho das lágrimas. — Ele provavelmente está se esbaldando alegremente[36] em campinas e bosques — ao dizer isso, ouvi a risadinha surpresa de Damien ser acompanhada pela de alguns novatos. — Ele está encontrando amigos queridos, como o meu Heath, e provavelmente fazendo decorações por lá feito louco — Aphrodite deu uma risada e Erik gargalhou. — Nós não podemos estar com ele agora... — Olhei para Damien. — É difícil. Eu

---

36 No original em inglês, as autoras usaram o termo *gaily*, que tem o duplo sentido de "alegremente" ou "de um jeito gay". A palavra também pode ser escrita como *gayly*. (N.T.)

sei que é difícil. Mas nós podemos ter certeza de que vamos vê-lo de novo, nesta vida ou na próxima. E quando nós o reencontrarmos, não importa quem a gente seja ou onde esteja, eu prometo a vocês que uma coisa em nosso espírito, em nossa essência, vai permanecer a mesma: o amor. O nosso amor sobrevive e sobreviverá para sempre. E esta é uma promessa que eu sei que vem direto da Deusa.

Stark me estendeu um longo bastão de madeira, que tinha alguma coisa viscosa enrolada na ponta dele. Eu o peguei, mas antes que eu caminhasse para a pira meus olhos encontraram Shaunee.

– Você me ajuda? – perguntei a ela.

Ela enxugou as lágrimas, se virou para o sul, levantou os braços e, com uma voz ampliada pelo amor e pela perda, chamou:

– Fogo! Venha para mim!

As mãos que ela tinha erguido sobre a cabeça ficaram incandescentes enquanto Shaunee andava, junto comigo, para a frente da gigante pilha de madeira em cima da qual o corpo de Jack jazia.

– Jack Twist, você foi um garoto doce e especial. Eu vou amá-lo para sempre como um irmão e um amigo. Até o nosso próximo encontro, *merry meet, merry part* e *merry meet again*[37].

Quando eu encostei a ponta da minha tocha na pira, Shaunee lançou o seu elemento nela, instantaneamente acendendo a pira com uma incandescência sobrenatural que cintilava em tons de amarelo e roxo.

Eu tinha me virado para Shaunee e estava abrindo a minha boca para agradecer a ela e ao seu elemento, quando a voz de Neferet atravessou a noite.

– Zoey Redbird! Grande Sacerdotisa Novata! Eu peço que você seja testemunha!

---

37 *Merry meet, merry part* e *merry meet again* é uma saudação pagã que significa "feliz encontro, feliz partida e feliz reencontro". (N.T.)

21

Zoey

Eu não precisei procurar muito para encontrá-la. Neferet estava em pé nos degraus do Templo de Nyx, um pouco mais adiante à minha esquerda. Quando todo mundo se virou para cochichar e olhar para ela, senti Stark se colocar bem do meu lado, de modo que, com apenas um rápido movimento, ele pudesse se interpor entre mim e Neferet. Eu também percebi Stevie Rae. De repente ela estava ali, do meu outro lado, e pelo canto do olho eu pude ver as gêmeas e até Damien. Meu círculo de amigos me cercou, fazendo com que eu soubesse, sem que eles precisassem dizer nada, que todos estavam me protegendo.

Quando Neferet começou a andar na minha direção, eu automaticamente comecei a me centrar. *Ela deve ter ficado completamente insana para me pedir para conduzir o funeral e depois me atacar na frente da escola inteira*, eu pensei. Mas, se ela estava sã ou insana, realmente não fazia diferença. Ela era do mal, perigosa e estava vindo em minha direção, e EU NÃO IA FUGIR.

Então, as próximas palavras dela me chocaram quase tanto quanto o que ela começou a fazer em seguida.

– Escute-me, Zoey Redbird, Grande Sacerdotisa Novata, e seja testemunha. Eu errei com Nyx, com você e com esta Morada da Noite.

A voz dela era clara, forte, bonita e parecia fazer música no ar ao redor dela. Naquele ritmo que ela estava criando, Neferet começou a tirar suas roupas.

Podia ter sido embaraçoso, desconfortável ou erótico, mas não foi nenhuma dessas coisas. Foi simplesmente bonito.

– Eu menti para você e para minha Deusa. – A sua camisa foi tirada, esvoaçando por trás dela como uma pétala caindo de uma rosa. – Eu enganei você e minha Deusa sobre as minhas intenções. – Ela desenrolou a saia de seda negra que estava usando e deu um passo para fora dela, como se fosse uma piscina de água escura. Completamente nua, ela caminhou diretamente para mim. As chamas roxas e amarelas da pira de Jack se refletiram contra a sua carne, fazendo parecer que ela também ardia, porém sem ser consumida. Quando ela me alcançou, caiu de joelhos, jogou a cabeça para trás e abriu os braços, dizendo: – Pior de tudo, eu permiti que um homem me seduzisse e me desviasse do amor da minha Deusa e do seu caminho. Agora, aqui, desnuda para você, para a nossa Morada da Noite e para Nyx, eu peço perdão pelos meus erros, pois descobri que não posso viver essa terrível mentira por nem mais um momento.

Quando ela terminou de falar, abaixou a cabeça e os braços e então, formal, respeitosa e profundamente, Neferet se curvou para mim.

No completo silêncio que se seguiu ao seu pronunciamento, minha mente sussurrou uma cacofonia de pensamentos conflitantes: *Ela está fingindo... Eu queria que ela não estivesse... É por causa dela que Heath e Jack estão mortos... Ela é a mestre da manipulação.* Tentando descobrir o que eu deveria dizer – o que eu deveria fazer –, olhei em volta, impotente, procurando alguma ajuda. As gêmeas e Damien estavam olhando boquiabertos para Neferet, totalmente chocados. Dei uma olhada para Aphrodite. Ela também estava olhando para Neferet, mas a expressão no seu rosto era de clara aversão. Stevie Rae e Stark estavam ambos olhando para mim. Quase imperceptivelmente, sem dizer uma palavra, Stark balançou a cabeça uma vez, querendo dizer *não*. Eu desviei os olhos dele e me virei para Stevie Rae, que disse duas palavras para mim apenas movimentando os lábios: *ela mente.*

Respirando com dificuldade, eu olhei para o grande círculo feito pela Morada da Noite. Alguns estavam olhando para mim com olhares interrogativos, cheios de expectativa, mas a maioria estava olhando embasbacada para Neferet, chorando abertamente com o que era uma mistura óbvia de alegria e alívio.

Naquele momento, um pensamento se cristalizou e se cravou na minha mente, como um punhal, no meio de todos os outros: *se eu não aceitar as suas desculpas, a escola inteira vai se voltar contra mim. Eu vou parecer uma criança malcriada e vingativa, e isso é exatamente o que Neferet quer.*

Eu não tinha escolha. Tudo o que eu podia fazer era reagir e esperar que meus amigos confiassem em mim o bastante para saber que eu podia perceber a diferença entre verdade e manipulação.

– Stark, dê a sua camisa para mim – disse rapidamente.

Stark não hesitou. Ele desabotoou a camisa e a estendeu para mim. Certa de que minha voz ainda carregava o poder do espírito, eu disse a ela:

– Neferet, de minha parte eu a perdoo. Eu nunca quis ser sua inimiga.

Ela levantou o olhar para mim; seus olhos verdes pareciam totalmente sinceros.

– Zoey, eu... – ela começou a dizer.

Eu a interrompi, cortando o som doce da sua voz.

– Mas eu só posso falar por mim. Você vai ter de buscar a Deusa para ter o seu perdão. Nyx conhece o seu coração e a sua alma; portanto, é lá que você vai encontrar a resposta dela.

– Então, eu já tenho o perdão dela, e isso enche o meu coração e a minha alma de júbilo. Obrigada, Zoey Redbird, e obrigada, Morada da Noite!

Houve murmúrios por todo o círculo, com várias pessoas dizendo "Obrigada, Deusa" e "Abençoada seja". Eu me obriguei a sorrir, quando me inclinei e coloquei a camisa de Stark por cima dos ombros dela.

– Por favor, levante-se. Você não precisa se ajoelhar na minha frente.

Neferet se levantou graciosamente e vestiu a camisa de Stark, abotoando-a com cuidado. Então, ela se virou para Damien.

– *Merry meet*, Damien. Posso ter a sua permissão para enviar a minha prece pessoal pelo espírito de Jack para a Deusa?

Damien não falou nada. Ele apenas concordou com a cabeça, e eu não podia dizer em meio à tristeza e ao luto no seu rosto se ele tinha acreditado no *show* de Neferet ou não. Ela continuava a representar o seu papel perfeitamente.

– Obrigada.

Neferet deu um passo e, aproximando-se do fogo da pira de Jack, colocou a sua cabeça para trás e levantou os braços. Ao contrário de mim, ela não amplificou a voz. Em vez disso, ela falou tão baixo que nenhum de nós pôde ouvi-la. O rosto dela estava bem inclinado, de modo que eu tinha uma visão perfeita dele. A sua expressão era serena e sincera, e eu pensei em como era possível que algo que eu tinha tanta certeza de ser podre por dentro pudesse ter uma aparência tão maravilhosa.

Acho que foi porque eu a estava encarando com tanta atenção, tentando encontrar uma rachadura na sua armadura, que eu vi tudo o que aconteceu em seguida.

A expressão de Neferet se modificou. O rosto dela ainda estava inclinado, mas era óbvio, pelo menos para mim, que ela tinha visto algo acima de nós.

Então, eu escutei o barulho. Era um som meio familiar. Eu não o reconheci na hora, apesar de ele fazer os pelos do meu braço se arrepiarem. Mas eu não olhei para cima. Continuei observando Neferet. O que quer que ela tivesse visto a estava deixando irritada e preocupada. Ela não modificou a sua postura nem parou de fazer a sua "prece", mas os olhos dela se moveram rapidamente, como se ela estivesse conferindo se mais alguém tinha percebido o que ela vira. Eu fechei meus olhos rapidamente e esperei que parecesse que eu estava rezando, meditando ou me concentrando, qualquer coisa menos observando Neferet. Esperei alguns segundos e então abri meus olhos devagar.

Neferet, definitivamente, não estava olhando para mim. Ela estava encarando Stevie Rae, mas a minha melhor amiga não estava ciente disso. Stevie Rae também estava ocupada olhando embasbacada para cima.

Só que a sua expressão não era de irritação nem de preocupação, mas sim de alegria, como se ela estivesse olhando para algo que a preenchia com a mais completa felicidade, o mais completo amor.

Confusa, eu olhei de novo para Neferet. Ela ainda estava observando Stevie Rae e a sua expressão tinha se alterado novamente. Eu a vi arregalar os olhos, como se percebesse algo, e o seu rosto se encheu de prazer, como se o que ela havia acabado de descobrir a deixasse superfeliz.

Eu não podia tirar os olhos de Neferet, mas eu procurei pela mão de Stark automaticamente, como se eu soubesse que o meu mundo estava se preparando para explodir, quando a voz de Dragon Lankford soou como o chamado de uma trombeta, mudando tudo.

– *Raven Mocker* acima! Professores, deem cobertura para os novatos! Guerreiros, comigo!

O tempo começou a correr em *fast-forward* a partir daí. Stark me empurrou para trás dele enquanto olhava para cima. Eu o ouvi praguejar, e sabia que era porque ele não estava com o seu arco.

– Quero que você vá para dentro do Templo de Nyx! – Stark gritou mais alto que o barulho explodindo ao redor de nós, já me empurrando naquela direção.

Por cima do ombro dele, eu pude ver o pandemônio que havia se instalado. Alguns dos garotos estavam berrando; os professores estavam chamando os seus estudantes e tentando tranquilizá-los; os guerreiros Filhos de Erebus seguravam armas desembainhadas e estavam prontos para a batalha iminente. Todo mundo estava em movimento, menos Neferet e Stevie Rae.

Neferet ainda estava em pé ao lado da pira acesa de Jack – ainda encarando Stevie Rae e sorrindo. Stevie Rae parecia estar enraizada naquele lugar. Ela estava olhando intensamente para cima, balançando a cabeça de um lado para o outro sem parar, e estava chorando.

– Não, espere – eu falei para Stark, virando-me para que ele parasse de me empurrar em direção ao templo. – Eu não posso ir. Stevie Rae está...

— CAIA DO CÉU, BESTA ABOMINÁVEL!

O grito de Neferet me interrompeu. Ela arremessou os braços para cima, com os dedos esticados, como se ela estivesse tentando agarrar alguma coisa no ar.

— Você consegue ver isso? — Stark me perguntou com urgência, olhando fixamente para o céu.

— O quê? Ver o quê?

— Filamentos de Trevas escuros e pegajosos. — Ele fez uma careta de horror. — Ela está usando esses filamentos. E isso quer dizer que ela está mentindo até o último fio de cabelo sobre pedir perdão — ele disse com firmeza. — Ela definitivamente ainda é aliada das Trevas.

Então, não houve mais tempo para dizer mais nada, pois, com um guincho terrível, um enorme *Raven Mocker* caiu do céu, aterrissando feito um monte de entulho no meio dos jardins da escola.

Eu o reconheci na hora. Era Rephaim, o filho favorito de Kalona.

— Matem-no! — Neferet ordenou.

Dragon Lankford não precisava de nenhuma ordem. Ele já estava a caminho. Com a espada reluzindo à luz do fogo, ele arremeteu contra o *Raven Mocker* como um deus vingador.

— Não! Não o machuque! — Stevie Rae gritou e se atirou entre Dragon e a criatura caída.

Os braços dela estavam levantados, com as palmas para fora, e ela emitia um brilho verde, como se sobre o seu corpo tivesse crescido um musgo fosforescente. Dragon atingiu a barreira verde brilhante e foi arremessado para trás, como se tivesse se chocado contra uma gigante bola de borracha. Era assustador e legal ao mesmo tempo.

— Ah, droga — eu murmurei, já indo em direção a Stevie Rae.

Eu tinha um mau pressentimento sobre o que estava rolando. Um pressentimento muito, muito ruim.

Stark não tentou me parar. Ele apenas disse:

— Fique perto de mim e fora do alcance daquele maldito pássaro.

— Por que você está protegendo essa criatura, Stevie Rae? Você tem uma aliança com ela?

Neferet estava parada ao lado de Dragon, que já tinha se levantado e estava literalmente tremendo com o esforço que fazia para não investir contra Stevie Rae de novo. A voz de Neferet soou perplexa, mas os olhos dela tinham um brilho feroz, como se fosse um gato e Stevie Rae fosse o rato que caiu numa armadilha.

Stevie Rae ignorou Neferet. Ela olhou para Dragon e disse:

– Ele não está aqui para machucar ninguém. Eu prometo.

– Liberte-me, Vermelha – o *Raven Mocker* falou, quando eu finalmente alcancei Dragon e Neferet.

Ele também havia ficado em pé, o que me surpreendeu, pois parecia que a queda poderia tê-lo matado. Na verdade, o único indício de que ele tinha se machucado era um corte no seu bíceps, que era perturbadoramente parecido com o de um humano e estava começando a sangrar. Devagar, ele estava se afastando para trás de Stevie Rae, mas uma estranha bolha verde havia se formado ao redor deles e não ia deixá-lo chegar muito longe dela.

– Isso não é nada bom, Rephaim. Eu não vou mais mentir e fingir.

Stevie Rae olhou para Neferet e para a multidão de novatos e professores que tinham parado de fugir e que agora a estavam observando, com os rostos cheios de choque e horror. Então, cerrando o maxilar e levantando o queixo, Stevie Rae olhou para trás na direção do *Raven Mocker*.

– Eu não sou *tão* boa como atriz. E não quero ser uma atriz *tão* boa nunca.

– Não faça isso.

A voz do *Raven Mocker* me chocou. Não porque ele pareceu humano. Eu já o tinha ouvido falar antes e, se ele não estivesse chiando de raiva, sabia que ele poderia falar como um cara normal. O que me chocou foi o tom da sua voz. Ele soou assustado e muito, muito triste.

– Já está feito – Stevie Rae disse a ele.

E foi então que eu finalmente encontrei a minha voz.

– Que droga está acontecendo, Stevie Rae?

– Eu sinto muito, Z. Eu queria contar a você. Queria muito, muito mesmo. Só não sabia como fazer isso. – Os olhos de Stevie Rae imploraram que eu entendesse.

– Não sabia como me contar o quê?

Então aquilo me atingiu – o cheiro do sangue do *Raven Mocker*. Com um súbito horror, eu reconheci aquele aroma. Ele já havia estado em Stevie Rae antes, e eu entendi sobre o que ela estava falando, o que ela estava tentando me dizer.

– Você se Carimbou com essa criatura – eu estava pensando essas palavras, mas foi Neferet quem as disse em voz alta.

– Oh, Deusa, não, Stevie Rae – eu falei, sentindo meus lábios frios e adormecidos. Sem querer acreditar, continuei balançando a minha cabeça de um lado para o outro, como se a negação pudesse fazer todo esse pesadelo ir embora.

– *Como?* – A palavra foi proferida com muita raiva por Dragon.

– Não foi culpa dela – o *Raven Mocker* afirmou. – Eu sou o responsável.

– Não fale comigo, monstro – Dragon soou implacável.

O olhar tingido de vermelho do *Raven Mocker* se desviou do Mestre da Espada e se voltou para mim.

– Não a culpe, Zoey Redbird.

– Por que você está falando comigo? – eu berrei para ele. Ainda balançando a cabeça, olhei para Stevie Rae e perguntei: – Como você deixou isso acontecer?

Fechei a boca quando percebi como eu parecia a minha mãe falando.

– Que merda. Eu sabia que alguma coisa estranha estava rolando com você, Stevie Rae, mas eu não tinha ideia de que era uma esquisitice desse nível – Aphrodite disse enquanto vinha para o meu lado.

– Eu devia ter falado alguma coisa – Kramisha lamentou de onde estava, alguns metros atrás, ao lado das gêmeas e de Damien, que olhavam incrédulos para Stevie Rae e o *Raven Mocker*. – Eu sabia que aqueles poemas sobre você e uma besta eram algo bem ruim. Eu só não sabia que era uma coisa literal.

– Por causa da aliança desses dois, as Trevas já corromperam esta escola – Neferet disse solenemente. – Essa criatura deve ser o responsável pela morte de Jack.

– Isso é o maior papo-furado! – Stevie Rae protestou. – Você matou Jack como um sacrifício para as Trevas, pois elas lhe deram o controle sobre a alma de Kalona. Você sabe disso. Eu sei disso. E Rephaim sabe disso. É por isso que ele estava lá em cima vigiando você a distância. Ele queria ter certeza de que você não ia fazer nada tão terrível assim hoje à noite.

Eu observei Stevie Rae enfrentar Neferet e reconheci a força e o desespero que eu vi na minha melhor amiga, porque eu havia sentido isso nas vezes em que enfrentei Neferet também. Principalmente quando era apenas eu contra ela, e a escola inteira, incluindo *vamps* e novatos, não acreditava que ela era qualquer coisa menos do que perfeita.

– Ele virou completamente a cabeça dela – Neferet afirmou, dirigindo-se para a multidão reunida. – Eles devem ser destruídos imediatamente.

Meu estômago se revirou e, com uma certeza que eu sentia apenas quando estava sendo guiada pela Deusa, eu *sabia* que tinha de fazer alguma coisa.

– Ok, já chega. – Eu me aproximei de Stevie Rae, com Stark se movendo inquieto do meu lado, focando o olhar treinado no homem-pássaro. – Você deve saber como tudo isso parece bem ruim.

– É, eu sei.

– E você realmente está Carimbada com ele?

– Sim, estou – ela respondeu com firmeza.

– Ele a atacou ou algo assim? – perguntei, tentando entender um pouco aquilo.

– Não, Z., pelo contrário. Ele salvou a minha vida. Duas vezes.

– É claro que ele a salvou. Você tem um pacto com essa criatura e é aliada das Trevas!

Neferet se virou para encarar os novatos e vampiros que observavam a cena.

O brilho verde que cercava Stevie Rae se intensificou, assim como a sua voz.

– Rephaim me salvou das Trevas. Ele é o motivo pelo qual eu sobrevivi depois de invocar acidentalmente o touro branco. E só porque a maioria do pessoal não pode ver o que você está fazendo, não se esqueça nunca de que eu posso. Eu vejo os filamentos de Trevas que obedecem ao seu comando.

– Esse parece ser um assunto bem familiar para você – disse Neferet.

– É claro que é – Stevie Rae falou com raiva. – Antes do sacrifício de Aphrodite, eu estava preenchida pelas Trevas. Eu sempre vou reconhecê-las; assim como eu sempre vou escolher a Luz em vez delas.

– É verdade? – O sorriso de Neferet era arrogante. – E foi isso o que você fez quando escolheu essa criatura? Escolheu a Luz? Os *Raven Mockers* foram criados na raiva, na violência e no ódio. Eles vivem para matar e destruir. Esse aí matou Anastasia Lankford. Como isso pode ser confundido com a Luz e o caminho da Deusa?

– Foi errado – Rephaim não estava falando para Neferet. Ele estava olhando diretamente para Stevie Rae. – O modo como eu agi antes de conhecer você foi errado. Então, você me encontrou e me tirou de um lugar escuro. – Eu prendi a respiração quando o *Raven Mocker* tocou devagar e gentilmente a bochecha de Stevie Rae, enxugando uma lágrima. – Você me mostrou a bondade e, por um breve instante, eu vislumbrei a felicidade. Isso é o bastante para mim. Solte-me, Stevie Rae, minha Vermelha. Deixe-os se vingar em mim. Talvez Nyx tenha piedade do meu espírito e me permita entrar no seu reino, onde algum dia eu posso encontrá-la novamente.

Stevie Rae balançou a cabeça.

– Não. Eu não posso. E não vou. Se eu sou sua, você é meu também. Eu não vou deixá-lo partir sem lutar.

– Isso significa que você vai lutar contra os seus amigos por ele? – eu gritei para ela, sentindo como se tudo estivesse girando fora de controle.

Calmamente, Stevie Rae olhou para mim. Eu vi a resposta nos olhos dela antes que ela respondesse com uma voz triste, mas firme.

– Se eu precisar fazer isso, farei. – E então ela disse uma coisa, a única coisa que finalmente fez sentido no meio de toda essa loucura, algo mudou tudo para mim. – Zoey, você teria lutado contra qualquer um para me proteger quando eu estava preenchida pelas Trevas, mesmo quando você não tinha certeza de que eu voltaria a ser eu mesma de novo um dia. Ele já se Transformou, Zoey. Ele deu as costas para as Trevas. Como eu posso fazer menos por ele?

– Essa coisa matou a minha companheira! – Dragon berrou.

– Por isso e por uma infinidade de outros ataques, ele deve morrer – Neferet afirmou. – Stevie Rae, se você escolher ficar ao lado dessa criatura, então estará escolhendo ficar contra a Morada da Noite, e você vai merecer sucumbir junto com ele.

– Opa, não. Espere aí – eu falei. – Às vezes, as coisas não são tão preto no branco, e há mais de uma resposta certa. Dragon, eu sei que isso é terrível para você, mas vamos todos tomar fôlego e parar para pensar por um segundo. Vocês não podem estar realmente falando em matar Stevie Rae.

– Se ela ficar do lado das Trevas, merece ter o mesmo destino que a criatura – disse Neferet.

– Ah, por favor. Você acabou de admitir que *você* ficou do lado das Trevas, e Zoey a perdoou por isso – Aphrodite lembrou. – Não estou dizendo que por mim tudo bem toda essa esquisitice da Stevie Rae com o cara-pássaro, mas por que você pode ser perdoada e esses dois não podem?

– Porque eu não estou mais sob a influência das Trevas, que são personificadas pelo pai dessa criatura – Neferet respondeu tranquilamente. – Eu não sou mais aliada dele. Vamos perguntar para a criatura se ele pode dizer o mesmo. – Ela olhou para o *Raven Mocker* e perguntou: – Rephaim, você jura que não é mais filho de seu pai? Que não é mais aliado dele?

Neste momento, Rephaim respondeu diretamente para Neferet.

– Só o meu pai pode me libertar de servir a ele.

Eu pude ver a arrogância no rosto de Neferet.

– E você pediu a Kalona para libertá-lo?

– Não – Rephaim desviou os olhos de Neferet e se voltou para Stevie Rae. – Por favor, entenda.

– Eu entendo. Eu juro que entendo – ela disse a ele. Então ela gritou para Neferet: – Ele não pediu para Kalona libertá-lo porque não queria trair o pai dele!

– As razões de ele escolher as Trevas não são importantes – Neferet afirmou.

– Na verdade, eu acho que são – eu falei. – E mais uma coisa, nós estamos falando em Kalona como se ele estivesse aqui. Ele não deveria ter sido banido do seu lado?

Neferet voltou os seus olhos verdes e frios para mim.

– O imortal não está mais ao meu lado.

– Mas está parecendo que ele está aqui em Tulsa. Se ele foi banido, o que está fazendo aqui? Hã, Rephaim – eu quase gaguejei ao falar o nome. Era muito estranho falar com aquela criatura assustadora como se ele fosse um cara comum. – O seu pai está em Tulsa?

– E-eu não posso falar pelo meu pai – o *Raven Mocker* respondeu de modo entrecortado.

– Não estou pedindo que você diga nada contra ele, nem que nos conte exatamente onde ele está – eu argumentei.

Fiquei surpresa por conseguir ver a angústia nos olhos avermelhados dele.

– Sinto muito. Eu não posso.

– Vejam! Ele não vai falar nada contra Kalona; ele não vai se posicionar contra Kalona – a voz de Neferet disparou para a multidão. – E, como o *Raven Mocker* está aqui, nós sabemos que Kalona também está em Tulsa, ou está a caminho. E, quando ele atacar esta escola, como ele certamente vai fazer, você vai novamente ficar ao lado dele e *lutar contra nós*.

Rephaim voltou o seu olhar escarlate para Stevie Rae. Com uma voz cheia de desespero, ele disse:

– Eu não vou ferir você, mas ele é meu pai e eu...

Neferet o cortou.

– Dragon Lankford, como Grande Sacerdotisa desta Morada da Noite, eu ordeno que você proteja esta escola. Mate esse *Raven Mocker* desprezível e *qualquer um* que se colocar ao lado dele.

Eu vi Neferet levantar a mão e fazer com o pulso um movimento de chicotada em direção a Stevie Rae. A bolha verde brilhante que estava ao redor dela e do *Raven Mocker* se despedaçou, e Stevie Rae gemeu. O rosto dela ficou realmente branco, e ela colocou a mão no seu estômago como se fosse vomitar.

– Stevie Rae? – comecei a ir na direção dela, mas Stark agarrou a minha mão e me segurou.

– Neferet está usando as Trevas – ele afirmou. – Você não pode se colocar entre ela e Stevie Rae, senão elas vão atingir você.

– Trevas? – A voz de Neferet soou impregnada de poder. – Eu não estou usando as Trevas. Estou usando o direito de vingança de uma Deusa. Só isso poderia permitir que eu quebrasse essa barreira. Agora, seria Dragon! Mostre a essa criatura as consequências de se colocar contra a minha Morada da Noite!

Stevie Rae gemeu de novo e caiu de joelhos. O brilho verde desapareceu. Rephaim estava inclinado sobre Stevie Rae, deixando as suas costas completamente expostas e vulneráveis à espada de Dragon.

Eu levantei a mão que Stark não estava agarrando, mas o que eu ia fazer? Atacar Dragon? Salvar o *Raven Mocker* que tinha matado a sua companheira? Eu estava congelada. Eu não ia deixar Dragon ferir Stevie Rae, mas ele não a estava atacando – ele estava atacando o nosso inimigo, *um inimigo com quem a minha melhor amiga estava Carimbada*. Era como assistir àqueles filmes de terror sanguinolentos e esperar pela parte de pescoços cortados, membros arrancados e toda aquela carnificina brutal. A única diferença era que a cena agora era real.

Houve um forte barulho como o de uma ventania controlada. Kalona desceu do céu, aterrissando entre o seu filho e Dragon. Ele estava segurando aquela terrível lança negra, que ele tinha materializado no Mundo do Além. Com ela Kalona desviou o ataque do Mestre da Espada com tanta força que Dragon caiu de joelhos.

Os Filhos de Erebus rapidamente reagiram. Mais de uma dúzia deles correu para defender o seu Mestre da Espada. Dragon estava totalmente confuso, mas ainda assim estava se esforçando para liderar tantos guerreiros ao mesmo tempo.

– Rephaim! Filho! – Kalona o chamou. – Venha comigo! Defenda-me!

22

Stevie Rae

– Você não pode matar ninguém! – Stevie Rae gritou quando Rephaim pegou uma espada caída de um Filho de Erebus.

Ele olhou para ela e sussurrou:

– Force Kalona a ir contra os desejos de Neferet. É o único jeito de acabar com isso. – Em seguida, ele correu para obedecer à ordem de seu pai.

Force Kalona a ir contra Neferet? Do que Rephaim está falando? Kalona não está sob o controle dela? Stevie Rae se esforçou para ficar em pé, mas aqueles terríveis filamentos negros não haviam apenas quebrado o seu escudo da terra, tinham também drenado as suas forças. Ela se sentia fraca, tonta e com vontade de vomitar.

E então Zoey estava lá, agachando-se ao lado dela, e Stark estava de guarda na frente das duas, posicionando-se entre elas e a batalha sangrenta entre os Filhos de Erebus e Kalona e Rephaim. Stevie Rae levantou os olhos a tempo de ver uma espada gigante se materializar nas mãos de Stark. Ela agarrou o pulso de Zoey.

– Não deixe Stark ferir Rephaim! – Stevie Rae implorou para a sua melhor amiga. Zoey olhou nos olhos dela. – Por favor – ela pediu. – Por favor, confie em mim.

Zoey concordou com a cabeça e falou para o seu guerreiro:

– Não machuque Rephaim.

Stark virou a cabeça, mas sem tirar os olhos da batalha.

– Eu vou feri-lo com toda a certeza se ele atacar vocês – ele replicou.

– Ele não vai atacar – Stevie Rae afirmou.

– Eu não apostaria nisso – Aphrodite disse, correndo em direção a elas enquanto Darius, com a sua própria espada desembainhada, juntava-se a Stark, criando uma barreira entre o perigo e as suas Sacerdotisas. – Caipira, você realmente fodeu tudo desta vez.

– Eu tenho que concordar com *Aphrodikey* – Erin opinou.

– Eu odeio dizer isso, mas ela está certa – Shaunee admitiu.

Damien, parecendo exausto, ajoelhou-se do outro lado de Stevie Rae.

– Nós podemos brigar com Stevie Rae mais tarde. Neste momento, vamos apenas pensar em como tirá-la desta situação terrível – ele falou.

– Você não entende – Stevie Rae disse a ele, com seus olhos cheios de lágrimas. – Eu não quero sair disso, e a única coisa que torna tudo terrível é que vocês descobriram antes de eu contar tudo sobre Rephaim.

Damien a encarou por um longo tempo antes de responder:

– Ah, eu entendo. Eu realmente entendo porque aprendi bastante sobre o amor antes de perdê-lo.

Antes que Stevie Rae pudesse dizer qualquer coisa, um grito de dor de um dos guerreiros Filhos de Erebus atraiu a atenção de todos. Kalona tinha acabado de golpeá-lo na parte mais carnuda da coxa e o jovem guerreiro havia caído, mas, tão rápido quanto a queda, outro guerreiro o arrastou para fora do caminho e mais outro tomou o seu lugar, fechando o espaço no círculo em volta dos seres alados.

Os dois estavam lutando um de costas para o outro. Stevie Rae teve vontade de se encolher e morrer enquanto assistia aos guerreiros da Morada da Noite pressionarem cada vez mais o ataque. Perfeitamente emparelhados, perfeitamente em sincronia, Kalona e Rephaim complementavam os movimentos um do outro. Em alguma parte do seu cérebro, Stevie Rae podia reconhecer a beleza da dança letal que estava acontecendo entre os guerreiros e os seres alados – havia uma graça e uma simetria na luta que era incrivelmente inspiradora. Mas a maior parte do seu cérebro só queria gritar para Rephaim: *Corra! Fuja voando! Vá embora daqui! Salve-se!*

Um guerreiro arremeteu contra Rephaim e, no último instante, ele aparou o golpe. Com náuseas, assustada e quase completamente derrotada pela terrível incerteza sobre o que ia acontecer com os dois, demorou um pouco mais do que deveria para Stevie Rae realmente ver o que Rephaim estava fazendo – ou melhor, o que ele *não* estava fazendo. E, quando ela percebeu, Stevie Rae sentiu a doce agitação da esperança.

– Zoey – chamou a amiga e apertou sua mão, sem querer desviar os olhos da batalha. – Observe Rephaim. Ele não está atacando. Ele não está ferindo ninguém. Só está defendendo a si mesmo.

Zoey fez uma pausa, observou e então disse:

– Você tem razão. Stevie Rae, você está certa! Ele não está atacando.

O orgulho por Rephaim fez o peito de Stevie Rae doer, como se o coração dela estivesse batendo forte demais para ser contido dentro da sua caixa torácica. Os guerreiros continuavam atacando de modo brutal e fatal para conseguir atingir o seu objetivo. Kalona continuava ferindo, mutilando e até matando. Rephaim prosseguia apenas defendendo a si mesmo; ele bloqueava golpes, fazia fintas e dava estocadas, mas não feria nenhum dos guerreiros que obviamente estavam tentando matá-lo.

– Ela está correta – Darius afirmou. – O *Raven Mocker* está totalmente na defensiva.

– Pressionem-nos! Matem-nos! – Neferet gritava.

Stevie Rae parou de fitar Rephaim para dar uma boa olhada nela. Neferet parecia inchada com o poder, deleitando-se na violência e destruição que estava acontecendo diante dela. Por que ninguém mais via as horríveis Trevas que pulsavam e serpenteavam excitadas em volta dela, envolvendo-se nas suas pernas, acariciando o seu corpo, alimentando-se do seu poder como, por sua vez, Neferet se alimentava da morte e da devastação ao seu redor?

Com Dragon Lankford vingador os liderando, os guerreiros Filhos de Erebus redobraram o ataque.

— Eu preciso fazer isso parar — Stevie Rae falou mais para si mesma do que em voz alta. — Antes que isso tudo vá longe demais e ele não consiga evitar e acabe matando alguém, eu preciso fazer com que eles parem.

— Não há como fazer com que eles parem — Zoey disse em voz baixa. — Acho que Neferet já tinha planejado algo assim o tempo todo. Kalona, provavelmente, está aqui porque ela disse a ele para estar.

— Kalona pode ser, mas Rephaim não — Stevie Rae disse com firmeza. — Ele veio aqui para ter certeza de que eu estava bem, e não vou deixar que ele seja abatido por causa disso.

Ainda observando a batalha sangrenta, Stevie Rae imaginou que ela era uma árvore, um carvalho gigante e forte, e que as suas pernas eram raízes que entravam muito, muito fundo na terra. Tão profundamente que os filamentos de Trevas de Neferet não podiam alcançá-la. E então ela se imaginou absorvendo poder do espírito da terra — rica, fértil e vigorosa. A pura essência da terra subiu como uma onda para dentro do seu corpo. Stevie Rae se levantou. Quando largou a mão de Z., Stevie Rae olhou para a sua própria mão, que estava brilhando com um verde suave e familiar. Ela começou a andar para a frente, em direção a Rephaim.

— Opa, aonde você pensa que vai? — Stark perguntou.

Ao lado dele, Darius parecia duro como uma rocha e estava bem no caminho dela.

— Dançar com as feras, para que eu possa penetrar nos seus disfarces.

Essa citação do poema de Kramisha flutuou pela mente dela, como um sonho.

— *Peraí*, você pirou? — disse Aphrodite. — Você tem que sentar a bunda bem aqui, longe daquela confusão ali na frente.

Stevie Rae ignorou Aphrodite e encarou os dois guerreiros.

— Eu sou Carimbada com ele. Minha decisão está tomada. Se vocês vão lutar comigo, podem lutar, mas eu vou até Rephaim.

— Ninguém vai lutar com você, Stevie Rae — Zoey afirmou. — Deixem que ela vá — disse para Stark e Darius.

— Eu preciso da sua ajuda — Stevie Rae pediu a Zoey. — Se você confia em mim, venha comigo e me dê suporte com o espírito.

– Não! Você não pode se misturar naquilo – Stark falou para Zoey. Zoey sorriu para ele.

– Mas nós já nos misturamos com Kalona e vencemos, lembra? Stark bufou.

– É, depois que eu morri.

– Não se preocupe, Guardião. Eu salvo você de novo se precisar. – Zoey se voltou para Stevie Rae. – Você disse que Rephaim salvou a sua vida?

– Duas vezes, e ele teve de enfrentar as Trevas para fazer isso. Rephaim tem o bem dentro dele. Você tem a minha palavra nisso, Z. Por favor, *por favor*, confie em mim.

– Eu confio em você. Eu sempre vou confiar em você – Zoey respondeu. – Eu vou com Stevie Rae – ela disse para Stark, que não ficou nada feliz com a notícia.

– Eu também vou – Damien falou, sem lágrimas. – Se você precisar de ar, ele vai estar lá para você. Eu ainda acredito no amor.

– Eu não gosto da coisa-pássaro, mas o ar não fica bem sem o fogo – Shaunee se ofereceu.

– Idem, gêmea – Erin ecoou.

Stevie Rae olhou para todos nos olhos.

– Muito obrigada a todos. Isso significa mais do que eu jamais vou conseguir dizer a vocês.

– Ah, que merda. Vamos logo salvar aquele cara-pássaro nada atraente, para que a caipira possa viver infeliz para sempre – Aphrodite completou.

– É, vamos fazer isso, apenas retire o "nada" e o "in" da sua frase – disse Stevie Rae.

Com o círculo se formando ao redor dela, e Stark e Darius protegendo os flancos, Stevie Rae os liderou adiante. Ainda canalizando a terra, ela não hesitou e caminhou a passos largos em direção à cena cheia de sangue e destruição, aproximando-se o máximo que podia de Rephaim.

– Não! – ele gritou, vislumbrando-a de relance. – Fique para trás!

– Nem que a vaca tussa! – Stevie Rae olhou para Damien. – Está na hora de sacudir a poeira e dar a volta por cima. Chame o ar.

Damien se virou para o leste.

– Ar, eu preciso de você. Venha para mim!

O vento rodopiou ao redor dele, erguendo o cabelo de Damien e o de todo mundo em volta.

Stevie Rae levantou as sobrancelhas para Shaunee, que revirou os olhos e se voltou para o sul e chamou:

– Fogo, venha queimar para mim, *baby*!

Enquanto o calor se juntava ao ar, Erin, sem precisar que ninguém a motivasse, virou-se para o oeste e disse:

– Água, venha e junte-se ao círculo!

O aroma de chuvas de primavera tocou os seus rostos.

Tão rápido quanto a água havia se juntado a eles, Stevie Rae se voltou em direção ao norte e falou:

– Terra, você já está comigo. Por favor, junte-se ao círculo também.

Aquela conexão enraizada com o chão que ela já tinha intensificou-se, e Stevie Rae sabia que ela era como um farol emitindo um brilho verde de musgo.

Ao lado dela, Z. invocou:

– Espírito, por favor, complete o nosso círculo.

Houve uma maravilhosa sensação de bem-estar que acompanhou Stevie Rae, quando ela se afastou deles, como se fosse a ponta de lança do ataque do grupo. Repleta do poder de seu elemento, ela ergueu os braços, canalizou a eterna e sábia força das árvores e afirmou:

– Terra, faça uma barreira para acabar com essa batalha. Por favor – ela apontou para os homens que lutavam.

– Ajude-a, ar – Damien pediu.

– Bota *pra* queimar, fogo – Shaunee reforçou.

– Dê suporte a ela, água – Erin solicitou.

– Preencha-a, espírito – Zoey acrescentou.

Stevie Rae sentiu uma descarga de adrenalina, que veio do círculo de terra ao redor dela e subiu através dos seus pés até chegar às suas mãos.

Gavinhas verdes brotaram rapidamente do chão e, feito trepadeiras, criaram uma barreira parecida com uma jaula em volta de Rephaim e Kalona, parando completamente a luta.

Todos se viraram para olhar para ela.

– Pronto, assim é melhor. Agora, nós podemos resolver isso – disse Stevie Rae.

– Então, Zoey e o seu círculo... Vocês decidiram se aliar com as Trevas também – Neferet afirmou.

Antes que Z. pudesse responder, Stevie Rae replicou:

– Neferet, você é uma doida varrida, isso não tem pé nem cabeça. Z. acabou de voltar do Mundo do Além, onde passou um tempo com Nyx. Ela conseguiu dar uma dura em Kalona lá e trazer o seu guerreiro são e salvo de volta com ela, coisa que nenhuma outra Grande Sacerdotisa jamais conseguiu fazer. Ela não é exatamente uma matéria-prima das Trevas.

Neferet abriu a boca para falar, mas Stevie Rae a cortou.

– Não! Eu só tenho mais uma coisa para dizer a você: não importa quem você engane, quero que saiba que eu nunca vou acreditar que mudou. Você é uma mentirosa e não é nada legal mesmo. Eu vi o touro branco e conheço as Trevas com as quais você está jogando. Sei como você está embrenhada nelas até o pescoço. Droga, Neferet, eu consigo ver essas coisas deslizando em volta de você agora mesmo. Então: VÁ EMBORA DAQUI.

Ela deu as costas para Neferet e focalizou Kalona. Ela abriu a boca, mas de repente ficou sem palavras. O imortal alado parecia um deus vingador. O seu peito nu estava salpicado de vermelho, e da sua lança negra pingava sangue. Os olhos cor de âmbar dele brilharam quando olharam para ela com uma expressão que era uma mistura de diversão com desdém.

Como pude pensar que eu poderia enfrentá-lo algum dia? A mente de Stevie Rae gritou dentro dela. *Ele é poderoso demais, e eu não sou nada... Simplesmente nada...*

– Fortaleça-a, espírito – a voz de Zoey sussurrou para ela, carregada pelo vento que Damien havia conjurado.

Stevie Rae desviou o seu olhar de Kalona, encontrando os olhos de Zoey. A sua melhor amiga sorriu, dizendo:

– Vá em frente. Termine o que você começou. Você consegue.

Stevie Rae sentiu uma onda de gratidão. Quando o seu olhar voltou para Kalona, ela sorveu profundamente das raízes que imaginava que a conectavam com o seu elemento e, com aquela linha vital de poder e a ajuda dos seus amigos, terminou o que havia começado.

– Ok, todo mundo sabe que você era guerreiro de Nyx, mas que está aqui porque algo ferrou com isso – ela continuou sem rodeios. – O que na verdade quer dizer que *você* ferrou com tudo. Isso também significa que, apesar de ter virado totalmente do mal e coisa e tal, já entendeu de honra, lealdade e talvez até de amor. Então, eu preciso dizer algo sobre o seu filho, e quero que você me escute. Não sei como ou por que isso aconteceu, mas eu o amo e acho que ele também me ama.

Ela fez uma pausa e encontrou o olhar de Rephaim.

– Eu amo – ele disse de forma tão clara e decidida que sua voz chegou a todos que estavam observando. – Eu te amo, Stevie Rae.

Ela levou um momento para sorrir para ele e se encher de alegria, orgulho, felicidade e, acima de tudo, amor. Então ela se concentrou novamente em Kalona.

– Sim, é estranho. Não, nunca vai ser uma relação normal, e a Deusa sabe que nós vamos ter de resolver um monte de questões com os meus amigos, mas isto é o mais importante agora: eu posso dar a Rephaim o bem e uma vida em que ele vai encontrar paz e felicidade. Mas eu não posso fazer isso a menos que você faça uma coisa antes. Você deve libertá-lo, Kalona. Você precisa deixá-lo fazer sua própria escolha entre ficar com você ou seguir outro caminho. Eu irei contra a corrente aqui e acreditarei com todas as minhas forças que, em algum lugar aí bem no fundo de *você*, ainda há uma minúscula centelha do guerreiro de Nyx, e *aquele* Kalona, aquele que protegia a nossa Deusa, faria a coisa certa. Por favor, seja aquele Kalona de novo, pelo menos por um segundo.

No longo silêncio em que Kalona olhava sem piscar para Stevie Rae, a voz de Neferet penetrou cheia de desdém e arrogância:

— Já chega dessa farsa idiota. Eu cuido da barreira verde. Dragon, vingue-se do *Raven Mocker*. E você, Kalona, eu ordeno que você continue banido do meu lado como já estava antes. Nada mudou entre nós.

Enquanto ela falava, Stevie Rae a viu puxar os tentáculos negros das sombras em volta dela e do seu próprio corpo, e eles agora deslizavam e pareciam se aproximar dela cada vez mais.

Stevie Rae se preparou. Ia ser terrível, mas ela tinha certeza absoluta de que não ia retroceder, o que significava que ela teria de enfrentar as Trevas novamente.

Mas, assim que ela sentiu o primeiro espasmo de dor e frio, bem como o esgotamento que as Trevas causaram dentro da terra, o imortal alado levantou uma mão levemente e comandou:

— Parem! Eu sou aliado das Trevas há muito tempo. Obedeçam ao meu comando. Esta batalha não é sua. *Fora daqui!*

— Não! — Neferet gritou quando os filamentos pegajosos, invisíveis para quase todo mundo presente, começaram a deslizar de volta para serem reabsorvidos pelas sombras de onde tinham vindo. Neferet se voltou para Kalona: — Criatura tola! O que você está fazendo? Eu ordenei que você partisse. Você *deve* obedecer ao meu comando! Eu sou a Grande Sacerdotisa aqui!

— Eu não estou sob o seu controle! Nunca estive. — Kalona deu um sorriso vitorioso e pareceu tão magnífico que, por um instante, Stevie Rae perdeu o fôlego ao olhar para ele.

— Eu não sei do que você está falando — Neferet se recuperou rapidamente. — Era eu quem estava sob o seu controle.

Kalona olhou para os jardins da escola, observando os novatos e os vampiros de olhos arregalados, uns estavam armados contra ele, e outros, congelados na dúvida entre o desejo de fugir dele ou de adorá-lo.

— Ah, crianças de Nyx. Assim como eu, muitos de vocês pararam de ouvir a sua Deusa. Quando vocês vão aprender?

Então, o imortal alado olhou à sua direita. Rephaim estava ali parado, olhando silenciosamente para seu pai.

— É verdade que você se Carimbou com a Vermelha?

— Sim, Pai. É verdade.

— E você salvou a vida dela? Mais de uma vez?

— Assim como ela salvou a minha, mais de uma vez. Foi ela quem realmente me curou da queda. Foi ela quem me livrou da dor do terrível ferimento que as Trevas fizeram em mim mais tarde, depois de eu enfrentar o touro branco por ela... – Os olhos de Rephaim encontraram os de Stevie Rae. – Como pagamento por libertá-la das Trevas, ela me tocou com o poder da Luz que ela controla, aquele poder da terra.

— Eu não fiz isso como pagamento. Fiz porque eu não podia suportar ver você machucado – Stevie Rae explicou.

Devagar, como se fosse difícil para ele, Kalona colocou a mão no ombro do seu filho.

— Você sabe que ela nunca vai poder amá-lo como uma mulher ama um homem? Você vai desejar para sempre algo que ela não pode e não vai dar a você.

— Pai, o que ela me dá é mais do que eu jamais tive.

Stevie Rae viu a dor contorcer o rosto de Kalona, ao menos por um instante.

— Eu dei amor a você como meu filho, o meu filho favorito – ele disse tão baixo que ela teve de se esforçar para ouvi-lo.

Rephaim hesitou e, quando respondeu ao seu pai, Stevie Rae ouviu a honestidade crua em sua voz e o sofrimento que esta confissão causava a ele.

— Talvez em outro mundo, em outra vida, isso pode ter sido verdade. Nesta vida, você me deu poder, disciplina e raiva, mas não me deu amor. Nunca deu amor.

Os olhos de Kalona faiscaram, mas Stevie Rae achou ter visto mais dor do que raiva dentro daquelas profundezas cor de âmbar.

— Então, neste mundo, nesta vida, eu vou dar a você mais uma coisa: a escolha. Escolha, Rephaim. Escolha entre o pai a quem você tem servido e seguido fielmente por éons e o poder que esse serviço tem proporcionado a você, e o amor da vampira Grande Sacerdotisa, que nunca vai ser completamente sua, porque ela vai sempre, sempre se sentir horrorizada pelo monstro que existe dentro de você.

Os olhos de Rephaim encontraram os dela. Stevie Rae viu a pergunta dentro deles e respondeu antes que ele a formulasse em voz alta.

– Eu não vejo um monstro quando olho para você, nem do lado de fora, nem dentro. Portanto, eu não me sinto horrorizada. Eu amo você, Rephaim.

Rephaim fechou seus olhos por um instante, e ela sentiu um tremor de inquietação. Ele era bom; Stevie Rae acreditava nisso, mas escolher a ela no lugar do seu pai mudaria o curso da sua vida para sempre. Ele era parte imortal, e "para sempre" era uma coisa literal para ele. Talvez ele não pudesse... Talvez ele não fosse... Talvez ele...

– Pai... – Stevie Rae abriu seus olhos no mesmo segundo em que ouviu a voz de Rephaim. Ele estava falando com Kalona, mas ainda estava olhando para ela. – Eu escolho Stevie Rae e o caminho da Deusa.

O olhar dela se desviou rapidamente para Kalona a tempo de ver uma máscara de dor passar pelo seu rosto.

– Então, que seja. Deste dia em diante, você não é mais meu filho – ele fez uma pausa, e Rephaim também desviou o olhar dela em direção ao imortal alado. – Eu ofereceria para você a bênção de Nyx, mas ela não me ouve mais. Em vez disso, eu ofereço um conselho: se você amá-la com todas as suas forças, quando perceber que ela não o ama da mesma maneira, porque não vai e não pode amá-lo, esse sentimento vai matar você por dentro – Kalona abriu suas grandes asas, levantou os braços e proclamou: – Rephaim está livre de mim! E tenho dito. Que assim seja!

Mais tarde, Stevie Rae se lembraria daquele momento e do modo como o ar se agitou em volta de Rephaim, após a sua libertação do seu pai imortal. Naquele momento, tudo o que ela podia fazer era fitar Rephaim. E ela arregalou os olhos quando a tonalidade vermelha que havia nos olhos dele desde que ela o conhecera desapareceu, deixando apenas grandes olhos negros de um garoto humano, na cabeça de um enorme corvo a encarando.

Com as asas ainda abertas, o corpo engrandecido pelo poder e, Stevie Rae gostaria de acreditar, pela tristeza que ele devia sentir em algum lugar dentro dele pela perda do filho, Kalona voltou o seu olhar âmbar para Neferet. Ele não disse nem uma palavra. Apenas gargalhou e então se lançou no céu da noite, deixando um rastro de risadas irônicas atrás de si, além de mais uma coisa. Uma única pena branca caiu no chão aos pés de Stevie Rae. Isso a chocou tanto que a barreira que ela havia erguido em volta de Rephaim se dissipou. Ela estava olhando para a pena tão intensamente que nem percebeu que a sua concentração havia se despedaçado por completo. Ela estava se inclinando para pegar a pena, quando Neferet ordenou Dragon:

– Agora que o imortal alado fugiu, mate o filho dele. Essa farsa não me engana.

Stevie Rae sentiu aquela dor aguda, terrível e familiar provocada pelas Trevas quebrando a sua conexão com a terra e a enfraquecendo. Ela foi incapaz até de gritar, quando viu Dragon atacar Rephaim.

23

Rephaim

Rephaim nem havia tido tempo de absorver o que tinha acontecido, quando Neferet ordenou a sua morte. Ele estava surpreso observando Stevie Rae, que olhava para algo branco no gramado. Então, seguiu-se o caos. O brilho verde que o estava cercando desapareceu. Stevie Rae ficou pálida feito um fantasma e cambaleou com se estivesse tonta. O *Raven Mocker* estava tão focado em Stevie Rae que nem sabia que Dragon o estava atacando. Então Zoey, a amiga dela, de repente estava na sua frente, colocando-se entre ele e os vingativos Filhos de Erebus.

– Não. Nós não atacamos pessoas que escolhem o caminho da Deusa – ela falou com uma voz amplificada, e os guerreiros pararam vacilantes na frente dela.

Rephaim percebeu que Stark havia se colocado de um lado dela e Darius do outro. Os dois guerreiros tinham as suas espadas levantadas, mas as expressões deles deixavam muito claro que nenhum queria atacar os seus irmãos.

Minha culpa. É minha culpa que eles estão uns contra os outros. Os pensamentos de Rephaim estavam desordenados, cheios de autorrecriminação e dúvidas, enquanto ele se precipitava para Stevie Rae.

– Agora você vai fazer um guerreiro se voltar contra outro guerreiro? – Neferet perguntou a Zoey incredulamente.

– Você vai fazer os nossos guerreiros matarem alguém que está a serviço da Deusa deles? – Zoey replicou.

– Então, agora você é capaz de julgar o que se passa dentro do coração de alguém? – Neferet respondeu, soando convencida e sábia. – Nem mesmo uma Grande Sacerdotisa *de verdade* tem a pretensão de possuir uma habilidade tão divina.

Rephaim sentiu a mudança no ar antes que ela se materializasse. Foi como se uma tempestade de relâmpagos e trovões tivesse sido contida e um raio eletrificasse o ar ao redor deles. No meio daquela onda de poder, luz e som, a Grande Deusa da Noite, Nyx, apareceu.

– *Não, Neferet, Zoey não tem a pretensão de possuir uma habilidade tão divina, mas eu tenho.*

Cada tentáculo de Trevas que estava procurando, exaurindo e espreitando por ali fugiu deslizando ao som da sua voz divina. Ao lado de Rephaim, Stevie Rae ofegou, como se ela tivesse soltado a respiração que estava prendendo, e caiu de joelhos.

Em toda a sua volta, ele ouvia sussurros reverentes e assustados de "É Nyx!", "É a Deusa!" e "Oh, abençoada seja!".

E então a atenção dele foi consumida por Nyx.

Ela era, de fato, a personificação da noite. Seu cabelo era como a lua cheia dos caçadores[38], brilhando com uma luminescência prateada. Seus olhos eram feito o céu da lua nova: negros e infinitos. O resto do seu corpo era quase completamente transparente. Rephaim pensou ter vislumbrado uma seda negra tremulando em uma brisa própria, além de curvas de mulher e talvez até uma lua crescente tatuada na sua testa lisa. Quanto mais ele tentava focar a imagem da Deusa, mais transparente e incandescente ela se tornava. Foi então que ele notou que era o único que ainda estava em pé. Todos os outros haviam se ajoelhado para a Deusa; ele também se ajoelhou.

---

38 *Hunter's moon*, em inglês, também conhecida como *blood moon* (lua de sangue) ou *sanguine moon* (lua sanguínea), é a primeira lua cheia depois da *harvest moon* (lua da colheita), que é a lua cheia mais próxima ao equinócio de outono, no hemisfério norte. (N.T.)

Rapidamente, ele percebeu que não precisava se preocupar com a sua reação tardia. A atenção de Nyx estava voltada para outro lugar. Ela estava flutuando em direção a Damien, que ironicamente não fazia ideia de que ela se aproximava, pois estava ajoelhado de cabeça baixa e com os olhos fechados.

– *Damien, meu filho, olhe para mim.*

Damien levantou a cabeça e arregalou os olhos de surpresa.

– Oh, Nyx! É você mesma! Eu pensei que tinha imaginado você aqui.

– *Talvez, de certo modo, você tenha mesmo imaginado. Eu quero que saiba que o seu Jack está comigo, e ele é um dos espíritos mais puros e cheios de alegria que o meu reino jamais conheceu.*

Lágrimas encheram os olhos de Damien e transbordaram pelo seu rosto.

– Obrigado. Muito obrigado por me contar isso. Vai me ajudar a superar a perda dele.

– *Meu filho, não há necessidade de superar a perda dele. Lembre-se sempre dele e alegre-se pelo breve e bonito amor que vocês compartilharam. Escolher fazer isso não significa esquecê-lo ou superar a sua perda, mas sim se curar.*

Damien sorriu entre lágrimas.

– Vou me lembrar disso. Eu sempre vou lembrar e escolher o seu caminho, Nyx. Eu dou a minha palavra.

A forma da Deusa suspensa no ar se virou de modo que o seu olhar negro penetrou no restante deles. Rephaim viu Nyx olhar afetuosamente para Zoey, que abriu um largo sorriso.

– *Merry meet*, minha Deusa – Zoey disse, deixando Rephaim chocado com o tom íntimo da sua voz.

Ela não deveria ser mais respeitosa, mais temerosa, ao se dirigir à Deusa?

– *Merry meet, Zoey Redbird!*

A Deusa sorriu de volta para a Grande Sacerdotisa Novata e ele pensou, por um momento, que ela parecia uma garotinha incrivelmente adorável; uma garotinha que de repente era familiar para ele. Com um choque, Rephaim a reconheceu. O fantasma! O fantasma era a Deusa!

Então Nyx começou a falar, dirigindo-se à multidão. E sua aparência se alterou para um ser etéreo tão brilhante e belo que era impossível pensar em qualquer coisa além das palavras que ela falou como uma sinfonia para todos eles.

– *Muito aconteceu aqui esta noite. Escolhas reformadoras de espírito foram feitas, o que significa, para alguns de vocês, que novos caminhos de vida se abriram. Para outros, seus caminhos selaram suas escolhas feitas muito tempo atrás. E há ainda outros de vocês que estão em um precipício na vida.* – O olhar da Deusa se fixou em Neferet, que instantaneamente curvou a sua cabeça. – *Você mudou, filha. Você não é mais como já foi um dia. Sinceramente, eu ainda posso chamá-la de filha?*

– Nyx! Grande Deusa! Como eu poderia não ser sua filha?

Neferet não levantou sua cabeça quando falou com a Deusa, e o seu grosso cabelo avermelhado cobriu completamente o seu rosto, escondendo a sua expressão.

– *Hoje você pediu perdão. Zoey deu uma resposta. Eu vou dar outra. Perdão é uma dádiva muito especial, que precisa ser merecida.*

– Eu peço humildemente que você compartilhe essa dádiva especial comigo, Nyx – Neferet disse, ainda curvando sua cabeça e encobrindo seu rosto.

– *Quando merecer a dádiva, você vai recebê-la.* – Abruptamente, a Deusa deu as costas para Neferet, voltando sua atenção para o Mestre da Espada, que fechou o punho sobre o coração respeitosamente para ela. – *A sua Anastasia está livre de dores e de remorsos. Você vai fazer a escolha de Damien e aprender a se alegrar pelo amor que vocês tiveram e seguir em frente, ou a sua escolha vai ser destruir aquilo que ela tanto amava em você, isto é, a sua capacidade de ser ao mesmo tempo forte e misericordioso?*

Rephaim estava observando Dragon, esperando por uma resposta do Mestre da Espada que não veio, quando Nyx falou o seu nome.

– *Rephaim.*

Ele olhou Nyx direto no rosto por apenas um instante. Então Rephaim se lembrou do que ele era e curvou a sua cabeça com vergonha, falando as primeiras palavras que inundaram sua mente:

– Por favor, não olhe para mim!

Ele sentiu a mão de Stevie Rae deslizar e pegar a sua.

– Não se preocupe. Ela não está aqui para puni-lo.

– *E como você sabe disso, jovem Grande Sacerdotisa?*

Ele sentiu a mão de Stevie Rae tremer, mas a voz dela não vacilou:

– Porque você *pode* ver dentro do coração dele, e eu sei o que você vai encontrar lá.

– *O que você acredita que há dentro do coração do Raven Mocker, Stevie Rae?*

– Bondade. E eu acredito que ele não é mais um *Raven Mocker*. O pai dele o libertou. Então, eu acho que agora ele é u-um tipo novo, hã, de garoto que nunca existiu antes – ela tropeçou com as palavras, mas conseguiu terminar a frase.

– *Vejo que você está muito ligada a ele* – foi a resposta enigmática da Deusa.

– Eu estou – ela disse com firmeza.

– *Mesmo que essa ligação signifique dividir esta Morada da Noite e, talvez, este mundo em dois?*

– Minha mãe costumava podar as rosas de um jeito muito violento, e eu achava que ela ia machucá-las ou talvez até matá-las. Quando eu perguntei sobre isso, ela me respondeu várias vezes que é preciso cortar fora as coisas velhas para abrir espaço para as novas. Talvez seja hora de cortar fora algumas coisas velhas – Stevie Rae afirmou.

As palavras dela o surpreenderam tanto, que Rephaim tirou os olhos do chão e se virou para Stevie Rae. Ela sorriu para ele e, naquele momento, ele queria mais do que qualquer coisa poder sorrir de volta para ela e tomá-la nos seus braços como um garoto normal seria capaz de fazer, porque o que ele viu nos olhos dela foi afeto, amor e felicidade, sem nem o mais leve sinal de remorso ou rejeição.

Stevie Rae deu a ele coragem para levantar os olhos para a Deusa e encontrar o seu olhar infinito.

E o que ele viu ali pareceu familiar, pois, espelhados nos olhos de Nyx, estavam o mesmo afeto, amor e felicidade que ele tinha visto no olhar de Stevie Rae.

Rephaim soltou a mão de Stevie Rae para poder fechar o seu punho sobre o coração, fazendo a saudação antiga e respeitosa.

– *Merry meet*, Deusa Nyx.

– *Merry meet, Rephaim* – ela falou. – *Você é o único filho de Kalona a se afastar da violência e da dor da sua concepção, bem como do ódio que fez parte da sua longa vida, e procurar a Luz.*

– Nenhum dos outros teve Stevie Rae – ele lembrou.

– *É verdade que ela influenciou a sua escolha, mas você precisou se abrir para ela e responder com Luz em vez de Trevas.*

– Essa não foi sempre a minha escolha. No passado, eu fiz coisas terríveis. Esses guerreiros têm razão em querer me matar – Rephaim admitiu.

– *Você se arrepende do seu passado?*

– Eu me arrependo.

– *Você escolhe um novo futuro, em que se compromete a seguir o meu caminho?*

– Sim, eu escolho e prometo seguir o seu caminho.

– *Rephaim, filho do imortal guerreiro caído Kalona, eu aceito que você sirva a mim e o perdoo pelos erros do seu passado.*

– Obrigado, Nyx – a voz de Rephaim saiu rouca de emoção, quando ele respondeu para a Deusa, *a sua Deusa.*

– *Você ainda vai me agradecer quando eu disser que, apesar de perdoá-lo e aceitá-lo, existem consequências que você precisa pagar pelas escolhas do seu passado?*

– Não importa o que aconteça depois, por toda a eternidade eu vou ser grato a você. Isso eu juro – ele respondeu sem hesitar.

– *Vamos esperar que você viva muitos e muitos anos para cumprir o seu Juramento. Conheça agora a consequência que você vai ter de pagar* – Nyx levantou os braços como se ela pudesse envolver a lua com as palmas das suas mãos. Pareceu a Rephaim que ela estava pegando luz das próprias estrelas. – *Por ter despertado a humanidade dentro de você, eu vou, a cada noite desde o pôr do sol até o amanhecer, presenteá-lo com isto: a verdadeira forma que você merece.*

A Deusa atirou nele o poder luminoso que ela tinha aglutinado em suas mãos. Isso fez o corpo dele estremecer, causando uma dor tão terrível que ele gritou de agonia ao desabar no chão. Enquanto estava deitado ali, paralisado, a voz da Deusa era o único som que chegava até ele. – *Para reparar as culpas do seu passado, durante o dia você vai perder a sua verdadeira forma e voltar àquela de corvo, que não sabe nada e tem apenas os desejos básicos de uma besta. Reflita bem sobre como usar a sua humanidade. Aprenda com o passado e encontre um equilíbrio com a besta. Assim, eu tenho dito. Que assim seja!*

A dor estava começando a sumir, então Rephaim conseguiu levantar o olhar para a Deusa de novo, no momento em que ela abriu os braços para envolver a todos e disse, cheia de júbilo:

– *Deixo o restante de vocês com o meu amor, se escolherem aceitá--lo de verdade, e o meu desejo de que vocês sejam sempre abençoados.*

Nyx desapareceu no que pareceu uma explosão da lua. O brilho dela foi ofuscante, o que não ajudou Rephaim, que ainda estava confuso, recuperando-se. O seu corpo parecia estranho, pouco familiar, e ele se sentia tonto... Rephaim olhou para si mesmo. O seu choque foi tão intenso que ele não pôde, por um momento, compreender o que via. *Por que estou dentro de um garoto?*, ele pensou na sua mente desordenada. Foi então que finalmente o choro de Stevie Rae chegou até ele. Ele conseguiu focá-la e, ao fazer isso, percebeu que ela estava chorando e rindo ao mesmo tempo.

– O que aconteceu? – ele perguntou, ainda sem entender completamente.

Stevie Rae ainda não foi capaz de falar, pois continuava chorando o que pareciam ser lágrimas de felicidade.

Uma mão surgiu na sua linha de visão e ele levantou os olhos para ver a Grande Sacerdotisa Novata, Zoey Redbird, dando um sorriso torto para ele. Rephaim pegou a mão que ela estava oferecendo e se levantou um pouco trêmulo.

– O que aconteceu é que a nossa Deusa fez você virar um garoto – Zoey respondeu.

A verdade o atingiu com tanta força que ele quase caiu de joelhos de novo.

– Eu sou humano. Completamente humano – Rephaim observou o próprio corpo de jovem guerreiro cherokee alto e forte.

– Sim, você é, mas apenas durante a noite – Zoey explicou. – De dia você vai ser completamente um corvo.

Rephaim mal a escutou. Ele já estava se virando para Stevie Rae.

Ele devia ter se afastado dela quando Nyx o transformou, pois não estava mais ao lado dela. Stevie Rae deu um pequeno e hesitante passo em direção a ele, e então parou, parecendo insegura e enxugando o seu rosto.

– É... é ruim? Eu pareço estranho? – ele falou sem pensar.

– Não – ela respondeu, olhando nos olhos dele. – Você está perfeito. Simplesmente perfeito. Você é o garoto que nós vimos no chafariz.

– Você vai... Eu posso... – ele perdeu a voz.

Rephaim estava emocionado demais para encontrar as palavras certas. Em vez disso, ele se aproximou de Stevie Rae, dando dois passos fortes, decididos e *totalmente humanos*. Sem hesitação, ele a tomou nos braços e fez algo com o que mal havia se permitido sonhar. Rephaim se inclinou e beijou os lábios macios de Stevie Rae com os seus próprios lábios. Ele sentiu o gosto das suas lágrimas e das suas risadas, e finalmente soube o que era ser completamente feliz de verdade. Foi com relutância que ele se afastou dela e disse:

– Espere. Há algo que eu preciso fazer.

Foi fácil encontrar Dragon Lankford. Apesar de todo mundo estar observando ele e Stevie Rae, Rephaim sentiu o olhar do Mestre da Espada de maneira inconfundível. Ele se aproximou de Dragon devagar, sem fazer movimentos súbitos. Mesmo assim, os guerreiros que estavam dos dois lados dele se agitaram, obviamente se preparando para lutar ao lado do seu Mestre da Espada mais uma vez.

Rephaim parou na frente de Dragon. Ele encontrou o olhar dele e viu a dor e a raiva ali. Rephaim assentiu com a cabeça ao admitir:

– Eu causei uma grande perda a você. Eu não tenho desculpa pelo que fiz. Só posso dizer que eu estava errado. Não peço que você me perdoe como fez a Deusa... – Rephaim fez uma pausa e se abaixou, apoiando-se em um joelho. – O que eu peço é que você me permita compensar a dívida de vida que eu tenho servido a você. Se você me aceitar, enquanto eu respirar, vou tentar, com as minhas ações e a minha honra, reparar a perda da sua companheira.

Dragon não disse nada. Ele apenas fitou Rephaim enquanto emoções contraditórias passavam pelo seu rosto: ódio, desespero, raiva e tristeza. Até que finalmente elas se aglutinaram em uma máscara de fria determinação.

– Levante-se, criatura – a voz de Dragon não tinha emoção. – Eu não posso aceitar o seu Juramento. Eu não suporto olhar para você. Eu não vou permitir que você me sirva.

– Dragon, pense no que você está falando – Zoey Redbird interveio, andando rapidamente para o lado de Rephaim com Stark perto dela. – Eu sei que é difícil, sei como é perder alguém que a gente ama, mas você precisa fazer uma escolha sobre como você vai seguir daqui em diante, e parece que você está escolhendo as Trevas em vez da Luz.

Os olhos de Dragon eram cruéis e a sua voz era fria, quando ele respondeu para a jovem Grande Sacerdotisa:

– Você diz que sabe como é perder um amor? Por quanto tempo você amou aquele garoto humano? Menos de uma década! Anastasia foi a minha companheira por mais de um *século*.

Rephaim viu Zoey se encolher, como se as palavras de Dragon a tivessem machucado fisicamente. Stark se aproximou ainda mais dela, franzindo o olhar para o Mestre da Espada.

– E é por isso que uma criança não pode liderar uma Morada da Noite. Nem pode ser uma verdadeira Grande Sacerdotisa, não importa o quão indulgente a nossa Deusa seja – Neferet disse, movendo-se sedutoramente para o lado de Dragon e tocando o braço dele com deferência.

– Espere um segundo, detestável. Eu não me lembro de Nyx ter dito que realmente perdoava você. Ela falou em "se" e "dádiva", mas, corrijam-me se eu estiver errada, não teve nada de "e aí, Neferet, você está perdoada" – Aphrodite lembrou.

– Você não pertence a esta escola! – Neferet gritou para ela. – Você não é mais uma novata!

– Não, ela é uma Profetisa, lembra? – Zoey afirmou, soando calma e sábia. – Até o Conselho Supremo disse isso.

Em vez de responder a Zoey, Neferet se dirigiu à multidão de novatos e vampiros que observavam tudo.

– Vocês estão vendo como eles distorcem as palavras da Deusa, depois de apenas alguns instantes em que ela apareceu para nós?

Rephaim sabia que ela era do mal, sabia que ela não estava mais a serviço de Nyx, mas mesmo assim ele teve de admitir como ela era ardente e bonita. Ele também percebeu que os filamentos de Trevas haviam reaparecido e começaram a deslizar para ela de novo, preenchendo-a e alimentando a sua sede de poder.

– Ninguém está distorcendo nada – Zoey retrucou. – Nyx perdoou Rephaim e o transformou em um garoto. Ela também lembrou que Dragon precisava fazer uma escolha sobre o seu futuro. E ela a informou que o perdão é uma dádiva que deve ser merecida. Isso é tudo o que eu estou dizendo. É tudo o que qualquer um de nós está afirmando.

– Dragon Lankford, como Mestre da Espada e líder dos Filhos de Erebus desta Morada da Noite, você aceita este... – Neferet fez uma pausa, olhando para Rephaim com repugnância – ... esta aberração como um dos seus?

– Não – Dragon respondeu. – Não, eu não posso aceitá-lo.

– Então, eu não posso aceitá-lo também. Rephaim, você não tem autorização para permanecer nesta Morada da Noite. Vá embora, criatura abominável, e repare os erros do seu passado em outro lugar.

Rephaim não se mexeu. Ele esperou que Neferet olhasse para ele. E, então, em voz baixa e clara, ele falou:

– Eu vejo o que você é de verdade.

– Suma daqui! – ela guinchou.

Ele se levantou e começou a se afastar do Mestre da Espada e do seu grupo de guerreiros, mas Stevie Rae pegou a sua mão e interrompeu a sua retirada.

– Aonde você for, eu vou – disse ela.

Ele balançou a cabeça.

– Eu não quero que você seja expulsa da sua casa por minha causa.

Parecendo um pouco tímida, Stevie Rae tocou o rosto dele.

– Você não sabe que *casa* é qualquer lugar em que você estiver?

Ele cobriu a mão dela com a sua. Sem confiar em sua voz, ele apenas concordou e sorriu para ela. *Sorrir* – era incrível como era tão bom fazer isso!

Stevie Rae tirou a sua mão gentilmente da dele.

– Eu vou com ele – ela falou para a multidão. – Vou começar outra Morada da Noite nos túneis embaixo da estação. Lá não é tão agradável quanto aqui, mas agora está incrivelmente mais amigável.

– Você não pode começar outra Morada da Noite sem a aprovação do Conselho Supremo – Neferet vociferou.

Os sussurros de choque da multidão que observava a cena lembraram Rephaim do vento do verão agitando o capim de uma antiga pradaria; o som não tinha fim nem sentido, a menos que você estivesse levantando voo.

A voz de Zoey atravessou a aglomeração.

– Se você tiver uma rainha vampira e concordar em ficar de fora da política dos vampiros, o Conselho Supremo vai deixá-la em paz sem problemas – ela sorriu para Stevie Rae. – Coincidentemente, acabei de me tornar tipo uma rainha. E se eu for com você e Rephaim? Eu troco o luxo por um lugar amigável de boa.

– Eu também vou – Damien se prontificou. Ele olhou pela última vez para a pira que ainda ardia lentamente. – Eu escolho um novo começo.

— Nós vamos — Shaunee afirmou.

— Exato, gêmea — Erin confirmou. — O nosso quarto era muito pequeno aqui de qualquer jeito.

— Mas nós vamos voltar para pegar nossas coisas — Shaunee lembrou.

— Ah, sem dúvida — Erin concordou.

— Merda — disse Aphrodite. — Eu já sabia que ia dar nisso assim que esta noite explodiu. Eu simplesmente sabia. Que droga que em Tulsa não tem uma Nordstrom[39], mas tenho certeza absoluta de que não vou ficar aqui também.

Enquanto Aphrodite se recostava no seu guerreiro e suspirava dramaticamente, cada um dos novatos vermelhos deu um passo à frente. Saindo da multidão, eles abriram caminho para ficar ao lado de Rephaim, Stevie Rae, Zoey, Stark e o resto do seu círculo de amigos.

— Isso significa que eu não posso ser Poetisa Laureada de todos os vampiros? — Kramisha perguntou quando se juntou a eles.

— Ninguém além de Nyx pode tirar isso de você — Zoey afirmou.

— Ótimo. Ela acabou de sair daqui e não me demitiu. Então, acho que ainda sou — disse Kramisha.

— Você não é nada se for embora! Nenhum de vocês é! — Neferet gritou.

— Bem, Neferet, é assim: às vezes, nada junto com os seus amigos equivale a um monte de alguma coisa — Zoey falou.

— Isso não faz o menor sentido — Neferet respondeu.

— Para você, não faz mesmo — Rephaim concluiu, colocando o braço nos ombros de Stevie Rae.

— Vamos para casa — Stevie Rae chamou, deslizando o braço dela em volta da cintura totalmente humana de Rephaim.

— Para mim, parece ótimo — Zoey respondeu, pegando a mão de Stark.

— Para mim, parece que nós vamos ter um bocado de limpeza para fazer — Kramisha murmurou, quando eles começaram a ir embora.

---

[39] Nordstrom é uma das mais sofisticadas redes de lojas de departamento dos Estados Unidos. Nas suas unidades, é possível comprar roupas, sapatos, acessórios, móveis e objetos de decoração. (N.T.)

– O Conselho Supremo dos Vampiros vai saber disso – Neferet bradou para o grupo que já se afastava.

Zoey fez uma pausa e gritou de volta por sobre o ombro:

– É, bem, não vai ser difícil nos achar. Nós temos internet e tudo o mais. Além disso, muitos de nós vão voltar por causa das aulas. Aqui, ainda é a nossa escola, apesar de não ser mais o nosso lar.

– Ah, que ótimo. É como se a gente viesse de ônibus de um conjunto habitacional – Aphrodite reclamou.

– O que é um conjunto habitacional? – Rephaim perguntou para Stevie Rae.

Ela abriu um sorriso para ele e respondeu:

– Ela quis dizer que nós viremos de um lugar totalmente diferente, que algumas pessoas não acham tão legal.

– Eu tenho esperança na revitalização urbana – Aphrodite resmungou.

Rephaim sabia que a sua expressão era de um gigante ponto de interrogação, quando Stevie Rae riu e o abraçou.

– Não se preocupe. Nós vamos ter bastante tempo para eu explicar essas coisas modernas para você. Agora, tudo o que você precisa saber é que nós estamos juntos e que Aphrodite normalmente não é muito agradável.

Stevie Rae ficou na ponta dos pés e o beijou. Rephaim deixou que o gosto e o toque dela afogassem as vozes do seu passado e a memória assombrada do vento embaixo das suas asas...

24

Neferet

Ela manteve o controle de si mesma rigidamente e permitiu que Zoey e o seu patético grupo de amigos partissem da Morada da Noite, mesmo tendo muita vontade de lançar Trevas neles e reduzi-los a nada.

Em vez disso, com cuidado e discrição, ela inspirou o ar, absorvendo os filamentos de Trevas que se agitavam em volta dela, serpenteando de sombra em sombra. Quando se sentiu forte, confiante e controlada de novo, dirigiu-se aos *seus* subordinados, àqueles que haviam permanecido na *sua* Morada da Noite.

– Alegrem-se, novatos e vampiros! A aparição de Nyx esta noite foi um sinal da sua generosidade. A Deusa falou em escolhas, dádivas e caminhos. Infelizmente, nós vimos que Zoey Redbird e seus amigos escolheram um caminho que os leva para longe de nós e, consequentemente, para longe de Nyx. Mas nós vamos resistir a essa provação e perseverar, rezando à nossa Deusa misericordiosa para que aqueles novatos desencaminhados escolham retornar para nós.

Neferet pôde ver dúvida em alguns olhares. Com um movimento quase imperceptível, ela balançou apenas os seus dedos, apontando suas longas e afiadas unhas vermelhas em direção dos que duvidavam, seus opositores. As Trevas responderam os alvejando, agarrando-se a eles, fazendo com que as mentes deles ficassem confusas com pontadas de dor, dúvida e medo, aparentemente sem motivo.

– Agora, vamos todos nos retirar para a clausura dos nossos aposentos e acender uma vela da cor do elemento do qual cada um se sente mais próximo. Eu acredito que Nyx vai ouvir essas preces canalizadas pelos elementos, ajudando-nos a atravessar esse período de sofrimento e discórdia.

– Neferet, e quanto ao corpo do novato? Nós não devemos continuar a velá-lo? – Dragon Lankford perguntou.

Ela foi cuidadosa ao camuflar o desdém em sua voz.

– Você está certo por me lembrar, Mestre da Espada. Aqueles de vocês que prestaram homenagem a Jack com velas roxas do espírito, atirem-nas na pira quando forem embora. Os guerreiros Filhos de Erebus vão continuar a velar o corpo do pobre novato, pelo resto da noite. *E dessa forma eu me livro do poder das velas do espírito, que serão consumidas pelas chamas, e da presença irritante de guerreiros demais perto de mim*, Neferet pensou.

– Como desejar, Sacerdotisa – Dragon disse, curvando-se a ela.

Ela mal o olhou de relance.

– Agora preciso me isolar. Acho que a mensagem de Nyx para mim tinha múltiplas camadas. Uma parte dela foi sussurrada para o meu coração, e ela me fez parar para pensar. Por isso, preciso rezar e meditar.

– O que Nyx disse a deixou perturbada?

Neferet já tinha começado a se afastar dos olhos curiosos da Morada da Noite, quando a voz de Lenobia a deteve. *Eu devia ter imaginado que ela não tinha escolhido ficar por ter sido enganada pelos meus ardis*, Neferet admitiu silenciosamente para si mesma. *Ela ficou porque quer transformar o caçador em caça.*

Neferet voltou a atenção para a Mestra dos Cavalos. Fazendo um rápido movimento com a ponta do dedo, ela enviou Trevas na direção dela e, então, ficou surpresa e apreensiva ao ver Lenobia olhar com agilidade ao seu redor, como se de fato pudesse ver os filamentos que a procuravam.

– Sim, o que Nyx falou realmente me perturbou – Neferet falou abruptamente, atraindo a atenção de todos que olhavam para a Mestra dos Cavalos. – Eu poderia dizer que a Deusa está profundamente preocupada com a nossa Morada da Noite. Você a ouviu falar em uma divisão no nosso mundo, e isso aconteceu. Ela estava me avisando. Eu só queria ter encontrado meios de ter evitado que isso acontecesse.

– Mas ela perdoou Rephaim. Nós não poderíamos...

– A Deusa realmente perdoou aquela criatura. Mas isso significa que devemos ter de aturá-la entre nós? – Graciosamente, ela estendeu o braço em direção a Dragon Lankford, que estava parado com uma expressão de profundo sofrimento na frente da pira do novato. – O nosso Filho de Erebus fez a escolha certa. Infelizmente, muitos jovens novatos foram desencaminhados por Zoey e Stevie Rae e aquelas palavras cheias de veneno. Como a própria Nyx disse esta noite, o perdão é uma dádiva que precisa ser conquistada. Vamos esperar que Zoey, pelo próprio bem dela, continue a contar com a boa vontade da Deusa. Porém, depois das suas ações aqui eu temo por ela.

Enquanto as pessoas alternavam o olhar entre ela e o lamentável e vergonhoso espetáculo de sofrimento que Dragon Lankford oferecia, Neferet golpeou o ar, puxando mais e mais filamentos de Trevas das sombras. Então, como quem dá uma chicotada, ela arremessou Trevas na multidão, reprimindo o seu sorriso de satisfação quando os gemidos e os ofegos de dor chegaram aos seus ouvidos.

– Vão embora, voltem para seus quartos, rezem e descansem. Esta noite foi onerosa demais para todos nós. Eu os deixo agora e, como a Deusa falou, desejo que todos sejam abençoados.

Neferet saiu apressadamente do centro do jardim, sussurrando em voz baixa para as forças ancestrais ao redor dela:

– Ele vai estar lá! Ele vai estar esperando por mim!

Ela juntou tanto poder que se sentiu inchada, pulsando no ritmo das Trevas. E então Neferet se entregou a elas, deixando que as Trevas pegassem o seu recente corpo imortal e a carregassem nas asas incolores da morte, da dor e do desespero.

Mas, antes de alcançar o edifício Mayo e a opulenta cobertura onde ela *sabia*, tinha *certeza* de que Kalona estaria esperando por ela, Neferet sentiu uma grande alteração nos poderes que a carregavam.

O frio a atingiu primeiro. Neferet não estava certa se havia ordenado que os poderes cessassem, fazendo com que parasse, ou se o frio os havia congelado. De qualquer maneira, ela se viu ejetada no meio do cruzamento da Avenida Peoria com a Rua Onze. A Tsi Sgili ficou em pé e olhou em volta, tentando entender o propósito daquilo. O cemitério à sua esquerda atraiu a sua atenção, não apenas porque ele guardava os restos putrefatos dos humanos, o que a divertia. Ela sentiu alguma coisa dentro dele se aproximando. Com um movimento, Neferet puxou um filamento de Trevas que estava se recolhendo, enganchou-se nele e o forçou a levantá-la por sobre a grade de ferro com pontas de lança, que cercava o cemitério.

O que quer que fosse, ela podia sentir aquilo vindo em sua direção, chamando-a. Então, Neferet correu em disparada feito um fantasma por entre as lápides envelhecidas e os monumentos caindo aos pedaços, que os humanos achavam tão tranquilizadores. Até que ela finalmente chegou à parte mais central do cemitério, onde quatro caminhos largos e pavimentados convergiam, formando um círculo em que havia uma bandeira dos Estados Unidos. Era o único local com iluminação do cemitério – com exceção *dele*.

É claro que Neferet o reconheceu. Ela já tinha vislumbrado o touro branco antes, mas ele nunca havia se materializado completamente para ela.

Neferet ficou sem palavras com a perfeição dele. O pelo era de um branco luminoso. Como uma pérola magnífica, ele brilhava – persuadindo, fascinando, instigando. Ela tirou rapidamente a camisa que a encobria, a qual tinha sido dada a ela por aquele pubescente do Stark, e se desnudou diante do olhar negro e profundo do touro. Então, Neferet se ajoelhou graciosamente.

Você se despiu para Nyx. Agora se despe para mim? Você se dá tanta liberdade assim, Rainha das Tsi Sgili?

A voz dele ressoou sombriamente dentro da sua mente, enviando calafrios de ansiedade por todo o corpo dela.

– Eu não me despi para ela. Você, mais do que ninguém, sabe disso. A Deusa e eu temos caminhos separados. Eu não sou mais mortal e não desejo ser submissa a nenhuma outra força feminina.

O enorme touro branco avançou a passos largos, fazendo o chão tremer sob os seus grandes e satânicos cascos fendidos. O focinho não chegou a tocar a delicada pele dela, mas ele inalou o aroma dela e então soltou sua respiração fria, que envolveu Neferet, acariciando seus lugares mais sensíveis, despertando seus mais secretos desejos.

Então, em vez de se submeter a uma deusa, você escolhe perseguir um imortal caído masculino?

O olhar de Neferet encontrou os olhos negros e insondáveis do touro.

– Kalona não é nada para mim. Eu ia atrás dele para me vingar do Juramento que ele quebrou. Tenho o direito de fazer isso.

Ele não quebrou nenhum Juramento. Aquilo não o prendeu. A alma de Kalona não é mais completamente imortal, pois ele abriu mão de uma parte de sua imortalidade feito um tolo.

– Verdade? Isso é muito interessante... – O corpo de Neferet se agitou de excitação com a notícia.

Eu vejo que você ainda está obcecada pelo pensamento de usá-lo.

Neferet levantou o queixo e jogou para trás seu longo cabelo avermelhado.

– Eu não estou obcecada por Kalona. Eu só quero me aproveitar dele e usar os seus poderes.

Você é realmente uma criatura magnífica e sem coração. A língua do touro serpenteou para fora. Ele lambeu a carne nua de Neferet, fazendo-a perder a respiração com aquela dor rara, enquanto o seu corpo tremia de excitação. *Faz mais de um século que eu não tenho um seguidor tão desejoso. A ideia de repente parece atraente.*

Neferet permanecia ajoelhada diante dele. Devagar, gentilmente, ela estendeu o braço e o tocou. O pelo era frio como gelo e escorregadio como água.

Neferet sentiu o corpo dele estremecer de prazer. *Ah*, a voz dele ressoou através da mente dela, entrando na sua alma, deixando-a tonta com aquele poder. *Eu tinha esquecido como o toque pode ser surpreendente quando não é forçado. Não é sempre que sou surpreendido, por isso, quero conceder a você um favor em troca.*

– Eu aceito de boa vontade *qualquer* favor que as Trevas façam para mim.

A gargalhada de compreensão do touro ressoou através da mente dela.

Sim, realmente acho que eu gostaria de oferecer a você uma dádiva.

– Uma dádiva? – ela perguntou ansiosamente, adorando a ironia de que as palavras da Encarnação das Trevas espelhassem tão claramente as palavras de Nyx. – Qual?

Você gostaria de saber que eu posso criar um Receptáculo para ocupar o lugar de Kalona? Ele seria seu e obedeceria ao seu comando, para que você o usasse como uma arma infalível.

– Ele seria poderoso?

A respiração de Neferet estava mais ofegante.

Se o sacrifício for merecedor, ele será muito poderoso.

– Eu sacrificaria qualquer coisa ou qualquer um para as Trevas – Neferet afirmou. – Diga-me o que deseja para criar essa criatura, e eu vou dar a você.

Para criar o Receptáculo, eu preciso ter o sangue vital de uma mulher que possua uma ligação ancestral com a terra, passada a ela por diversas gerações de matriarcas. Quanto mais forte, pura e velha for a mulher, mais perfeito será o Receptáculo.

– Humana ou vampira? – Neferet perguntou.

Humana. Os humanos são mais intimamente ligados à terra, já que seus corpos retornam para ela muito mais rápido do que os corpos dos vampiros.

Neferet sorriu.

– Eu sei exatamente quem seria o sacrifício perfeito. Se você me levar até ela hoje à noite, eu darei o sangue dela a você.

Os olhos negros do touro brilharam com o que Neferet achou que podia ser deleite. Então, ele inclinou suas enormes patas dianteiras, tornando o seu lombo acessível para ela. *Estou intrigado com a sua oferta, minha cara impiedosa. Mostre-me o sacrifício.*

– Você deseja que eu o guie?

Sem hesitar, Neferet levantou e caminhou até a lateral do dorso liso e macio do touro. Apesar de ele estar abaixado, ela ainda teria que se esforçar para montá-lo. Então, ela sentiu a vibração familiar do poder das Trevas. Como se a gravidade não existisse, elas a levantaram e a montaram sobre o imenso lombo do touro.

Visualize na sua mente o lugar aonde você deseja que eu a leve... O lugar onde o sacrifício pode ser encontrado... E eu a levarei até lá.

Neferet se inclinou para a frente, envolvendo seus braços ao redor daquele enorme pescoço, e começou a imaginar campos de lavanda e uma pequena e adorável casa de campo feita de pedras de Oklahoma, com uma varanda frontal de madeira e grandes e reveladoras janelas...

Linda Heffer

Linda detestava admitir isso, mas sua mãe estava certa todos esses anos.

– John Heffer é um *su-li* – ela disse em voz alta a palavra cherokee para pessoa desprezível, que sua mãe tinha usado para se referir a John na primeira noite em que eles se conheceram. – Bem, ele também é um idiota traidor e mentiroso, e um idiota com zero dólar na poupança e na conta-corrente – ela disse orgulhosamente. – Porque eu saquei tudo das duas contas hoje, logo depois de pegá-lo com a secretária da igreja em cima da mesa de trabalho dele!

Suas mãos seguraram com força a direção do Dodge Intrepid deles, enquanto alguns lampejos passavam pela sua mente ao rever aquela cena terrível. Ela tinha pensado que seria uma surpresa agradável fazer um almoço especial para ele e levá-lo ao escritório. John andava trabalhando tanto até tarde, gastando muito tempo e energia para fazer serão. Mas, mesmo depois de todas essas horas de trabalho, ele continuava passando bastante tempo como voluntário na igreja... Linda apertou os lábios.

Bem, agora ela sabia o que ele *realmente* andava fazendo! Ou melhor, *quem* ele realmente andava *ajudando*!

Ela devia ter percebido. Todos os sinais estavam lá: ele tinha parado de prestar atenção nela e de voltar cedo para casa, havia perdido mais de quatro quilos e tinha até feito clareamento nos dentes!

Ele ia tentar convencê-la a voltar. Ela sabia que ele ia. John até tinha tentado impedir que ela saísse voando do escritório, mas foi muito difícil correr atrás dela com as calças abaixadas em volta dos seus tornozelos.

– A pior parte é que ele não vai querer que eu volte porque me ama. Ele vai querer que eu volte para não parecer tão mau. – Linda mordeu o lábio e piscou com força, recusando-se a chorar. – Não! – ela admitiu em voz alta para si mesma. – A pior parte é que John nunca me amou. Ele apenas queria parecer o perfeito homem de família; por isso ele precisava de mim. Nossa família nunca chegou nem perto de ser perfeita, de ser feliz.

Minha mãe estava certa. Zoey estava certa também.

Pensar em Zoey foi o que finalmente fez com que as lágrimas caíssem pelas suas bochechas. Linda tinha saudade de Zoey. Dos seus três filhos, ela tinha sido mais próxima de Zoey. Ela sorriu entre as lágrimas ao se lembrar de como ela e Zoey costumavam passar finais de semana inteiros vendo TV juntas, deitadas de conchinha no sofá, comendo um monte de porcaria e assistindo a filmes como *Harry Potter*, *O Senhor dos Anéis*, ou até *Guerra nas Estrelas* de vez em quando. Quanto tempo fazia desde que elas tinham feito isso pela última vez? Anos. Elas fariam de novo? Linda deu um pequeno soluço. Será que elas poderiam fazer isso agora que Zoey estava na Morada da Noite?

Será que Zoey *queria* pelo menos vê-la de novo?

Ela nunca se perdoaria se tivesse deixado John estragar irreparavelmente seu relacionamento com Zoey.

Essa era uma das razões pelas quais ela tinha pegado o carro no meio da noite e se encaminhado para a casa da sua mãe. Linda queria conversar com sua mãe sobre Zoey, sobre tentar consertar seu relacionamento com Zoey.

Linda também queria se apoiar na força de sua mãe. Ela queria ajuda para se manter firme e não deixar que John a convencesse a se reconciliar com ele.

Mas, acima de tudo, Linda só queria a sua mãe.

Não importava que ela era uma mulher adulta com filhos. Ainda precisava dos braços da sua mãe para abraçá-la e da voz dela para assegurá-la de que tudo realmente ficaria bem, dizendo que ela tinha tomado a decisão certa.

Linda estava tão imersa em seus pensamentos que quase passou a entrada para a casa da sua mãe. Ela freou com força e entrou à direita em cima da hora. Então diminuiu a velocidade para que o carro não derrapasse na estrada de terra, que passava por campos de lavanda e levava à casa da sua mãe. Já fazia mais de um ano que ela tinha estado ali, mas nada havia mudado – e Linda ficou grata por isso, pois se sentiu segura e normal de novo.

A luz da varanda da frente da casa de sua mãe estava acesa, assim como uma lâmpada do lado de dentro. Linda sorriu enquanto estacionava e saía do carro. Provavelmente, era aquele abajur de bronze em forma de sereia da década de 1920 que a sua mãe usava para ler até tarde da noite – só que não seria tarde para Sylvia Redbird. Quatro da manhã seria cedo para ela, quase hora de se levantar.

Linda estava indo bater no vidro da porta antes de abri-la, quando viu o bilhete escrito em um papel com cheiro de lavanda colado ali. A letra inconfundível de sua mãe dizia:

Linda, querida, eu senti que você poderia vir, mas não tinha certeza de quando você chegaria de fato, então levei alguns sabonetes, sachês e outras coisas para o powwow em Tahlequah. Amanhã, estarei de volta. Como sempre, por favor, sinta-se em casa. Espero que você esteja aqui quando eu voltar. Amo você.

Linda suspirou. Tentando não se sentir desapontada e aborrecida com sua mãe, ela entrou.

– Não é culpa dela. Mamãe estaria aqui se eu não tivesse parado no caminho.

Linda estava acostumada com a estranha capacidade de sua mãe sempre saber quando um visitante ia chegar.

– Parece que o radar dela ainda funciona.

Por um momento, ela ficou parada no meio da sala, tentando decidir o que fazer. Talvez devesse voltar para Broken Arrow. Talvez John a deixasse em paz por um tempo – ou pelo menos por tempo suficiente para ela contratar um advogado e entregar a elas os papéis do divórcio.

Mas ela tinha quebrado a sua regra de não deixar as crianças dormirem fora durante a semana, e elas estavam em casas de amigos. Ela não precisava voltar. Linda suspirou de novo e, desta vez, junto com a respiração, inalou os aromas da casa de sua mãe: lavanda, baunilha e sálvia – cheiros de ervas de verdade e de velas feitas à mão, tão diferentes daqueles aromatizadores que são ligados na tomada que John insistia que ela usasse no lugar "daquelas velas cheias de fuligem e daquelas plantas velhas e sujas". E isso fez com que ela tomasse a sua decisão. Linda marchou para a cozinha da sua mãe e foi direto para a pequena, mas bem abastecida, estante de vinhos. Pegou um tinto bem agradável. Ela ia beber uma garrafa inteira, ler algum dos romances da sua mãe e cambalear para o sótão de hóspedes; e ela ia saborear cada minuto disso tudo. Amanhã, sua mãe daria a ela um chá de ervas para curar a ressaca e também ia ajudá-la a descobrir como colocar sua vida de volta no caminho certo – um caminho que não incluía John Heffer e que, decididamente, incluía a sua Zoey.

– Heffer[40], que nome idiota – Linda disse, enchendo uma taça de vinho e dando um longo e demorado gole. – Esse nome é uma das primeiras coisas de que eu vou me livrar!

Ela estava analisando a prateleira de livros de sua mãe, tentando resolver se lia algo *sexy* de Kresley Kole e Gena Showalter ou o último livro de Jennifer Crusie, *Maybe This Time*[41]. Era isso: o ótimo título fez com que ela se decidisse, pois talvez desta vez ela faria a coisa certa. Linda tinha acabado de se acomodar na cadeira de sua mãe, quando alguém bateu três vezes na porta.

---

40 *Heffer* é uma gíria em inglês para mulher gorda. A palavra também é usada no mesmo sentido de "vaca", em português, para se referir a uma mulher com péssimo comportamento. (N.T.)
41 *Maybe This Time* quer dizer "talvez desta vez", em português. (N.T.)

Na sua opinião, era tarde demais para visitas, mas nunca se sabe o que podia acontecer na casa da sua mãe. Então Linda foi até a porta e a abriu.

A vampira que estava ali era de uma beleza estonteante, tinha uma aparência levemente familiar e estava completamente nua.

25

Neferet

– Você não é Sylvia Redbird.

Neferet abaixou o nariz para olhar com desdém para a mulher banal que havia aberto a porta.

– Não, eu sou a filha dela, Linda. Minha mãe não está no momento – ela respondeu, olhando em volta nervosamente.

Neferet percebeu o momento em que os olhos da humana encontraram o touro branco, pois eles se arregalaram de choque e o rosto dela perdeu toda a cor amarelada.

– Oh! É um... um... t-touro! Ele está fazendo o chão queimar? Rápido! Rápido! Venha para dentro que é seguro. Vou pegar um roupão para você vestir e, em seguida, vou chamar o Centro de Controle de Zoonoses, a polícia ou *alguém*.

Neferet sorriu e virou a cabeça para poder observar o touro também. Ele estava parado no meio do campo de lavanda mais próximo. Para alguém desinformado, parecia, de fato, que ele estava queimando tudo ao seu redor.

Mas Neferet não era desinformada.

– Ele não está queimando o campo, está congelando. As plantas secas apenas parecem chamuscadas. Na verdade, estão congeladas – Neferet disse, com o mesmo tom prático que costumava usar nas suas aulas.

– Eu... Eu nunca vi um touro fazer isso antes.

Neferet levantou uma sobrancelha para Linda.

– Ele realmente parece um touro normal para você?

– Não – Linda sussurrou. Então ela limpou a garganta e, obviamente tentando soar firme, disse: – Desculpe, mas eu não estou entendendo o que está acontecendo aqui. Eu a conheço? Posso ajudá-la?

– Você não precisa ficar confusa ou aflita. Eu sou Neferet, Grande Sacerdotisa da Morada da Noite de Tulsa, e espero que você possa me ajudar. Primeiro, conte-me quando você acha que sua mãe volta.

Neferet manteve um tom de voz gentil, apesar de a sua mente estar cheia de uma confusão de emoções: raiva, irritação e um adorável calafrio de medo.

– Ah, é por isso que você me parece familiar. Minha filha Zoey estuda nessa escola.

– Sim, eu conheço Zoey muito bem – Neferet sorriu suavemente. – Quando você disse que sua mãe vai voltar?

– Não volta até amanhã. Quer que eu dê a ela algum recado? E você gostaria, hã, de um roupão ou algo assim?

– Nada de recado nem de roupão.

Neferet deixou cair a sua máscara de amabilidade. Ela levantou a mão e arrastou várias gavinhas de Trevas das sombras que a cercavam e as atirou na mulher humana, ordenando:

– Prendam-na e tragam-na aqui para fora.

Quando Neferet não sentiu os cortes dolorosos e familiares que eram o pagamento pela manipulação de filamentos inferiores de Trevas, sorriu para o gigantesco touro e abaixou a cabeça reverentemente em gratidão pelo favor.

Você pode me pagar depois, minha cara impiedosa. A voz do touro trovejou na sua mente. Neferet estremeceu de ansiedade.

Então, os berros patéticos da humana invadiram os seus pensamentos, e ela fez um gesto por sobre o ombro, disparando a ordem:

– E amordacem-na! Eu não preciso suportar esse barulho.

Os gritos de Linda pararam tão abruptamente quanto haviam começado. Neferet entrou na parte do campo congelado que circundava a besta, ignorando o frio nos seus pés descalços e na sua pele nua. Ela caminhou diretamente em direção à sua grande cabeça e deslizou um dedo pelo seu chifre, antes de se ajoelhar graciosamente na frente dele, curvando a cabeça. Quando levantou, ela sorriu para a completa escuridão dos olhos do touro e disse:

— Eu tenho o seu sacrifício.

O touro olhou rapidamente por sobre o ombro dela.

Essa não é uma matriarca velha e poderosa. Ela é uma patética dona de casa, cuja vida foi consumida pela fraqueza.

— É verdade, mas a mãe dela é uma das sábias cherokees. Seu sangue corre nas veias dessa mulher.

Diluído.

— Ela serve como sacrifício ou não? Você pode usá-la para fazer o meu Receptáculo?

Eu posso, mas o seu Receptáculo vai ser tão perfeito quanto o seu sacrifício, e essa mulher está longe da perfeição.

— Mas você vai investi-lo de poderes que eu posso comandar?

Sim, vou.

— Então, o meu desejo é que você aceite esse sacrifício. Eu não vou esperar pela mãe se posso ter a filha agora, com o mesmo sangue.

Como desejar, minha cara impiedosa. Eu já estou cansado disso. Mate-a logo e vamos pensar em outras coisas.

Neferet não falou nada. Ela se virou e foi em direção à humana. A mulher era patética. Ela nem estava lutando. Tudo o que estava fazendo era chorar silenciosamente enquanto as gavinhas de Trevas cravavam sulcos vermelhos pelo seu rosto, pela sua boca e por todo o seu corpo onde a seguravam.

— Eu preciso de uma espada. Agora.

Neferet estendeu a mão e instantaneamente a dor e o frio se juntaram para formar um longo punhal de lava vulcânica. Com um movimento veloz, ela cortou o pescoço de Linda. Viu os olhos da mulher se arregalarem e então se revirarem até ficarem brancos, enquanto o seu sangue vital se esvaía do seu corpo.

Peguem tudo. Não deixem nem um pouco de sangue ser desperdiçado.

Ao comando do touro, as gavinhas de Trevas se enrolaram no corpo de Linda, grudando no seu pescoço e em todas as partes por onde o sangue vazava, e começaram a sugar. Hipnotizada, Neferet viu que cada gavinha pulsante tinha um filamento que voltava para o touro e se dissolvia dentro do corpo dele, alimentando-o com o sangue da humana.

O touro gemeu de prazer.

Quando a mulher foi drenada até parecer uma casca de si mesma, e o touro estava inchado e pulsando com a morte dela, Neferet se entregou inteiramente, completamente às Trevas.

Heath

– Vai fundo, Neal!

Heath colocou o braço para trás e mirou o receptor que usava o uniforme do Golden Hurricane, com o nome Sweeney escrito em letras garrafais nas costas.

Sweeney agarrou a bola, então fez várias fintas e escapou de um monte de caras com o uniforme vermelho e creme do OU[42] para fazer o *touchdown*.

– Boa! – Heath ergueu o punho, rindo e gritando: – Sweeney poderia agarrar um mosquito nas costas de uma mosca!

– Você está se divertindo, Heath Luck?

Ao som da voz da Deusa, Heath colocou seu punho pulsante no devido lugar e deu um sorriso semiculpado para a Deusa.

– Hã, sim. Aqui é ótimo. Sempre tem um jogo em que eu posso ser o *quarterback*, com receptores incríveis e torcedores fantásticos. E, quando eu fico cansado de futebol americano, tem aquele lago bem no fim da rua, que é tão cheio de peixes que deixaria louco um pescador profissional.

– E as garotas? Eu não vejo nenhuma líder de torcida, nenhuma *pescadora*.

---

42 OU é o time da Universidade de Oklahoma. (N.T.)

O sorriso de Heath esmaeceu.

– Garotas? Não. Bem. Eu só tenho uma garota e ela não está aqui. Você sabe disso, Nyx.

– Eu só estava conferindo. – O sorriso de Nyx era radiante. – Vamos sentar aqui e conversar por um momento?

– Sim, é claro – Heath respondeu.

Nyx fez um gesto com a mão e a reprodução clássica de um estádio de futebol americano universitário desapareceu. De repente, Heath se viu na beira de um precipício de um enorme cânion, tão profundo que o rio que corria lá no fundo parecia apenas um fino fio de prata. O sol começava a se levantar na margem oposta da cordilheira, e o céu estava colorido com os tons de violeta, cor-de-rosa e azul de um novo e belo dia.

Um movimento no ar atraiu a atenção de Heath, e ele notou centenas, talvez milhares de globos cintilantes que estavam caindo no desfiladeiro. Ele pensou que alguns deles se pareciam com pérolas elétricas, outros com pedras preciosas, e outros ainda tinham cores fluorescentes tão brilhantes que quase feriram os olhos dele.

– Uau! É sensacional aqui em cima! – Ele fez uma sombra nos olhos com a mão. – O que são aquelas coisinhas?

– Espíritos – Nyx respondeu.

– Sério, tipo fantasmas ou algo assim?

– Mais ou menos. É mais tipo você ou algo assim – Nyx disse com um sorriso afetuoso.

– Bem, isso é estranho. Eu não sou nada parecido com eles. Eu pareço comigo mesmo.

– Agora, você parece – Nyx falou.

Heath deu uma olhada para si mesmo, apenas para se certificar de que ele ainda era, bem, ele mesmo. Aliviado com o que viu, voltou o olhar para a Deusa.

– Eu devo me preparar para me transformar?

– Isso depende totalmente de você – Nyx explicou. – Como você diria no seu mundo, eu tenho uma proposta para você.

— Que demais! É bem legal receber uma proposta de uma Deusa — disse Heath.

Nyx franziu as sobrancelhas para ele.

— Não esse tipo de proposta, Heath.

— Ah. Hã. Desculpe. — Heath sentiu o seu rosto ficando muito quente. Caramba, ele era um retardado. — Eu não quis dizer nada desrespeitoso. Só estava brincando... — ele gaguejou e ficou sem palavras, esfregando o rosto com as mãos.

Quando olhou para a Deusa novamente, ela estava sorrindo ironicamente para ele.

— Ok — ele começou de novo, aliviado por ela não ter jogado um raio em cima dele ou algo do tipo. — E sobre aquela proposta?

— Excelente. É ótimo saber que eu tenho a sua total atenção. Minha proposta é esta: escolha.

Heath piscou os olhos, surpreso.

— Escolha? Entre o quê?

— Estou tão feliz que você perguntou — Nyx falou com apenas um pouco de sarcasmo na sua voz divina. — Eu vou dar a você a escolha entre três futuros. Você pode escolher um dos três, mas saiba antes de ouvir as opções que, uma vez que escolheu por um caminho, as consequências não estão determinadas; é apenas a sua decisão que estará estabelecida. O que vai acontecer depois disso fica a cargo da sorte, do destino e dos recursos da sua alma.

— Ok, acho que entendi. Eu tenho de escolher algo, mas, depois que escolher, vou seguir totalmente por minha conta e risco.

— Com a minha bênção — ela acrescentou.

Heath abriu um largo sorriso.

— Bem, espero que sim.

A Deusa não retribuiu o seu sorriso. Em vez disso, olhou-o nos olhos e ele viu que todo o humor tinha desaparecido da sua expressão.

— Eu dou a minha bênção, mas apenas se você encontrar o meu caminho. Eu não posso abençoar um futuro no qual você escolha as Trevas.

– Por que eu faria isso? Não faz o menor sentido – Heath respondeu.

– Escute-me, meu filho, e reflita sobre as escolhas que eu ofereço a você; então você vai entender.

– Certo – ele concordou, mas algo no tom de voz dela fez seu estômago se contrair.

– A primeira opção é você ficar aqui neste reino. Você vai continuar contente, como até agora. Você vai se divertir eternamente com meus outros filhos alegres.

– Contente não significa feliz – Heath afirmou devagar. – Eu sou um atleta, mas isso não significa que sou burro.

– É claro que não – disse a Deusa. – Escolha número dois: você cumpre o seu plano original e renasce. Isso pode significar que você ainda fique aqui e se divirta por um século ou mais, mas um dia você vai saltar deste precipício e retornar ao reino dos mortais para renascer como um humano que, no devido tempo, vai encontrar a sua alma gêmea de novo.

– Zoey! – ele falou a única palavra que preenchia a sua mente e, quando pronunciou o nome dela, Heath começou a pensar por que isso tinha levado tanto tempo. O que havia de errado com ele? Por que ele tinha se esquecido dela? Por que ele não...

A mão de Nyx tocou gentilmente o seu braço.

– Não se culpe. O Mundo do Além pode ser inebriante. Você não se esqueceu realmente do seu amor; não conseguiria fazer isso. Simplesmente, você permitiu que a criança aí dentro da sua alma o dominasse por um tempo. Uma hora essa criança daria lugar ao adulto, e você se lembraria de Zoey e do seu amor por ela. Em circunstâncias normais, é assim que as coisas acontecem. Mas o mundo hoje em dia não é normal, assim como as nossas circunstâncias também não são. Então, eu vou pedir à criança dentro de você que cresça um pouquinho mais rápido, se assim você escolher.

– Se isso tem a ver com Zoey, então eu digo sim.

– Deixe-me acabar de falar, Heath Luck. Você pode encontrar a sua Zoey de novo se escolher renascer como humano; eu dou a minha palavra quanto a isso. Você e ela estão destinados a ficar juntos, seja como vampira e companheiro ou vampira e Consorte. Vai acontecer, e você pode escolher fazer isso acontecer nesta vida.

– Então eu...

A mão levantada dela o silenciou.

– Há uma terceira opção que você pode escolher. Como eu já disse, o mundo mortal está se deslocando e alterando o seu curso. A grande sombra de Trevas na forma do touro branco ganhou um inesperado ponto de apoio. O bem e o mal não estão mais em equilíbrio por causa disso.

– Bem, você não pode disparar um raio ou algo assim e consertar isso?

– Eu poderia se não tivesse presenteado meus filhos com o livre-arbítrio.

– Sabe, às vezes as pessoas são meio bobas e precisam que alguém diga o que elas devem fazer – Heath opinou.

A expressão de Nyx continuou séria, mas seus olhos negros faiscaram.

– Se eu começar a tirar o livre-arbítrio e controlar as decisões dos meus filhos e filhas, como isso vai acabar? Eu não me tornaria uma mera manipuladora de fantoches e os meus filhos, marionetes?

Heath suspirou.

– Acho que você está certa. Quero dizer, você é uma Deusa e tudo mais. Tenho certeza de que você sabe do que está falando, mas isso realmente seria bem mais fácil.

– Mais fácil raramente é o melhor – ela afirmou.

– É, eu sei. E isso é uma droga – Heath falou. – E a minha terceira opção? Você está tentando me dizer que tem algo a ver com o bem e o mal?

– Estou. Neferet se tornou uma imortal, uma criatura das Trevas. Nesta noite, ela se aliou com o mais puro mal que pode se manifestar no reino dos mortais, o touro branco.

– Eu conheço isso. Logo que eu morri, vi algo assim tentando nos alcançar.

Nyx concordou.

– Sim, o touro branco foi despertado pelos desequilíbrios entre o bem e o mal no mundo dos mortais. Há éons ele não perambulava pelos reinos como está fazendo hoje em dia.

O estremecimento da Deusa perturbou Heath.

– O que está rolando? O que está acontecendo lá embaixo?

– Neferet está sendo presenteada com um Receptáculo, uma criatura vazia, feito um robô, criada pelas Trevas por meio de um terrível sacrifício, da luxúria, da ganância, do ódio e da dor. Ela pode controlar totalmente essa criatura, que vai ser a sua arma infalível, ou pelo menos é isso o que ela deseja. Se o sacrifício que ela ofereceu tivesse sido mais perfeito, o Receptáculo seria a arma perfeita das Trevas, mas há uma falha na sua criação, e é aí que entra a sua terceira opção, Heath.

– Não entendi – Heath admitiu.

– O Receptáculo deveria ser uma máquina sem alma, mas, como o sacrifício que alimentou a sua criação foi defeituoso, eu posso tocá-lo.

– Como o calcanhar de Aquiles[43]?

– Sim, é mais ou menos isso. Se você escolher essa opção, eu usarei a falha na criação da criatura e, por meio dessa fraqueza, vou inserir a sua alma no Receptáculo, que de outro modo seria vazio.

Heath piscou os olhos, tentando absorver a dimensão do que a Deusa estava dizendo.

– Eu saberia que eu sou eu?

– Você só saberia aquilo que todas as almas renascidas sabem, ou seja, a mais refinada essência de quem você é. Isso nunca desaparece, não importa quantos ciclos de vida você tenha. – Nyx fez uma pausa, sorriu e acrescentou: – E, é claro, se você escolher essa opção, também vai saber o que é o amor. Isso também não desaparece nunca. Ele só é abafado, escondido e deixado de lado até encontrar o seu curso de novo.

– Espere aí. Essa criatura está no mundo de Zoey? Neste momento?

---

43 Aquiles é um herói da mitologia grega que, segundo a lenda, tinha no calcanhar o seu ponto fraco. (N.T.)

– Sim, ela está sendo criada nesta noite, no mundo moderno de Zoey.

– Por Neferet, a inimiga de Zoey?

– Sim.

– Então, Neferet vai usar esse cara contra a minha Zo? – Heath ficou totalmente irritado.

– Eu tenho certeza absoluta de que essa é a intenção dela – Nyx respondeu.

– Hum – ele bufou. – Se eu estiver dentro dele, ela pode tentar, mas não vai conseguir ir muito longe.

– Antes de fazer a sua escolha final, precisa entender: você não vai saber quem você é. O Heath vai ter ido embora. Só a sua essência vai permanecer, e não as suas memórias. E você vai estar dentro de um ser criado para destruir aquilo que mais ama. Você pode muito bem sucumbir às Trevas.

– Nyx, o mais importante é: Zo precisa de mim?

– Ela precisa – a Deusa respondeu.

– Então eu escolho a terceira opção. Quero ser colocado dentro do Receptáculo – Heath afirmou.

Nyx deu um sorriso radiante.

– Eu estou orgulhosa de você, meu filho. Saiba que volta para o mundo moderno com minha bênção especial.

Do ar acima dela, a Deusa apanhou uma única fibra de algo que Heath achou parecido com um reluzente cordão de prata, tão claro, brilhante e bonito que ele quase perdeu o fôlego. Ela enrolou a fibra nos dedos, de modo que ficou do tamanho de uma moeda de vinte e cinco centavos. O objeto resplandecia e ardia com uma luz especial e ancestral, como uma pedra da lua iluminada por dentro.

– Isso é totalmente incrível! O que é?

– Magia do tipo antigo. É raramente encontrada no mundo moderno; ela não se adapta muito bem à civilização. Mas a magia antiga do touro branco criou o Receptáculo, então é justo que a *minha* magia antiga esteja lá também.

Quando Nyx continuou a falar, sua voz adotou um tom de quem cantarola, complementando e combinando perfeitamente com a beleza da esfera brilhante.

Uma janela dentro da alma para enxergar
A Luz e a Magia que eu envio contigo
Seja forte, seja bravo, faça a escolha certa
Apesar dos terríveis gritos das Trevas
Saiba que estou observando tudo de cima
E que a resposta é sempre, sempre o amor!

A Deusa lançou nele a esfera incandescente, que cegou os olhos de Heath com a sua luz mágica e o fez cambalear para trás. Em seguida, ele se sentiu despencando da beira do desfiladeiro e começando a cair, cair...

26

Neferet

O seu corpo doía, mas Neferet não se importava. A verdade é que ela gostava da dor. Ela inspirou o ar profundamente, absorvendo ao mesmo tempo o resto do poder do touro branco, que deslizava nas sombras formadas pelo crepúsculo do amanhecer. As Trevas a fortaleceram. Neferet ignorou o sangue coagulado que cobria a sua pele. Ela se levantou.

O touro a havia deixado na varanda da sua cobertura. Kalona não estava lá. Mas isso pouco importava para ela. Ela não o queria mais, pois depois desta noite ela não precisaria mais dele.

Neferet se voltou para o norte, a direção ligada ao elemento terra. Ela levantou seus braços e começou a agitar seus dedos no ar, buscando invisíveis, poderosos e antigos filamentos de magia e Trevas. Então, com uma voz desprovida de emoções, Neferet proferiu o encantamento como o touro a havia instruído:

> *Da terra e do sangue você nasceu*
> *Um pacto com as Trevas eu fiz*
> *Cheio de poder, você vai ouvir apenas a minha voz*
> *Sua vida é minha; você não tem escolha*
> *Complete o compromisso do touro nesta noite*
> *E sempre, sempre deleite-se na terrível luz das suas Trevas!*

A Tsi Sgili atirou para baixo, bem na sua frente, o inferno de Trevas que fervilhava na sua mão. Elas atingiram o chão de pedra da varanda e começaram a brotar feito uma erupção em forma de um pilar, girando, contorcendo-se e se transformando...

Neferet observava, hipnotizada, o Receptáculo tomar forma, com o seu corpo se misturando àquele pilar de brilho, que a fazia lembrar muito do pelo cor de pérola do touro branco. Finalmente aquilo ficou parado ali – *ele* estava em pé diante dela. Neferet balançou a cabeça sem acreditar no que via.

Ele era bonito, um homem jovem completamente deslumbrante. Alto, forte e formado com perfeição. Uma pessoa comum não veria nenhum traço de Trevas nele. A pele que cobria seus músculos poderosos era lisa e sem marcas. Seu cabelo era longo, grosso e loiro como o trigo no verão. Seus traços eram perfeitos; ele não tinha nenhum defeito na aparência.

– Ajoelhe-se para mim, e eu vou dar um nome a você.

O Receptáculo obedeceu instantaneamente, abaixando-se apoiado em um joelho diante dela.

Neferet sorriu e colocou sua mão salpicada de sangue em cima da cabeça loira e sedosa dele.

– Vou chamá-lo de Aurox[44], como o touro ancestral de tempos antigos.

– Sim, mestra. Eu sou Aurox – ele respondeu.

Neferet começou a gargalhar sem parar, sem se importar que a histeria e a loucura tingissem a sua voz, sem se preocupar com o fato de que ela havia deixado Aurox ajoelhado no chão de pedra aguardando seu próximo comando, sem reparar que, na hora em que ela se afastou, o Receptáculo a observou com olhos que faiscaram e brilharam com uma luz especial e antiga, como uma pedra da lua iluminada por dentro...

---

44 *Aurox* são os ancestrais das raças bovinas atuais. Eram encontrados na Europa, Ásia e norte da África. Com tamanho bem maior que os touros normais, foram extintos no século XVII. (N.T.)

Zoey

– Sim, eu sei que Nyx o perdoou e o transformou em um garoto. Tipo, não sei você, mas eu não conheço nenhum outro garoto que se transforma em um pássaro durante o dia – Stark parecia muito cansado, mas não cansado o suficiente para deixar de se preocupar.

– Essa é a consequência que ele tem de enfrentar por todas as coisas ruins que fez – eu falei para Stark, enroscando-me nele e tentando ignorar o pôster da Jessica Alba na parede.

Stark e eu havíamos ficado com o quarto de Dallas nos túneis embaixo da estação abandonada. Eu tinha usado os elementos para dar uma melhorada naquele lugar, e todo mundo tinha feito uma ótima limpeza. A gente ainda tinha um bocado de coisas para fazer, mas pelo menos o local estava habitável e era uma zona livre de Neferet.

– Certo, mas ainda é estranho que até bem pouco tempo atrás ele era o filho favorito de Kalona e um *Raven Mocker* – Stark continuou.

– Ei, não estou discordando de você. Também é estranho para mim, mas eu confio em Stevie Rae e ela o ama. – Fiz uma careta, arrancando um sorriso de Stark. – Ela já o amava mesmo antes de ele se livrar daquele bico e daquelas penas. Afe, eca. Ela ainda precisa me contar direito essa história. – Fiz uma pausa, pensando. – Eu só imagino o que está acontecendo agora entre eles.

– Não muita coisa. O sol acabou de nascer. Ele é um pássaro. Ei, Stevie Rae disse se ia colocá-lo em uma gaiola ou algo assim?

Eu o beijei.

– Ela não disse nada disso e você sabe muito bem!

– Para mim, faz sentido. – Stark deu um bocejo enorme. – Mas seja o que for que ela vá fazer, você vai ter de esperar até o pôr do sol para descobrir.

– Já passou da hora de dormir, garotinho? – eu perguntei, abrindo um sorriso para ele.

– Garotinho? Você está sendo insolente comigo, garota?

— Sendo insolente? — Dei risada. — Sim, é claro! Hehehe!

— Venha cá, mulher!

Stark começou a fazer cócegas em mim sem parar, e eu tentei me vingar puxando os pelos de seu braço. Ele gritou (como uma garotinha) e então a coisa toda virou uma luta livre até que eu, de algum modo, acabei imobilizada.

— Você se rende? — Stark me perguntou.

Ele estava prendendo meus pulsos com uma só mão acima da minha cabeça, fazendo cócegas no meu ouvido com a sua respiração ofegante.

— De jeito nenhum; você não manda em mim.

Eu tentei lutar (em vão). Ok, na verdade eu admito que não lutei muito. Quero dizer, o corpo dele estava pressionado contra o meu e ele não estava me machucando nem um pouco (como se Stark fosse *algum dia* me machucar). E ele era supergostoso e eu o amava.

— Na verdade, eu estou indo com calma com você. Tudo o que preciso fazer é invocar os meus poderes megalegais dos elementos para chutar o seu belo traseiro.

— Belo, hum? Você acha que o meu traseiro é belo?

— Talvez — eu respondi, tentando não rir. — Mas isso não significa que eu não vá chamar os elementos para chutá-lo.

— Bem, então é melhor eu manter a sua boca ocupada para que você não consiga fazer isso — disse.

Quando ele começou a me beijar, eu pensei em como era estranho e maravilhoso que uma coisa tão simples como um beijo pudesse me provocar tantas sensações. Os lábios dele contra os meus eram macios, o que era um contraste incrível com o seu corpo firme. Ele continuou a me beijar, e parei de pensar em como isso era maravilhoso porque ele me fez parar de pensar. Tudo o que eu fazia era sentir: o corpo dele, o meu corpo, o nosso prazer.

Na verdade eu nem reparei no fato de ele ainda estar segurando meus pulsos, presos acima da minha cabeça. Não me dei conta disso quando a mão livre dele deslizou para dentro da camiseta extragrande do Super-Homem que eu estava usando como pijama. E também não pensei nisso quando a mesma mão escorregou em direção à minha calcinha. Só comecei a perceber isso quando o beijo dele ficou diferente. De macio e profundo, ele passou a ser impetuoso. Impetuoso demais. Foi como se de repente ele estivesse famélico e eu fosse a carne que o salvaria da inanição.

Eu tentei soltar meus pulsos da sua mão, mas ele os estava agarrando com firmeza.

Virei a minha cabeça, e os seus lábios deixaram a minha boca para percorrer o meu pescoço avidamente. Eu estava tentando colocar a cabeça em ordem, tentando entender o que estava me incomodando tanto, quando ele me mordeu. Com força.

A mordida não foi como antes, na nossa primeira vez em Skye. Lá tinha sido algo que nós estávamos compartilhando. Algo que *nós dois* queríamos. Agora ele estava bruto, possessivo e definitivamente não era algo que a gente estava compartilhando.

– Ai! – Eu puxei meus pulsos com força e consegui soltar uma mão. Com ela, empurrei o ombro dele. – Stark, isso doeu.

Ele gemeu e pressionou o corpo contra o meu, como se eu não tivesse falado nada e nem o empurrado. Senti os dentes dele de novo contra a minha pele e, desta vez, eu gritei e o empurrei com força, com todas as minhas emoções e com o meu corpo, expressando com convicção: "É sério! Você está me machucando!".

Ele se levantou, apoiando-se nos seus cotovelos, e o olhar dele encontrou o meu. Por um instante que durou menos de um segundo, eu vi algo dentro dos olhos dele que fez a minha alma estremecer. Eu me retraí, Stark piscou e então olhou para mim com uma cara de ponto de interrogação, que logo se transformou em choque. Instantaneamente, ele soltou meu outro pulso.

– Merda! Desculpe, Zoey. Caramba, desculpe! Você está machucada?

Ele estava passando a mão de leve pelo meu corpo um pouco freneticamente. E eu afastei as mãos dele com força, franzindo a sobrancelha para ele.

– O que você quer dizer com "você está machucada"? Que droga há de errado com você? Você foi bruto demais.

Stark esfregou a mão pelo seu rosto.

– Eu não percebi... Não sei por que isso... – Ele fez uma pausa, tomou fôlego e começou de novo: – Desculpe. Eu não sabia que estava machucando você.

– Você me mordeu.

Ele esfregou o rosto novamente.

– Sim, na hora pareceu uma boa ideia.

– Doeu – eu esfreguei meu pescoço.

– Deixe-me ver.

Eu afastei a minha mão e ele analisou o meu pescoço.

– Está um pouco vermelho, só isso – disse e então se inclinou, beijando o local dolorido ultragentilmente. – Ei, eu realmente não achei que estava mordendo você com tanta força. É sério, Z.

– Mas você mordeu, Stark. E você não soltou os meus pulsos quando eu pedi.

Stark soltou um longo suspiro.

– Ok, bem, eu vou tomar cuidado para isso não acontecer mais. É que eu quero você tanto, e você me deixa tão louco que eu...

Ele fez uma pausa e eu terminei a frase:

– ... que você não consegue se controlar? Que droga é essa?

– Não! Não, não é isso. Zoey, você não pode pensar isso. Eu sou o seu guerreiro, o seu Guardião. É o meu trabalho protegê-la de qualquer um que possa machucá-la.

– Isso inclui você mesmo? – eu perguntei.

Nossos olhares se encontraram e se prenderam. Naqueles olhos familiares, eu vi confusão, tristeza e amor – muito amor.

– Isso inclui a mim mesmo. Você realmente acha que eu a machucaria de verdade?

Eu suspirei. Por que eu estava criando tanto caso com isso? E daí, ele havia se deixado levar pelo momento, tinha segurado meus pulsos, mordido meu pescoço e não havia me soltado no mesmo segundo em que eu falei alto para ele fazer isso. Ele era um *cara*. Como era mesmo aquele velho ditado? *Se a coisa tem pneus ou testículos, vai dar problemas.*

– Zoey, é sério, eu nunca deixaria você se machucar. Eu lhe dei meu Juramento, além disso, eu amo você e...

– Ok, sssh – Pressionei meus dedos contra os lábios dele, fazendo-o ficar em silêncio. – Não, eu não acho que você deixaria nada me machucar. Você está cansado. O sol já nasceu. Nós tivemos um dia louco. Vamos simplesmente dormir e concordar em parar com essa coisa de mordidas.

– Parece ótimo para mim. – Stark abriu os braços e disse: – Você viria aqui?

Eu concordei e o abracei forte. O seu toque era normal: forte e seguro, mas muito, muito gentil.

– Eu tenho tido problemas com o sono – ele disse com hesitação, depois de beijar o topo da minha cabeça.

– Eu sei disso, eu durmo com você. É meio que óbvio.

Eu beijei o ombro dele.

– Você não vai me perguntar se eu quero fazer terapia com Dragon Lankford desta vez?

– Ele ficou lá. Ele não saiu da Morada da Noite com a gente – eu afirmei.

– Nenhum dos nossos professores saiu. Lenobia ficou, e você sabe que ela está cem por cento do nosso lado.

– Sim, mas ela não pode deixar aqueles cavalos, e não tem jeito de mantê-los aqui embaixo – eu ponderei. – Enfim, com Dragon é diferente. Para mim, ele parece diferente. Ele não perdoou Rephaim, mesmo depois de Nyx basicamente dizer que deveria perdoá-lo.

Senti Stark concordando com a cabeça.

– Isso foi mal. Mas, sabe, eu também não perdoaria alguém que matasse você.

– Seria como se eu perdoasse Kalona por ter matado Heath – falei em voz baixa.

Os braços se Stark me levaram mais para perto dele.

– Você conseguiria fazer isso?

– Não sei. Honestamente, não sei... – hesitei, tropeçando com as palavras.

Ele me cutucou.

– Vá em frente. Você consegue me dizer.

Eu entrelacei meus dedos aos dele e continuei:

– No Mundo do Além, quando você estava, hã, *morto* – eu falei a palavra com dificuldade e me apressei em terminar logo a frase –, Nyx estava lá.

– Sim, você me contou. Ela fez Kalona pagar a dívida de vida por ter matado Heath me trazendo de volta.

– Bom, o que eu não contei é que Kalona ficou superemotivo na frente de Nyx. Ele perguntou se ela o perdoaria algum dia.

– O que a Deusa respondeu?

– Ela disse para ele perguntar de novo se algum dia ele fosse merecedor do seu perdão. Na verdade, Nyx respondeu a ele de um jeito parecido com o que falou hoje com Neferet.

Stark bufou.

– Não é um bom sinal nem para Neferet nem para Kalona.

– Ah, não brinca. Enfim, o que eu quero dizer é que, bem, não que eu tenha a pretensão de ser uma Deusa ou coisa assim, mas a minha resposta sobre perdoar Kalona é bem parecida com a de Nyx para ele e Neferet. Eu acredito que o verdadeiro perdão é uma dádiva que a pessoa deve merecer. E eu nem tenho que me preocupar com a possibilidade de Kalona me pedir perdão, a não ser que ele seja merecedor e reflita sobre isso. E eu não consigo imaginar que isso aconteça.

– Mas ele libertou Rephaim hoje – a voz dele deixou emoções conflitantes transparecerem. Eu entendi, pois também as sentia.

– Eu andei pensando nisso, e só o que posso concluir é que de algum modo libertar Rephaim vai beneficiar Kalona – disse.

– O que significa que nós temos de ficar de olho em Rephaim – Stark observou. – Você vai tocar nesse assunto com Stevie Rae?

– Sim, mas ela o ama – eu falei.

Ele concordou de novo.

– E quando a gente ama alguém nem sempre vê a outra pessoa do jeito que ela realmente é.

Eu me afastei o suficiente para dar "aquele olhar" para ele.

– Você está dizendo isso por experiência própria?

– Não, não, não – ele respondeu rapidamente, dando um sorriso cansado, mas metidinho. – Não falo por experiência, é só observação mesmo. – Stark me puxou gentilmente, e eu me enrolei de conchinha nele. – Agora é hora de dormir. Recoste sua cabeça, mulher, e deixe que eu tenha o meu merecido descanso.

– Ok, é sério, você fala assustadoramente igual a Seoras. – Eu levantei os olhos para Stark e balancei a cabeça. – Se começar a deixar crescer aquela coisa tipo um cavanhaque branco como o dele, vou despedir você.

Stark esfregou o queixo com uma mão, como se estivesse considerando essa possibilidade.

– Você não pode me despedir. Eu tenho contrato vitalício.

– Eu vou parar de beijar você.

– Então nada de cavanhaque para mim, moçoila – disse e abriu um sorriso.

Eu sorri de volta para ele, pensando em como era feliz por ele ter um "contrato vitalício" e o quanto eu desejava que ele tivesse esse "emprego" por muito, muito tempo.

– Ei, que tal a gente fazer assim: você dorme primeiro e eu fico acordada mais um pouco? – Envolvi seu rosto com as mãos. – Hoje eu vou guardar o Guardião.

– Obrigado – ele respondeu, soando muito mais sério do que eu esperava. – Eu te amo, Zoey Redbird.

– Eu também amo você, James Stark.

Stark virou a cabeça e beijou a palma da minha mão e a intrincada tatuagem que a Deusa havia colocado ali. Quando ele fechou os olhos e o seu corpo começou a relaxar, eu acariciei os seus grossos cabelos castanhos e pensei se Nyx acrescentaria algo às minhas incríveis tatuagens. Ela tinha me dado Marcas, depois as tirou – ou pelo menos meus amigos me disseram que as tatuagens haviam sumido enquanto eu estava no Mundo do Além –, e então Nyx as colocou de volta em mim quando voltei a ser eu mesma. Talvez estivesse pronta agora, talvez não fosse ter mais nenhuma tatuagem. Eu estava tentando concluir se isso era uma coisa boa ou não quando as minhas pálpebras ficaram pesadas demais para permanecerem abertas. Eu pensei em fechá-las só por um instante. Stark definitivamente estava dormindo, e talvez isso não fosse fazer mal a ninguém...

Os sonhos são tão estranhos. Eu estava sonhando que voava feito o Super-Homem – sabe, com as minhas mãos estendidas para frente, como se estivessem me guiando –, e na minha cabeça estava tocando a música tema dos filmes antigos e legais do Super-Homem, aqueles com o incrível Christopher Reeve, quando tudo aconteceu.

A música tema foi substituída pela voz da minha mãe.

– Eu estou morta! – disse ela.

A voz de Nyx respondeu imediatamente.

– Sim, Linda, você está.

Meu estômago se contraiu. *É um sonho. É só um sonho muito ruim!*

Olhe para baixo, minha filha. É importante que você seja testemunha. Quando a voz de Nyx sussurrou em minha mente, eu soube que a realidade havia se infiltrado no Reino dos Sonhos.

Eu não queria olhar. Não queria, não queria mesmo, mas eu olhei para baixo.

Abaixo de mim estava o que eu julguei ser a entrada do Reino de Nyx. Havia ali a vasta escuridão dentro da qual eu tinha me lançado para fazer o meu espírito voltar para o meu corpo. Havia um arco de pedra entalhado em cima do chão de terra batida e, de um dos lados do arco, o bosque mágico de Nyx se estendia, começando com a etérea árvore de pendurar desejos, que era uma versão ampliada daquela em que Stark e eu tínhamos atado juntos os nossos sonhos para nós dois, naquele dia maravilhoso na Ilha de Skye.

E, parada bem no arco de entrada do Mundo do Além, estava a minha mãe, encarando Nyx.

– Mãe! – eu chamei, mas nem a Deusa nem a minha mãe reagiram à minha voz.

Seja testemunha silenciosamente, minha filha.

Então eu pairei sobre elas e assisti, enquanto lágrimas escorreram pelo meu rosto sem fazer barulho.

Minha mãe estava olhando para a Deusa. Finalmente, ela disse com uma voz baixa e assustada:

– Então Deus é mulher? Ou os meus pecados me mandaram para o inferno?

Nyx sorriu.

– Aqui nós não estamos preocupados com pecados do passado. Aqui, no meu Mundo do Além, nós nos importamos apenas com o seu espírito e com a essência que ele escolhe carregar: Luz ou Trevas. É uma coisa simples, de verdade.

Minha mãe mordeu o lábio por um segundo e perguntou:

– Qual essência o meu espírito carrega, Luz ou Trevas?

O sorriso de Nyx não se alterou.

– É você quem responde, Linda. Qual você escolhe?

Meu coração se apertou quando vi minha mãe começar a chorar.

– Até recentemente, acho que eu fiquei mais do lado do mal.

– Há uma enorme diferença entre ser fraca e ser do mal – Nyx afirmou.

Minha mãe concordou.

– Eu fui fraca. Eu não queria ser. É que a minha vida foi como uma bola de neve rolando montanha abaixo, e eu não consegui encontrar o caminho para sair da avalanche. Mas no final eu estava tentando. É por isso que eu estava na casa da minha mãe. Eu ia fazer a minha vida ser minha de novo, e ia voltar a me aproximar da minha filha Zoey. Ela é... – Minha mãe fez uma pausa. Seus olhos se arregalaram ao compreender. – Você é a Deusa de Zoey, Nyx!

– Eu sou, de fato.

– Oh! Então Zoey virá para cá algum dia?

Eu abracei meus próprios ombros. *Ela me amava. Mamãe realmente me amava.*

– Sim, mas eu espero que ela não venha por muitos e muitos anos.

Com hesitação, minha mãe perguntou:

– Eu posso entrar e esperar por ela?

– Você pode – Nyx estendeu os braços e declarou: – Bem-vinda ao Mundo do Além, Linda Redbird. Deixe a dor, o arrependimento e a perda para trás, e traga com você apenas o amor. Sempre o amor.

E então minha mãe e Nyx desapareceram em um brilhante clarão de luz. Eu acordei, deitada na beirada da cama, com meus braços em volta dos ombros, chorando sem parar.

Stark acordou instantaneamente.

– O que foi?

Ele se apressou em me puxar para os seus braços.

– É m-minha mãe. E-la está morta – eu solucei. – E-ela realmente me amava.

– É claro que ela amava, Z., é claro que sim.

Fechei os olhos e deixei que Stark me confortasse até que eu chorasse toda a dor, o arrependimento e a perda e sobrasse apenas o amor. Sempre o amor.

FIM

Fique ligado na continuação da série
House of Night:

DESTINADA

SÉRIE HOUSE OF NIGHT
LIVROS PUBLICADOS

1. Marcada
2. Traída
3. Escolhida
4. Indomada
5. Caçada
6. Tentada
7. Queimada
8. Despertada

Conheça a nova série da autora
GODDESS

Já nas livrarias!

Saiba mais, dê sua opinião:

Conheça - www.novoseculo.com.br
Leia - www.novoseculo.com.br/blog

Curta - /NovoSeculoEditora

Siga - @NovoSeculo

Assista - /EditoraNovoSeculo